Weitere Titel des Autors:

Andrew Mayhem-Thriller
Grabräuber gesucht (Keine besonderen Kenntnisse erforderlich)
Alleinstehender Psychopath sucht Gleichgesinnte
Sarg zu verkaufen (Nur einmal benutzt)

Über den Autor:

Jeff Strand wurde 1970 in Baltimore, Maryland, geboren. Seine Liebe zum Schreiben entdeckte er während der Schulzeit. Zu seinen Werken neben den *Andrew Mayhem*-Romanen gehören *Pressure* (2007 für den *Bram Stoker Award* nominiert), *The Sinister Mr. Corpse, Benjamins Parasite* und zahlreiche weitere Romane, die sich vor allem durch ihre gelungene Mischung aus Humor und Spannung auszeichnen. Jeff lebt in Tampa, Florida. Seine Website ist www.jeffstrand.com.

Jeff Strand

ALLEIN-STEHENDER PSYCHOPATH
SUCHT GLEICH-GESINNTE

Aus dem Englischen von
Michael Krug

BASTEI LÜBBE TASCHENBUCH
Band 16 704

1. Auflage: September 2012

Vollständige Taschenbuchausgabe

Bastei Lübbe Taschenbuch in der Bastei Lübbe GmbH & Co. KG

Copyright © 2010 für die deutschsprachige Ausgabe by
Otherworld Verlag Krug KG, Kalsdorf bei Graz,
in Kooperation mit dem Verlag Carl Ueberreuter GmbH

Titel der englischen Originalausgabe:
Single White Psychopath Seeks Same
Copyright © 2003 by Jeff Strand
Published by Arrangement with Jeff Strand
Dieses Werk wurde vermittelt durch die Literarische Agentur
Thomas Schlück GmbH, 30827 Garbsen.
Umschlaggestaltung: © shutterstock/Sebastian Duda;
© shutterstock/jumping sack
Satz: Urban SatzKonzept, Düsseldorf
Gesetzt aus der Garamond
Druck und Verarbeitung: GGP Media GmbH, Pößneck
Printed in Germany
ISBN 978-3-404-16704-3

Sie finden uns im Internet unter
www.luebbe.de
Bitte beachten Sie auch:
www.lesejury.de

Der Preis dieses Bandes versteht sich einschließlich
der gesetzlichen Mehrwertsteuer.

KAPITEL EINS

Manchmal wacht man morgens auf, und man *weiß* einfach, dass es einer jener Tage ist, an denen man an einen Stuhl gefesselt in einer dreckigen Garage endet, wo man von zwei zahnlückigen Irren mit einer Kettensäge gefoltert wird. Deshalb kann ich nicht behaupten, dass ich sonderlich überrascht war, als ich gegen die Seile ankämpfte.

Tatsächlich war dies das zweite Mal, dass ich an einen Stuhl gefesselt mit einem Schneideinstrument bedroht wurde, was ich für einen Kerl Anfang dreißig ziemlich beeindruckend finde. Beim letzten Mal hatte ich einen Jutesack über den Kopf gestülpt, und um ehrlich zu sein, hätte ich diesmal auch gerne einen gehabt. Ich meine, mir ist schon bewusst, dass die inneren Werte zählen, aber diese Burschen waren *richtig* hässlich. Und ihren vereinten Atem hätte man vermutlich als Ersatz für Abflussreiniger verwenden können.

Der größere Irre, dessen T-Shirt ein modisches Tabakfleckenmotiv zierte, seufzte verärgert, als der kleinere Irre erneut am Starterseilzug der Kettensäge riss. Die beiden versuchten seit etwa fünf Minuten, das Ding anzulassen. »Vielleicht braucht sie Benzin«, schlug der Größere vor.

»Ich hab dir doch gesagt, es ist Benzin drin«, herrschte ihn sein Partner an.

»Dann zieh kräftiger.«

»Ich ziehe schon, so kräftig ich kann!«

»Gib sie mir«, bot der größere Irre an und streckte die Hand aus.

»Lass die dreckigen Hände von meiner Kettensäge!«
»Dann wirf sie endlich an!«
»Ich versuch's ja!«

Ich schätze, es wirft kein gutes Licht auf mich, dass ich mich von diesen Kerlen entführen ließ, aber ich bekam in der vergangenen Nacht wenig Schlaf ab. Ich war auf die Couch verbannt worden, weil ich die Wohnzimmerlampe zerbrochen hatte. Eigentlich hatte gar nicht *ich* sie zerdeppert, sondern mein Sohn Kyle, doch es geschah während eines Basketballspiels im Haus. Dagegen gibt es eine Regel, nur war ich zu beschäftigt mit dem Fernsehen, um sie durchzusetzen. Helen war weniger wegen der Lampe aufgebracht als vielmehr wegen des Umstands, dass ich unsere beiden Kinder dazu ermutigt hatte, bezüglich der Ursache der Zerstörung zu lügen. Ich weiß wirklich nicht, was mich dazu veranlasst hat zu glauben, ein Siebenjähriger und eine Neunjährige könnten die Lügengeschichte – in der auch ein streunender Dobermann eine Rolle spielte – durchziehen. Jedenfalls erntete ich durch den Vorfall eine schlaflose Nacht im Ausziehbett des Elends.

Ich stand daher ziemlich neben mir, als ich an jenem Morgen das Haus verließ. Einen in Chloroform getränkten Lappen auf dem Mund später erwachte ich und stellte fest, dass meine Hände, meine Füße und mein Rumpf in einer dreckigen Garage an einen Stuhl gebunden waren, während zwei zahnlückige Irre mich mit einer Kettensäge foltern wollten.

»Versuch es anders«, drängte der größere Irre. »Leg sie auf den Boden, stemm den Fuß drauf und zieh mit beiden Händen am Starterseil.«

»Vielleicht sollten Sie die Kolben schmieren«, schlug ich vor.

»Du hältst gefälligst die Klappe! Niemand hat dich aufgefordert, was übers Schmieren irgendwelcher verdammter Kolben zu sagen!« Der große Irre zitterte vor Wut. Sein mächtiger Bierbauch waberte hin und her wie die Wellen an einem wunderschönen, von Mondlicht erhellten Strand in der Karibik.

Der kleine Irre legte die Kettensäge auf den Zementboden. »Warum liest du ihm nicht die Erklärung vor?«

»Weil wir uns, du verfluchter kleiner Schwachkopf, darin einig waren, ihm zuerst die Arme abzuschneiden, um uns seine Aufmerksamkeit zu sichern. Deshalb musst du diese wertlose Kettensäge anwerfen. Deinetwegen sehen wir wie zwei Idioten aus. So wird Andrew Mayhem sterben – mit dem Gedanken, dass wir Idioten sind! Echt klasse. Einfach dufte. Versüßt mir den Tag unheimlich.«

»Eigentlich dachte ich gerade, dass Sie nie bei den Pfadfindern waren«, sagte ich und hob die freien Hände.

Na gut, stimmt nicht. Ich habe das nicht wirklich gesagt. Trotz ihrer Unzulänglichkeit beim Anlassen der Kettensäge verstanden diese beiden Wahnsinnigen es, verteufelt gute Knoten zu knüpfen. Ich kämpfte aus Leibeskräften gegen die Fesseln an, doch es sah nicht danach aus, als könnte ich meine gewitzte Bemerkung über die Pfadfinder in nächster Zeit anbringen. Während mir Schweiß in die Augen rann, hoffte ich, es würde mir zumindest gelingen, etwas Geistreicheres von mir zu geben als: »*Aaahhh! Meine Arme, meine Arme! Aaahhh!*«

Der kleine Irre stellte sich mit beiden Beinen auf die Kettensäge, umfasste den Seilzug mit kräftigem Griff, riss tüchtig daran, stieß ein außergewöhnlich unanständiges Wort aus und landete herzhaft auf dem Hinterteil. Der große Irre war zu wütend, um etwas ausgesprochen Lustiges zu erkennen, wenn er es sah, und ging dazu über, seinem Partner in die Seite zu treten.

Er ergriff die Kettensäge und riss am Seilzug. Der Motor erwachte brüllend zum Leben, und ich ertappte mich dabei, wenig heldenhafte, grenzfeminine Laute von mir zu geben, als er auf mich zukam. Ich kämpfte weiter gegen die Fesseln an und stellte plötzlich fest, dass ich mein linkes Handgelenk etwas weiter drehen konnte als zuvor. Trotz dieser Erkenntnis war ich völlig am Arsch, aber man muss sich über die kleinen Siege im Leben freuen.

Wenige Zentimeter über meiner linken Schulter setzte der Irre das Blatt der Kettensäge an und sagte etwas überaus Dramatisches, das ich wegen des Motorlärms nicht hören konnte.

»Was?«, fragte ich.

Er wiederholte es lauter, trotzdem konnte ich ihn immer noch nicht verstehen. Ich bin zwar recht gut im Lippenlesen, aber deutliche Aussprache gehörte ebenso wenig zu seinen Stärken wie die Gabe, seinen Speichel im Mund zu behalten.

Frustriert schüttelte der große Irre den Kopf. Einen Augenblick gestattete ich mir zu glauben, er könnte so sensationell, spektakulär, unfassbar dämlich sein, die Kettensäge auszuschalten, um sich Gehör zu verschaffen. War er nicht und tat er nicht. Stattdessen senkte er das Blatt auf meine Schulter zu.

Das Gebrüll der laufenden Kettensäge schlug abrupt in das Stottern einer sterbenden Kettensäge um, unmittelbar gefolgt von der Stille einer toten Kettensäge. Der große Irre starrte die Maschine einen Moment lang an, dann berührte er mit dem Blatt trotzdem meine Schulter. Es tat sich nicht viel. Er brüllte eine eher verwirrende Variante des wohl geläufigsten Fäkalworts, ehe er die Kettensäge quer durch die Garage an die Wand schleuderte.

»Du Idiot!«, schrie sein Partner und eilte hinüber, um die Maschine aufzuheben. »Maggie macht mir die Hölle heiß, wenn ich das Feuerholz nicht bis heute Abend geschnitten habe.«

»Wer, zum Teufel, schneidet in Florida Feuerholz?«, wollte der große Irre wissen.

»Wir haben Dezember...«

»Draußen hat es zwanzig Grad!«

»Maggie hat es gern warm im Haus.«

»Maggie ist eine fette Kuh!«

»Was hat das damit zu tun, ob man es gern warm im Haus hat? Warum sagst du immer Dinge, die nichts mit dem zu tun haben, wovon wir reden? Das machst du ständig. Ständig, ständig, ständig! Ich sollte mal mit der Kettensäge über dein Gesicht gehen.«

Ich stellte fest, dass ich mein linkes Handgelenk mittlerweile noch weiter drehen konnte. Wenn sie die nächsten drei oder vier Stunden weiterstritten, wäre ich frei.

Der große Irre schloss die Augen und holte mehrmals tief Luft. »Wir müssen uns konzentrieren«, sagte er und öffnete die Augen wieder. »Sammeln wir uns und besinnen uns auf unser Vorhaben. Wir sind nicht hier, um miteinander zu streiten. Wir sind hier, um ihn umzubringen. Also lass es uns tun.«

Er ging zu einem Regal und ergriff einen äußerst großen Bohrer. Ich bin wahrlich kein Experte, aber dieser sah mehr als ausreichend aus, um ein Loch in meinen Kopf zu zaubern. Ich hoffte, er würde den Weg der Kettensäge einschlagen, doch ein kurzer Druck auf einen Knopf genügte, und der Bohrer begann auf bedrohliche Weise zu surren, die zu sagen schien: Dein Schädel ist Geschichte.

Ich wiederholte die Variante des Fäkalworts, was in einer Gesinnung blanken Grauens durchaus sinnvoll erschien. Und irgendwie war es mir gelungen, mein Handgelenk in eine Position zu verrenken, in der ich es überhaupt nicht mehr bewegen konnte. Mit meiner Moral stand es nicht zum Besten.

Der kleine Irre lachte, hob die Kettensäge auf und ging zu seinem Kumpel.

»Also schön, ich glaube, hier liegt ein Missverständnis vor«, sagte ich, als der Große den Bohrer langsam auf mein Gesicht zuführte. Offensichtlich schätzte er die feine Kunst der Spannung.

»Was ist mit der Erklärung?«, fragte der kleine Irre.

»Vergiss die Erklärung. Machen wir ihn einfach alle.«

»Nein, nein«, widersprach ich. »Ich bin schrecklich neugierig auf diese Erklärung. Wenn Sie sich die Mühe gemacht haben, eine zu verfassen, scheint es mir eine Verschwendung zu sein, sie nicht...«

»Halt's Maul«, forderte mich der große Irre auf und kam mit dem Bohrer weiter näher. Mittlerweile trennten weniger als fünfzehn Zentimeter die äußerst weiche Haut meines Gesichts von der äußerst unweichen Spitze des Bohrers. Ich überlegte, ob ich ihn abbeißen könnte.

Anscheinend wollte sich der kleine Irre nützlich machen, denn er hievte die Kettensäge auf Brusthöhe und riss am Starterseilzug. Unmittelbar danach ereigneten sich drei Dinge in sehr rascher Abfolge. Erstens sprang der Motor der Kettensäge wieder an. Zweitens registrierte das Gehirn des Irren Überraschung darüber, dass der Kettensägenmotor tatsächlich angesprungen war. Drittens reagierte die Hand des Irren auf die Überraschung etwas unglücklich, nämlich indem sie den Griff der Kettensäge losließ.

Das laufende Blatt prallte von seinem Bein ab. Während es das Bein nicht durchtrennte oder dergleichen, verursachte es ein Prachtexemplar von einer Fleischwunde. Der kleine Irre fiel schreiend zu Boden und robbte von der Kettensäge weg, als wäre sie lebendig und könnte ihn wie ein Raubtier verfolgen. Der große Irre senkte hastig den Bohrer und eilte zu seinem Gefährten hinüber.

Der umklammerte sein Bein und brüllte weiter. Ich vergeudete törichterweise einige Sekunden damit, weiter gegen die Seile anzukämpfen, als könnte ich mich unverhofft in Superman verwandeln und sie zerreißen. Dann ging ich dazu über, mich zur Seite zu lehnen, und kippte den Stuhl erfolgreich um, schlug jedoch härter auf dem Zementboden auf, als ich gedacht hatte.

»Das kommt schon wieder in Ordnung«, meinte der Große über das Geschrei hinweg. »Sieht schlimmer aus, als es ist.«

Die Kettensäge lag auf der Seite und lief noch, nur Zentimeter von meiner rechten Hand entfernt. Ich strampelte mit den Beinen, so gut ich konnte, und versuchte, mich darauf zuzuschieben. Es ist eine heikle Kunst, Seile mit einer Kettensäge zu durchtrennen, umso mehr, wenn die Seile die eigenen Hände fesseln, aber ich unterstand einem ziemlich engen Zeitplan.

Es gelang mir, mich einige weitere Zentimeter vorwärtszuschieben. Halb erwartete ich, drei oder vier meiner Finger würden durch die Luft wirbeln. Stattdessen traf das Sägeblatt auf das Seil ... und das Sägeblatt gewann! Es durchschnitt den Strick nicht völlig, doch mit einem Jimmy-Olsen-artigen Anflug von Kraft zerriss ich den Rest und befreite meine linke Hand.

Der große Irre schaute von seiner medizinischen Untersuchung auf, bemerkte mich und hob den Bohrer auf.

Ich packte die Kettensäge am Griff und berührte mit dem Sägeblatt rasch das Seil, das meine andere Hand fesselte. Diesmal schnitt ich es vollends durch, daneben auch durch die obersten Hautschichten meines Handgelenks. Somit hatte ich beide Hände frei. Wäre der Rest meines Körpers nicht nach wie vor an einen umgekippten Stuhl gefesselt gewesen, und hätte sich nicht ein Wahnsinniger mit einem Elektrobohrer auf mich zubewegt, wäre ich in Jubelstimmung verfallen.

Der große Irre knurrte, als er hinter mir außer Sicht ging. Nun, ich konnte ihn durch den Lärm der Kettensäge und des Bohrers nicht wirklich hören, aber seine Miene sah mir stark nach einem Knurren aus. Ich gab ein Grunzen von mir, als er gegen die Rückenlehne meines Stuhls trat, dann machte ich mich emsig an den Versuch, die Fesseln an meinen Füßen zu durchschneiden. Ich sah, wie sich seine Hand herüberstreckte, um mir den Bohrer in die Seite zu rammen, doch ein einschüchternder Schwinger mit der Kettensäge bewog ihn, es sich anders zu überlegen.

Als das Seil von meinem linken Fuß abfiel, erstarb die Kettensäge wieder. Dadurch konnte ich hören, dass der große Irre durch die Rückenlehne des Stuhls bohrte.

Wenngleich ich weit davon entfernt bin, an einen Gewichtheber zu erinnern, bin ich körperlich trotzdem recht gut in Form, zudem durchströmte mich Adrenalin. Ich ließ die Kettensäge los, stemmte die Hände auf den Boden, stützte mich mit dem freien Fuß ab und drückte, so kräftig ich konnte. Ich hatte vor, den Stuhl herumzudrehen, dadurch den Bohrer abzubrechen und hoffentlich die Finger des großen Irren zu zerquetschen.

Das funktionierte nicht. Der Stuhl rührte sich keinen Millimeter.

Ich griff mir wieder die Kettensäge, schwang sie mit aller Kraft über die Schulter und schlug damit auf den großen Irren ein.

Das funktionierte.

Er stieß einen Schrei aus, und ich hörte, wie der Bohrer zu Boden fiel. Hektisch begann ich, an dem Seil zu zerren, um mich zu befreien, bevor ...

Ich schaute auf und erblickte den kleinen Irren, der mit nach wie vor blutendem Bein auf mich zuhumpelte.

Er trug einen Betonblock der Art, wie man sie beim Bau von Gebäuden einsetzen konnte, als elegantes Möbelstück für Studentenbuden und zum Fallenlassen auf die Köpfe von Leuten.

Obwohl ich zwei Hände und einen Fuß frei hatte, würde es mir nie und nimmer gelingen, den Rest meiner selbst zu befreien, bevor er in Reichweite gelangte, um den Betonblock fallen zu lassen. Ich zerrte am Seilzug der Kettensäge.

Er riss ab.

Das war zweifellos schlecht, doch ich hatte schon in einer brenzligeren Lage als dieser gesteckt und sie lebendig überstanden. Nicht *sehr* lebendig, aber immerhin. Und obwohl Kettensägen nicht für ihre aerodynamischen Eigenschaften bekannt sind, war ich gewillt, einen Wurf zu versuchen.

Ich schleuderte sie in seine Richtung – sie kam ihm nicht einmal nahe.

Allerdings war der kleine Irre kurz zuvor von derselben Säge übel zugerichtet worden, und obwohl es gemessen an jeder Norm ein ziemlich mitleiderregender Wurf war, wich er einen überhasteten Schritt zurück. Nur einen kleinen, doch der genügte, um mit dem Fuß in die Blutspur zu treten, die er hinter sich herzog.

Er rutschte aus und fiel, recht ähnlich wie zuvor, als er versucht hatte, die Kettensäge anzulassen. Nur hatte er zuvor keinen Betonblock gehalten. Er landete auf dem Boden, und der Betonblock wiederum auf ihm. Ich werde nicht verraten, wo. Krümmen Sie sich einfach an seiner statt und seien Sie froh, dass Sie es nicht gesehen haben. Er kreischte ein paar Mal, dann verlor er das Bewusstsein.

Ich mochte den kleinen Irren nicht besonders, dennoch standen mir Tränen in den Augen, als ich mich wieder dem

Lösen meiner Fesseln zuwandte. Den großen Irren hörte ich leise wimmern, aber er schien es nicht mehr auf mich abgesehen zu haben.

Die Garagentür flog auf, und zwei vertraute Gestalten stürmten mit gezückten Revolvern herein.

Es waren die Sergeants Tony und Bruce Frenkle. Die beiden waren eineiige Zwillinge, wenngleich man Tony an einem kleinen Leberfleck über der linken Augenbraue erkennen konnte.

»Keine Bewegung!«, rief einer der beiden – ich befand mich zu weit entfernt, um den Leberfleck zu sehen. »Niemand ... äh ... rührt sich ... « Sie bewegten sich weiter herein und sahen sich in der Garage um.

»Wow, Andrew, die haben Sie ja ziemlich übel zuge... Oh, großer Gott im Himmel, was ist denn mit diesem Betonblock passiert?«

»Was ist bloß los mit euch?«, verlangte ich zu erfahren. »Warum könnt ihr nicht einmal auftauchen, *bevor* die Situation geklärt ist? Wie macht ihr das überhaupt? Hockt ihr draußen und wartet, bis alles paletti ist? Ich hätte beinah einen Bohrer in den Rücken bekommen! Habt ihr je beinah einen Bohrer in den Rücken bekommen? Ich wette, das habt ihr nicht, oder?«

»Ruhig Blut, Andrew.« Tony kauerte sich hin, um mir zu helfen, die restlichen Fesseln zu lösen, während Bruce seine Handschellen hervorholte und sich um den großen Irren kümmerte. »Es war nicht einfach, Sie hier zu finden. Wir mussten ...«

»Ist mir schnurzpiepegal«, fiel ich ihm ins Wort. »Binden Sie mich einfach los.«

»Weiße können so unhöflich sein«, befand Bruce.

Bald war ich befreit, und die Bösen wurden in einen Krankenwagen verfrachtet. Ich hob die Erklärung auf, die sie mir vorlesen wollten, weil mich ihre Beweggründe interessierten.

Andrew Mayhem, wir hassen dich, und jetzt wirst du sterben.

Großartig. Sherlock Holmes bekam Professor Moriarty; ich diese beiden Kerle.

Leider sollte es nicht lange dauern, bis ich nostalgisch in Erinnerungen an die guten alten Zeiten schwelgte, in denen ich mich lediglich mit ein paar Wahnsinnigen mit defekten Elektrowerkzeugen herumschlagen musste.

KAPITEL ZWEI

Nachdem das Krankenhauspersonal beschlossen hatte, dass ich zwar unausstehlich, aber ansonsten unversehrt sei, fuhr Tony mich nach Hause. Ich war durch die Erfahrung ziemlich durch den Wind und freute mich auf etwas zärtliche, liebevolle Pflege von Helen.

»Oh, was für eine freudige Überraschung«, sagte sie, als ich die Haustür öffnete. »Es ist so schön, dass du vor Mittag nach Hause kommen konntest. Mir hat die Vorstellung zutiefst widerstrebt, dass du dich todunglücklich bei acht Stunden Arbeit quälst. Warte, das hätte ich ja fast vergessen – du bist gar nicht hingegangen! Aber kein Problem, die Zeitarbeitsfirma hat gerade angerufen und gesagt, du brauchst nicht mehr zu kommen, also zerbrich dir wegen dieser Unannehmlichkeit nicht weiter den Kopf.«

»Es war nicht meine...«

»Ist schon in Ordnung. Ich bin sicher, der Grund, warum du geschwänzt hast, war, dass du helfen wolltest, dich um deine Kinder zu kümmern. Oh, nein, warte... wenn ich's mir recht überlege, wurde *ich* durch einen Anruf von Kyles Lehrerin geweckt, die sagte, ich soll ihn abholen, nicht du. Na ja, was soll's, ich arbeite ja nur die Nachtschicht und hatte immerhin schon gute zwanzig Minuten Schlaf – was soll ich mich also beklagen? Das Wissen, dass mein lieber Ehemann eine schöne Zeit mit seinem Freund hatte, wiegt jedes Ungemach auf.«

»Ich war nicht bei...«

»Ach, übrigens, sie haben uns das Wasser abgedreht. Ich

weiß, wie schwierig es ist, daran zu denken, Schecks auszustellen, wenn diese merkwürdig aussehenden Papierschnipsel mit der Post kommen, aber manche Menschen in diesem Land bezeichnen das als ›Rechnungen bezahlen‹. Ich vermute, da du selten Geld zu diesem Haushalt beisteuerst, geht dir so etwas natürlich nicht durch den Kopf, aber fünf Minuten im Monat solltest sogar du in der Lage sein, dich darum zu kümmern.«

»Tut mir leid.«

»Ja, prima, mit einer Entschuldigung ist viel geholfen.« Damit stürmte sie aus dem Wohnzimmer in die Küche.

Helen war in letzter Zeit nicht bester Laune. Vor anderthalb Jahren hatte ich eine entsetzliche Tortur durchgemacht, bei der letztlich unsere Kinder entführt wurden und beinah ermordet worden wären und ich fast an Pfeil- und Schussverletzungen gestorben wäre. Helen hatte bereits einen stressreichen Job als staatlich geprüfte Krankenpflegerin, weshalb dieser Zwischenfall ihrem Magengeschwür wenig zuträglich gewesen war.

Etwas versüßt wurde der Albtraum, als mir eine beträchtliche Summe angeboten wurde, um meine Geschichte zu erzählen. Allerdings ging das Geld flöten, als sich mein Finanzberater mit dem gesamten Betrag sowie zwei Unterwäschemodels namens Monique und Taffy außer Landes absetzte. Der Umstand, dass Helen mich mehrere Male davor gewarnt hatte, ihm zu vertrauen, wurde dabei nicht übersehen.

Daher befand ich, dass es an der Zeit wäre, ein aufrechter, verantwortungsbewusster Bürger zu werden. Ich registrierte mich bei mehreren Zeitarbeitsfirmen und erhielt eine Stelle, bei der ich Aktenschränke für eine widerliche, grässliche Frau mit Fängen sortieren musste. Ich meldete mich drei unerträgliche Tage am Stück zur Arbeit, doch dann entschied ich, dass sich jemand, der seine Kinder vor einem skrupellosen Mörder gerettet und eine Snuff-Filmproduktionsfirma auffliegen lassen hatte, nicht mit einer schauerlichen Spinatwachtel herumschlagen musste, die darüber jammerte, dass »McReady« vor »Madison« einzuordnen sei. Also ging ich und besuchte meinen Freund Roger. Wahrscheinlich hätte ich der Zeitarbeitsfirma Bescheid geben sollen. Helen war nicht erfreut.

Durch meine Schilderungen hörte sich Helen vermutlich an, als liefe sie im Bademantel und mit Lockenwicklern umher und prügle mich regelmäßig mit einem Nudelholz windelweich. Körperlich ist sie alles andere als einschüchternd. Tatsächlich ist sie eine recht zierliche Person. Im vergangenen Jahr hatte sie das glatte braune Haar ein gutes Stück über die Schultern wachsen lassen, und bevor mein Geld für das Buch vollends verschwand, ließ sie durch eine Laseroperation die dicke Brille verschwinden. Dennoch behielt sie irgendwie ihr eulenhaftes Aussehen bei, was ich als sonderbar empfand.

Um ein Haar wäre ich ihr in die Küche gefolgt, um ihr meine Seite der Geschichte zu präsentieren, doch ich beschloss, sie zuvor etwas abkühlen zu lassen. Stattdessen ging ich hinauf in Kyles Zimmer.

Er saß auf dem Bett und spielte mit seinen *Captain Hocker*-Actionfiguren. Als ich eintrat, schaute er auf. »Mommy ist wieder auf dem Kriegspfad«, warnte er mich.

»Pssst ... Ich hab dich doch gebeten, das nicht mehr zu sagen«, erinnerte ich ihn. »Dadurch wird sie nur noch wütender.«

Ich nahm neben ihm Platz. Für einen Siebenjährigen war er zwar klein, aber kein Zwerg. Gegen seinen derzeitigen Stoppelhaarschnitt hatte ich gekämpft und mich bereits auf der Siegerstraße befunden, bis es ihm gelungen war, nicht einen, sondern drei Kaugummis ins Haar zu bekommen, weshalb es restlos abgeschnitten werden musste.

In Anbetracht dessen, was der kleine Bursche durchgemacht hatte, schlug er sich durchaus gut. Nicht ganz so gut wie Theresa, die, abgesehen von gelegentlichen Albträumen, von der Tortur mittlerweile so gut wie unbeeinträchtigt zu sein schien, aber auch keineswegs schlecht. Auf Empfehlung mehrerer Ärzte hatten wir Kyle in eine Sonderschule für seelisch beeinträchtigte Kinder gegeben, doch die meiste Zeit ging es ihm tadellos.

»Also, was hast du gemacht?«, fragte ich.
»Nichts.«
»Die haben Mom grundlos angerufen?«
Kyle zuckte mit den Schultern. In seinen Händen rettete *Captain Hocker* gerade einen Planeten vor der gefürchteten *Gleeker-Streitmacht des Verderbens*.
»Komm schon, Kumpel, mir kannst du es ruhig sagen.«
»Ich habe gespuckt.«
»Du hast gespuckt?«
»Mhm.«
»Wohin?«
»Auf Leute.«
»Wie viele Leute?«
Abermals zuckte er mit den Schultern. »Eine Menge.«
»Warum hast du das gemacht?«
»Keine Ahnung.«
»Du hast dir einfach gedacht: ›He, ich hab ein wenig Geifer übrig, den könnte ich doch mit anderen teilen‹?«
Wieder ein Schulterzucken.
Ich seufzte. »Hör mal, Kumpel, du kennst doch dieses stinkige Kind in deiner Klasse, das keiner mag, oder?«
»Joey.«
»Genau. Stinke-Joey, der Stinktierjunge. Also, andere Kin-

der anzuspucken, ist genauso schlimm, wie übel zu riechen. Die Leute mögen das nicht. Und weißt du noch, dass ich dir erzählt habe, stinkende Kinder können keine Astronauten werden, weil der Gestank die Sauerstoffanlage durcheinanderbringt? Wenn du spuckst, schwebt dein Speichel durch das Spaceshuttle, gerät ins Getriebe, und Menschen sterben. Verstehst du, was ich sage?«

Kyle nickte.

»Wirklich?«

»Ja.«

»Also wirst du niemanden mehr anspucken?«

»Nein.«

»Versprochen?«

»Ja.«

»Hand drauf.« Wir schüttelten einander die Hände, dann umarmte ich ihn.

»Andrew, komm sofort hier runter!«, rief Helen von unten.

»Sie ist wieder auf dem Kriegspfad«, stellte Kyle fest.

»Sag das nicht mehr. Ich mein's ernst.«

»Du hast es zuerst gesagt.«

»Und *genau deshalb* will ich nicht, dass du es sagst.« Damit erhob ich mich, eilte aus seinem Zimmer und die Treppe hinunter.

Helen saß auf der Couch und hielt sich einen Eisbeutel an den Kopf. »Tut mir leid«, sagte sie. »Ich wollte dich nicht anbrüllen, aber es ist einfach so frustrierend. Wo bist du heute gewesen?«

Ich zuckte mit den Schultern. »Nirgends.«

***

Am nächsten Tag war Mittwoch, was bedeutete, dass Helens Eltern die Kinder hüteten. Ich versuchte, Helen zu überreden, sich die Nacht freizunehmen, damit wir romantisch ausgehen könnten. Doch sie war noch wütend auf mich, weil ich sie mich so lange anbrüllen ließ, ohne ihr zu erklären, dass ich von Wahnsinnigen entführt worden war.

Also fuhr ich zu Roger. Er begrüßte mich mit drei Kratzern im Gesicht, die von seinem linken Auge zum Kiefer hinab verliefen. Die auf der anderen Gesichtshälfte verheilten bereits recht gut.

»Ich will diese Katze nicht mehr«, teilte er mir mit.

»Es ist grausam, so etwas zu sagen«, erwiderte ich und trat ein. Rußflocke schlief friedlich auf Rogers Couch, deren Seiten die schwarze Katze liebevoll zerfleddert hatte. »Dieses unschätzbare Tier hat mir das Leben gerettet.«

»Dann nimm *du* sie doch! Sie kratzt mich ständig. Sie haart auf meine gesamten Möbel. Sie kaut nachts an meinem Ohr. Ich habe sogar Katzenhaare in einem Milchkarton gefunden, den ich gerade geöffnet hatte.«

»Ist meine Rußflocke ein liebes Kätzchen?«, fragte ich und kraulte den Kater hinter den Ohren. »Ja, das ist er! Ja, das ist er! Ja, das ist er!«

»Ich mein's ernst, Andrew. In meinem ganzen Schlafzimmer ist Katzenstreu verteilt. Du bist derjenige, dessen Leben das Vieh gerettet hat.«

»Ja, aber nur, weil er mir das Leben gerettet hat, konnte ich deines retten, schon vergessen?«

»Wenn der Kater klug genug gewesen wäre, dich sterben zu lassen, wäre mein Leben nie in Gefahr geraten«, entgegnete Roger. »Nimm das Vieh. In Gottes Namen, nimm es!«

»Helen ist allergisch gegen Katzen. Außerdem zerkratzen sie alles. Ich meine, sieh dich nur mal um.«

»Mir ist nicht nach Scherzen zumute. Der Kater miaut die ganze Nacht, und ich glaube, er versucht, eines meiner Kissen zu schwängern.«

»Schon gut, schon gut. Ich werde sehen, was ich tun kann«, versprach ich. »Vielleicht nehmen ihn meine Schwiegereltern. Aber er ist so ein süüüßes Kätzchen!«

»Du bist ein hundsgemeiner Mensch«, ließ Roger mich wissen.

* * *

Wir fuhren zum *Blizzard Room,* einem Café, in dem wir für gewöhnlich unsere Mittwochabende damit verbrachten, uns darüber zu beklagen, dass wir keinen besseren Ort hatten, an dem wir unsere Mittwochabende verbringen konnten. Praktisch das einzig Empfehlenswerte an dem Lokal war, dass es nicht in Flammen stand, dennoch ließen wir so gut wie nie eine Woche aus.

»Warum kommen wir hierher?«, fragte ich. »Der Kaffee ist nicht gut, die Tische wackeln, wenn man ...«

»Andrew, das kauen wir jedes Mal durch«, unterbrach mich Roger und seufzte. »Jeden Mittwoch hockst du da und zählst auf, was an dem Lokal mistig ist, und jeden Mittwoch kommen wir wieder her.«

»Und findest du das nicht deprimierend erbärmlich?«

Roger zuckte mit den Schultern. »Das ist unser Schicksal. Unser Weg ist vorherbestimmt, und wir können nichts tun, um ihn zu ändern.«

»Ja, ich schätze, du hast recht.« Ich trank einen Schluck Kaffee. »Vielleicht gehen wir nächste Woche zum Bowlen.«

»Wir können sofort aufstehen und Bowlen gehen.«

»Nee.«

»Dachte ich mir.«

Nach einigen weiteren Minuten intellektuell auszehrender Unterhaltung stand Roger auf, um die Toilette zu benutzen. Ich erinnerte ihn daran, dass die Toiletten unterdurchschnittliches Niveau besaßen, insbesondere der Handtrockner, der etwa so wirksam war, als würde man sich in die Hände hauchen. Er teilte mir daraufhin mit, dass ihm die Unzulänglichkeiten der WC-Anlage durchaus bewusst seien und er es sehr zu schätzen wüsste, wenn ich meine Ansichten in meinem Kopf behielte, wo sie hingehörten. Ich stimmte zu.

Wenige Minuten, nachdem er gegangen war, schwang die Tür auf, und eine Frau trat ein. Sie wirkte wie etwa sechzig. Offensichtlich hatte sie sich liften lassen, wodurch sie vermutlich jünger erscheinen sollte, doch in Wirklichkeit sah sie dadurch lediglich wie eine Sechzigjährige aus, deren Haut nach hinten gespannt worden war. Ihr Haar war blond – zu blond – und zu einem Dutt hochgesteckt. Sie trug ein teuer wirkendes blaues Kleid, Stöckelschuhe und eine blaue Handtasche, die perfekt zu dem Kleid passte.

Eine Weile ließ sie den Blick sichtlich unbeeindruckt durch das Café wandern, dann erspähte sie mich und kam an meinen Tisch.

»Andrew Mayhem?«, fragte sie. Ich hätte erwartet, dass sie eine ungemein fiese Stimme besaß, tatsächlich jedoch klang sie recht weich und angenehm.

»Ja?«

»Darf ich mich setzen?«

»Sicher. Warten Sie, ich besorge Ihnen einen Stuhl, der noch alle vier Beine hat.« Ich streckte die Hand aus und zog einen Stuhl vom Nachbartisch herüber.

Die Frau nahm Platz und schenkte mir den Ansatz eines Lächelns. »Danke. Mein Name ist Patricia Nesboyle. Ich bin eine viel beschäftigte Frau, und ich bin sicher, Sie sind ein viel beschäftigter Mann. Also komme ich gleich auf den Punkt. Ich möchte Sie dafür bezahlen, mich morgen Abend zu einer Party zu begleiten.«

»Was für eine Party?«

»Eine Dinnerparty. Eine schlichte Angelegenheit, nur vier Freunde und ich.«

»Ich verstehe. Und darf ich fragen, weshalb Sie mich dafür bezahlen möchten?«

Sie nickte. »Ich habe darüber gelesen, wie Sie die schreckliche Situation mit diesen scheußlichen Menschen gemeistert haben. Unter meinen Freunden sind Sie eine Art Berühmtheit. Sie wären alle zutiefst beeindruckt durch Ihre Anwesenheit, außerdem könnten Sie mich beschützen.«

»Wovor?«

Sie senkte die Stimme zu einem Flüstern. »Einer meiner Freunde hat vor, mich morgen Abend umzubringen.«

»Nur einer?«

Beleidigt lehnte sie sich zurück. Sofort wurde mir klar, was ich gesagt hatte. »Nein, nein, das habe ich nicht gemeint. Ich wollte nur fragen, ob ... Na schön, ich *habe* gefragt, ob es nur einer will, aber ich habe damit nicht gemeint, dass es mehr sein sollten. Also, soweit es mich betrifft, sollten es *gar keine* sein, aber ...«

»Werden Sie es tun?«

»Woher wissen Sie, dass jemand Sie töten will?«

»Das ist äußerst kompliziert. Sagen wir einfach, ich habe etwas gehört, was nicht für meine Ohren bestimmt war.«

Etwas an ihrem Tonfall weckte in mir den Verdacht, dass sie nicht die ganze Wahrheit sagte, wenngleich ich nicht allzu viel Vertrauen in meine Instinkte setze, da ich erfahrungsgemäß ein unqualifizierter Stümper bin.

»Na schön, aber ich weiß wirklich nicht, wie ich helfen könnte«, gestand ich. »Ich bin kein Leibwächter.«

»Er hat recht, ist er nicht«, bestätigte Roger, der an den Tisch kam. »Sie sollten mal sehen, wie er meinen Leib bewacht hat.«

»Das habe ich«, gab Patricia zurück. »Es war recht grotesk, was Ihnen widerfahren ist. Hätten Sie etwas dagegen, uns kurz unter vier Augen reden zu lassen?«

»Keineswegs«, antwortete Roger. »Ich wollte mich ohnehin gerade alleine an den Ecktisch setzen.«

Damit ging er. Ich fuhr mir mit der Hand durchs Haar und trank einen weiteren Schluck Kaffee. »Hören Sie, Ms. Nesboyle, ich fühle mich zwar geschmeichelt, aber ich fürchte, ich muss ablehnen. Wie viel bieten Sie mir überhaupt?«, fügte ich hinzu.

»Fünfhundert Dollar.«

»Und was genau muss ich dafür tun?«

»Nichts«, versprach sie. »Sie tauchen nur bei der Party auf. Wenn Sie dort sind, wird niemand etwas versuchen.«

»Warum sagen Sie nicht einfach ab?«

»Das kann ich nicht. Es ist eine ... besondere Party.«

»Besondere Partys sind die besten. Aber mal im Ernst, wenn Ihr Leben auf dem Spiel steht, sollten Sie nicht einen richtigen Leibwächter anheuern oder sich an die Polizei wenden?«

Patricia schüttelte den Kopf. »Das wäre doch nicht so lustig, oder?«

Etwas stimmte mit dieser Dame ganz und gar nicht. »Lassen Sie mich das klarstellen: Ich kreuze bei der Party auf, mische mich unters Volk und gehe wieder nach Hause. Ist das korrekt?«

»Ja, ist es.«

Zu diesem Zeitpunkt beschloss meine innere Stimme, sich zu Wort zu melden. *He, Andrew, Kumpel, diese Frau ist vollkommen irre! Lass dich nicht mit ihr ein. Erinnerst du dich an das letzte Mal, als du dich von einer seltsamen Frau für einen Gefallen hast bezahlen lassen? Hä? Erinnerst du dich? Tust du doch, oder? So lustig war das nicht, richtig? Wenn ich du wäre, was ich bin, würde ich ihr sagen, sie soll sich zum ... mmmhhh!* Ich würgte meine innere Stimme in Gedanken ab und ergriff selbst das Wort: »Sechshundert plus weitere hundert für meinen Freund – dafür, dass er auf meine Kinder aufpasst.«

Sie verengte die Augen. »Fünfhundert plus hundert für Ihren Freund.«

»Sechshundert plus nichts für meinen Freund.«

»Abgemacht.«

»Alles klar, klingt gut«, meinte ich und streckte ihr die Hand entgegen. Sie ergriff sie so zart, dass sie meine Finger kaum berührte.

»Ich muss gehen«, verkündete sie und kramte aus ihrer Handtasche eine kleine Karte hervor. »Kommen Sie morgen pünktlich um acht Uhr zu dieser Adresse. Ziehen Sie sich etwas Anständiges an.«

»Das bekomme ich hin«, erwiderte ich und hoffte, dass ich die Anzugjacke noch besaß, die ich vor sechs Jahren für meinen halbwöchigen Versuch als Salonsänger gekauft hatte.

»Sehr gut. Ich freue mich darauf, Sie dort zu sehen.« Damit stand sie auf, nickte höflich und verschwand.

Roger kam zurück und nahm ihren Platz ein. »Wer war das?«

»Patricia. Kannst du morgen Abend auf die Kinder aufpassen?«

Rogers Miene hellte sich auf. »Kyle bringt doch seinen Nintendo mit, oder?«

»Klar.«

»Sicher, ja, kann ich machen.«

»Und ich habe hundert Mäuse für dich rausgeschlagen.«
Verdammte Schuldgefühle. Das war ein verteufelt großzügiges Babysitterhonorar, aber ich hatte immer noch Gewissensbisse, weil Roger nie die zehntausend Dollar bekam, die jeder von uns erhalten sollte, als ich ihn vor anderthalb Jahren dazu überredete, den Grabraubauftrag anzunehmen.

Roger schaute misstrauisch drein. »Und was genau machst du morgen Abend?«

»Ich gehe bloß zu einer Party.«

»Du gehst bloß zu einer Party?«

»Ich gehe bloß zu einer Party.«

»Du bringst dich doch nicht wieder in Schwierigkeiten, oder?«

»Nein«, antwortete ich. »Das hoffe ich nicht.«

KAPITEL DREI

»Andrew Mayhem, Gigolo«, meinte Roger und drehte am Sendersuchlauf meines Autoradios. »Klingt irgendwie gut.«

Ich schlug seine Hand weg. »Ich bin kein Gigolo. Ich bin ein Leibwächter.«

»Ich weiß nicht recht, mir riecht das Ganze verdächtig nach einer Gigologeschichte.« Er wartete, bis ich die Hand wieder aufs Lenkrad legte, dann machte er sich erneut am Sendersuchlauf zu schaffen.

»Sie ist wahrscheinlich sechzig Jahre alt.«

»Und du bist ein strammer Dreiunddreißigjähriger. Wahrscheinlich sucht sie nach jemandem, der etwas anderes als ihr Gesicht liftet.«

»Red keinen kranken Schwachsinn«, sagte ich und schlug seine Hand erneut weg. »Es ist bloß eine Party.«

»Vermutlich eine Nacktparty.«

»Grundgütiger, und ich habe mich gefragt, wo mein Siebenjähriger sein unreifes Verhalten herhat. Ich muss mir wirklich einen neuen Babysitter suchen.«

»Wirst du es Helen sagen?«

»Natürlich werde ich es Helen sagen!«

***

Ich hätte es Helen auch gesagt, doch abgesehen vom Frühstück, vom Abendessen und von der Stunde, die wir gemeinsam vor dem Fernseher verbrachten, bevor sie zur Arbeit aufbrach, boten sich keine günstigen Gelegenheiten. Nachdem sie weg war, kramte ich mein Jackett aus dem Schrank hervor, entschied mich dagegen, den Schokoriegel zu essen, der all die Jahre in der Tasche überlebt hatte, und fuhr Theresa und Kyle zu Roger.

Patricias Haus befand sich im äußersten Westen von Chamber, Florida. Je weiter man nach Westen fährt, desto wohlhabender werden die Viertel, und ich fühlte mich zunehmend verlegener in meinem kastenförmigen grauen Wagen, der nur wenig besser als etwas war, das einen Aufziehmechanismus benötigte.

Um Punkt acht Uhr rollte ich in die lange, kreisförmige Auffahrt eines gewaltigen zweigeschossigen Hauses mit üppig beleuchtetem, tadellos gepflegtem Rasen und einem riesigen Springbrunnen in der Mitte, aus dem Wasser zum Takt der klassischen Musik sprühte, die aus Lautsprechern an den Seiten ertönte.

Ich überprüfte die Karte, die Patricia mir gegeben hatte ... und stellte fest, dass ich mich an der falschen Adresse befand.

Um Punkt acht Uhr vierzig rollte ich in die lange, kreisförmige Auffahrt eines gewaltigen zweigeschossigen Hauses mit spärlich beleuchtetem, möglicherweise tadellos gepflegtem Rasen und der hässlichen Statue eines nackten Burschen, dem eine Hinterbacke fehlte.

Ich parkte hinter fünf schöneren Fahrzeugen als dem meinen und eilte hinauf zur Vordertür.

Patricia öffnete, nachdem ich geklingelt hatte. Sie begrüßte mich mit einem finsteren Blick. »Mittlerweile könnte ich tot sein«, flüsterte sie.

»Tut mir leid«, entschuldigte ich mich. »Ich hatte die Adresse falsch gelesen.«

Ich betrat das Haus, und sie führte mich in ein erlesen möbliertes Arbeitszimmer, wo vier weitere Personen herumstanden und Drinks schlürften. Alle schienen etwa in Patricias Alter zu sein, zwei Männer und zwei Frauen. Die Männer trugen Anzüge, neben denen ich mich in meinem wie in einem alten Jutesack fühlte, aus dessen Ärmeln tote Motten purzelten.

»Unser besonderer Gast ist eingetroffen«, verkündete Patricia. »Werte Freunde, das ist Andrew Mayhem.«

»*Der* Andrew Mayhem?«, fragte ein Mann mit buschigen weißen Brauen und Schnauzbart. »Wie interessant.«

Patricia ergriff meine Hand und schleifte mich zu ihm hinüber. »Andrew, das ist Malcolm. Er hat mit meinem Mann zusammengearbeitet.« Sie sagte es auf eine Weise, die andeutete, dass ich so tun sollte, als hätte ich einen Schimmer, wer ihr Mann war, also meinte ich: »Ah.«

»Freut mich, Sie kennen zu lernen.« Malcolm schüttelte mir die Hand und deutete auf eine Frau mit scharf geschnittenen Zügen, die neben ihm stand. »Das ist Donna, meine Frau.«

Donna nickte mir höflich zu, doch aus ihrer Miene ging deutlich hervor, dass sie von mir erwartete, jeden Moment damit anzufangen, in der Nase zu bohren und zu furzen.

»Hallo«, sagte ich und hoffte, sie würde meinen Atem nicht als unangenehm empfinden.

Patricia führte mich weiter zu dem anderen Paar. Der Mann war ausgesprochen klein und dünn, gebärdete sich jedoch wie ein Ausbildungsoffizier. »Ist mir eine Ehre, Andrew!« Er schüttelte – beziehungsweise zerquetschte – mir die Hand. »Ich bin Stephen.«

»Vivian«, stellte sich seine Frau vor, die einen guten Kopf höher als Stephen aufragte, aber geradezu schmerzlich schüchtern wirkte.

»Also, Andrew, wie viel von dem, was Sie in Ihrem Buch geschrieben haben, ist wahr?«, erkundigte sich Stephen.

»Oh, Sie haben es gelesen?«

Er schüttelte den Kopf. »Das wollte ich mir aufheben, bis ich weiß, wie viel davon wahr ist.«

»Nun ja, sagen wir so: Hätte ich den Inhalt frei erfunden, hätte ich mich mit Sicherheit nicht als so dämlich dargestellt.«

Ich grinste. Er nicht.

Ich stellte das Grinsen ein und wandte die Aufmerksamkeit wieder Patricia zu. »Vielen Dank für die Einladung. Sie haben ein wunderschönes Haus.«

Ich bin zwar nicht völlig, aber doch ziemlich sicher, gehört zu haben, wie Donna ihrem Mann zuraunte: »Genau, als ob er das beurteilen könnte.«

»Danke«, erwiderte Patricia. »Ich habe die Innenarchitektin selbst beauftragt. Möchten Sie einen Drink?«

Ich war versucht, mit der Begründung abzulehnen, dass ich gerade eine Verkostung von Schnaps aus meiner Heimbrennerei abgeschlossen hätte, aber ich glaubte nicht, dass sie belustigt darüber gewesen wäre. »Sicher. Ich nehme, was sie hat«, sagte ich stattdessen und deutete auf Donna.

Patricia ging zur Bar und schenkte mir ein Glas Weißwein ein. Abermals geriet ich in Versuchung, aber ich riss mich zusammen und fragte nicht nach einem Strohhalm. Diese Leute zu veralbern, war es nicht wert, meine fünfhundert Mäuse zu verlieren.

Ich aß sonderbare Cracker mit Lachspaste darauf und betrieb eine gute Viertelstunde Smalltalk mit den Gästen. Ich bin so gut wie sicher, in dieser Zeit gehört zu haben, wie Donna das Wort ›inzüchtig‹ in zwei verschiedenen Sätzen verwendete. Malcolm schien mir recht nett zu sein, dennoch befand ich mich weit außerhalb meiner gesellschaftlichen Gewässer. Doch so versnobt die Leute auf mich wirkten, für einen potenziellen Mörder hielt ich niemanden von ihnen.

Schließlich klatschte Patricia in die Hände, um sich die Aufmerksamkeit der Anwesenden zu sichern. »Sollen wir beginnen?«

»Gewiss«, sagte Stephen, und die anderen taten ihre Zustimmung kund.

»Wunderbar. Dann bitte auf ins Speisezimmer.«

Patricia verließ das Arbeitszimmer, und die Gäste folgten ihr. Ich bildete zusammen mit Malcolm das Schlusslicht. Mit einem verschmitzten Funkeln in den Augen lächelte er mich an. »Sagen Sie, Sohn, wie viel bezahlt sie Ihnen?«, flüsterte er.

Ich war nicht sicher, ob es geheim bleiben sollte oder nicht, deshalb entschied ich mich für die sicherere Variante. »Sie bezahlt mir gar nichts.«

»Ach, hören Sie doch auf. Sie schlafen doch nicht gratis mit ihr, oder?«

»Ich schlafe überhaupt nicht mit ihr!«

»Wirklich? Dann sind Sie der Erste.« Er zwinkerte mir zu. »Keine Sorge, es wird dieses Haus nicht verlassen.«

Irgendwie *wusste* ich einfach, dass sehr wohl zu Helen durchdringen würde, ich sei ein Prostituierter, der es einer Frau gehobenen Alters besorgte. Mein Glück ist so geartet.

Im Gänsemarsch betraten wir das Speisezimmer. Ein schwarzes Tischtuch bedeckte einen kleinen, runden Tisch, und fünf dicke, weiße Kerzen brannten. Ein größerer, rechteckiger und leerer Tisch war an die Wand geschoben worden. Anscheinend handelte es sich doch um keine Dinnerparty, wie mir gesagt worden war.

»Was genau machen wir?«, flüsterte ich Malcolm zu.

»Hat sie Ihnen das nicht gesagt?«, fragte er. »Wir führen eine Séance durch.«

Großartig. Einfach großartig. Mein Leben würde nicht nur durch ein Gigolomissverständnis ruiniert werden, es würden auch Leute aus dem Jenseits stocksauer auf mich sein. Ich schwor mir, nie wieder ins *Blizzard Room* zurückzukehren.

Als die Gäste ihre Plätze rings um den Tisch einnahmen, trat ich zu Patricia. »Eine Séance, wie?«

»Stimmt.«

»Das erscheint mir eine winzig kleine Information zu sein, die Sie mir gestern Abend ruhig hätten mitteilen können, finden Sie nicht auch?«

»Wozu?«

»Was soll das heißen, wozu? Wir reden hier von einer Séance!«

»Ja, und?«

Mit einer solchen Logik ließ sich nicht diskutieren. Ich senkte die Stimme. »Und was soll ich tun?«

»Nichts. Sehen Sie einfach zu. Aufmerksam.«

Sie setzte sich. Für den Fall, dass gleich Ektoplasma durch die Gegend fliegen würde, wollte ich mich wirklich nicht an den Tisch setzen, aber das erübrigte sich, weil ohnehin kein Platz frei geblieben war. Ich lehnte mich an die Wand.

»Heute Abend nehmen wir Kontakt zu meinem verstorbenen Mann auf«, kündigte Patricia an. »Holt alle tief Luft, um euren Geist zu öffnen.«

Die Anwesenden taten, wie ihnen geheißen, dann reichten sie sich die Hände.

An dieser Stelle fing ich an, mich ein wenig mulmig zu fühlen. Anscheinend bekam mir die Lachspaste nicht. Sollte ich mir wegen dieses Auftrags eine Lebensmittelvergiftung einhandeln, würde ich zwanzig Dollar zusätzlich verlangen.

Nach einigen Minuten des Geistöffnens schlossen alle die Augen, und Patricia sprach mit fester, steter Stimme: »Charles. Charles Nesboyle. Bist du da? Kannst du mich hören?«

Mittlerweile war mir unglaublich schlecht. Ich wischte

mir Schweiß von der Stirn und versuchte, mich auf etwas anderes zu konzentrieren. Zum Beispiel darauf, wie lächerlich die Anwesenden wirkten, als sie im Kreis saßen, sich an den Händen hielten und Geister beschworen, aber alles, woran ich denken konnte, war, wie dringend ich eine Toilette brauchte.

»Charles Nesboyle, wenn du mich hören kannst, dann sprich! Sprich durch mich zu den anderen!«

So machte sie einige Minuten weiter. Meine Übelkeit wurde immer unerträglicher. Wenn ich nicht sehr bald zu einer Toilette gelangte, würde ich an Ort und Stelle auf dem Speisezimmerboden einen Unfall haben. Wahrscheinlich nahmen die Gäste ohnehin an, ich sei noch nicht stubenrein, trotzdem wollte ich diesen speziellen Fauxpas vermeiden.

Ich war sicher, dass ich selbst den Weg ins Bad finden würde, allerdings konnte ich nicht einfach verschwinden und Patricia mit geschlossenen Augen und einem potenziellen Mörder neben ihr zurücklassen. Zwar hielt ich es für unwahrscheinlich, dass jemand etwas versuchen würde, solange sich alle an den Händen hielten, dennoch musste ich sie auf die eine oder andere Weise warnen.

Es gelang mir, noch eine Minute durchzuhalten, dann ging ich zu Patricia und beugte mich zu ihrem Ohr hinab. »Patricia?«

»Charles!«, stieß sie hervor und schnappte nach Luft.

»Nein. Andrew.«

Sie öffnete die Augen und bedachte mich mit einem garstigen Blick. »Was ist?«

»Es tut mir leid, dass ich stören muss, aber könnten Sie mir sagen, wo ich eine Toilette finde?«

»Gehen Sie in die Richtung zurück, aus der wir gekommen sind, dann den Flur hinunter und die erste Tür links.« Wie die anderen Gäste starrte sie mich ungläubig an.

»Danke.« Ich schickte ein entschuldigendes Lächeln in die Runde. »Tut mir leid. Ließ sich nicht mehr hinauszögern.«

Damit eilte ich aus dem Zimmer und trat den Weg zur Toilette an. Ich schloss die Tür hinter mir und betete, der Raum möge ausreichend schalldicht sein.

Wenige Minuten später fühlte ich mich viel, viel besser. Ich spülte, schaltete die Lüftung ein und wusch mir die Hände. Ich sah fürchterlich aus. Schweiß bedeckte meine Züge, deshalb spritzte ich mir Wasser ins Gesicht. Als ich mir das Gesicht abtrocknete, stellte ich fest, dass dies das weichste, himmlischste Handtuch war, das ich je im Leben gespürt hatte. Ich wischte mir das Gesicht erneut ab. Ich hatte mich verliebt.

Danach bemerkte ich, dass die erste Spülung nur zu etwa achtzig Prozent erfolgreich war, also wiederholte ich sie. Das Behagen, das mir das Handtuch bereitet hatte, schlug jäh in blankes Grauen um, als sich das Wasser *entgegen* der von mir gewünschten Richtung bewegte.

»Nein ... nein ...«, stammelte ich und ballte die Hände zu Fäusten, als der Pegel weiter anstieg. »Bitte nicht. Aufhören ... halt ...«

Es hörte nicht auf. Noch fünf Zentimeter bis zum Überlaufen.

Panisch ergriff ich ein Badetuch von der Halterung und breitete es um den Sockel der Toilette aus. Das Wasser stieg immer noch höher ... höher ... und höher ...

»Oh, großer Gott und alles, was heilig ist, bitte, bitte, ich werde nie wieder um einen Gefallen bitten, wenn nur das Wasser nicht überläuft, das ist alles, was ich mir wünsche.«

Das Wasser erreichte den Sitzbereich der Schüssel.

Ich verkrampfte mich und wappnete mich gegen den

Augenblick der Wahrheit. Das Pochen in meinen Schläfen war unerträglich.

Das Wasser beendete seinen grauenhaften Anstieg. Einige Sekunden blieb der Pegel konstant, dann sank er. Ich hätte vor Erleichterung um ein Haar geweint.

Dann hörte ich einen Schrei.

Sofort stürzte ich zur Tür und wollte sie aufreißen, doch sie rührte sich nicht. Ich vergewisserte mich, dass sie auf meiner Seite entriegelt war, dann zerrte ich daran, so kräftig ich konnte. Sie ging nicht auf.

»Patricia!«, brüllte ich. »Patricia, ist alles in Ordnung?«

Keine Antwort. Plötzlich öffnete sich die Tür, und ich stolperte rücklings. Beinah wäre ich gestürzt, aber ich erlangte das Gleichgewicht gerade noch rechtzeitig wieder. Ein schmaler Holzstreifen, der offensichtlich unter den Türknauf gekeilt worden war, fiel klappernd zu Boden. Ich hastete aus der Toilette, den Flur hinab und ins Speisezimmer.

Patricia und ihre vier Gäste saßen noch so um den Tisch, wie ich sie verlassen hatte.

Der einzige Unterschied bestand darin, dass allen die Köpfe fehlten.

KAPITEL VIER

Ich schlug mir die Hand auf den Mund und spürte, wie meine Knie schwach wurden. Übelkeit aufgrund verdorbener Lachspaste ist nichts im Vergleich zum gleichzeitigen Anblick von fünf enthaupteten Leichen. Ich wankte davor zurück und bemühte mich nach Kräften, nicht das Bewusstsein zu verlieren.

Um meine Sinne zu zwingen, geschärft zu bleiben, biss ich mir auf die Innenseite der Wange. Der Mörder musste in der Nähe sein. Köpfe fielen nicht einfach so ohne verflucht guten Grund ab.

Die Vordertür wurde zugeworfen.

Ich rannte aus dem Speisezimmer, durch den Flur ins Foyer und riss die Tür auf. Rasch ließ ich den Blick über den Vorhof schweifen. Weit und breit war niemand zu sehen.

Unter keinen Umständen wollte ich hinausgehen. Patricia und die anderen mochten die Augen geschlossen gehabt haben und durch ihr Séancegebrabbel abgelenkt gewesen sein, aber trotzdem... Fünf Köpfe waren sauber abgetrennt worden, ohne dass sich die Besitzer auch nur aus den Stühlen bewegt hatten.

Ich schloss die Tür, sperrte ab und machte mich auf die Suche nach dem nächstbesten Telefon.

***

Ich saß auf der Couch im Wohnzimmer, während Polizisten durch das Haus schwärmten. Auch Tony und Bruce Frenkle waren zugegen, Tony auf der Couch neben mir, Bruce auf dem Lehnsessel.

»Sie haben wahrlich eine Gabe, in absonderliche Situationen zu geraten«, stellte Tony fest.

»Ja, ich würde sagen, fünf verschwundene Köpfe qualifizieren sich für die Bezeichnung ›absonderlich‹«, murmelte ich.

»Sie sind nicht verschwunden«, berichtigte mich Bruce. »Sie liegen auf dem Boden.«

»Nein, zwei davon auf dem Tisch«, korrigierte Tony. »Na, jedenfalls war es so, bis einer hinuntergerollt ist.«

Gereizt schüttelte ich den Kopf. »Sie beide sind die Ausgeburt des Bösen, das ist Ihnen doch hoffentlich klar.«

»Wir versuchen bloß, Ihnen zu helfen, die Situation zu verarbeiten«, sagte Bruce.

»Aha. Tja, damit könnten Sie mir besser helfen, indem Sie mich nach Hause gehen lassen.«

»Wir haben noch weitere Fragen.«

»Sie stellen keine Fragen, Sie reißen Witze über die Köpfe.«

»Das waren keine Witze«, widersprach Tony, »sondern Feststellungen. Witze wären zu so einem Zeitpunkt unangebracht. Also, Andy, erzählen Sie uns noch mal, warum Sie hier waren.«

»Nennen Sie mich nicht Andy.«

»Entschuldigung, Andrew.«

»Patricia Nesboyle wollte mir sechshundert Dollar dafür bezahlen, dass ich zu dieser Party komme. Sie dachte, dass einer ihrer Freunde sie umbringen wollte und dass es nicht geschehen würde, wenn ich hier wäre.«

»War Patricia der Kopf auf dem Tisch oder einer von denen auf dem Boden?«

»Der auf dem Tisch.«

»Dann muss ihr Kopf derjenige gewesen sein, der runtergerollt ist«, warf Bruce ein. »Als ich ging, war noch der Kopf eines Mannes auf dem Tisch.«

Ich erzählte ihnen die gesamte Geschichte noch einmal. Da ich lausiger Stimmung war, achtete ich darauf, mein Abenteuer in der Toilette so unangenehm anschaulich wie möglich zu schildern. Nach etwa einer halben Stunde Befragung teilten sie mir mit, dass ich nach Hause gehen könne. »Bin ich ein Verdächtiger?«, fragte ich, als ich mich von der Couch erhob.

Die Frenkle-Brüder wechselten einen überraschten Blick. »*Sie?*«, fragte Tony. »Andrew, Kumpel, ich bin ungern so unverblümt, aber wir suchen nach jemandem, der *clever* ist.«

»Lecken Sie mich«, gab ich zurück.

»Sehen Sie? Der Person, die für diese Morde verantwortlich ist, wäre mit Sicherheit eine wesentlich cleverere Erwiderung als ›Lecken Sie mich‹ eingefallen.«

»Ich fahre jetzt nach Hause.«

Als sie mich zur Tür hinausbegleiteten, vernahm ich aus dem Speisezimmer ein dumpfes Poltern. Ich wollte wirklich nicht wissen, wodurch es verursacht wurde.

***

Am nächsten Morgen rief mich Bruce an. Man hatte weder Fingerabdrücke des Enthaupters noch sonstige Spuren gefunden. Allerdings hatte man in Malcolms Jacketttasche eine Flasche Arsen entdeckt, folglich war offenbar er derjenige gewesen, der Patricia umbringen wollte, wenngleich dies mittlerweile hinfällig war.

Aufgrund meiner traumatischen Erfahrung erschien es mir kein günstiger Tag dafür zu sein, loszuziehen und mich nach einem Job umzusehen. Ebenso wenig empfand ich es als kluge Idee, in meiner angegriffenen mentalen Verfassung die Stelleninserate in der Zeitung zu lesen. Sehr wohl hingegen schien mir der Tag hervorragend dafür geeignet, auf der Couch zu sitzen und fernzusehen – vielleicht etwas Lehrreiches.

Etwa um die sechste außereheliche Liebschaft kam Helen im Bademantel herunter, setzte sich ans Ende der Couch und legte die Füße in meinen Schoß. »Wie geht es dir?«, erkundigte sie sich.

»Nicht so schlecht. Ich überprüfe zwar ständig meinen Hals, ob noch alles dran ist, aber das dürfte wohl eine normale Reaktion sein.«

»Wahrscheinlich. Ist keine besonders gute Woche für dich, was?«

Ich zuckte mit den Schultern. »Ich bessere sie mit ein wenig gutem Fernsehen auf.«

»Also, ich nehme mir heute frei und bringe Theresa und Kyle zum Übernachten zu meinen Eltern. Der Abend gehört uns beiden allein. Wir gehen zum Essen aus, kommen zurück und entspannen uns.« Sie lächelte.

»Entspannen auf welche Weise?«

»Auf die beste.«

»Ooooh, ich glaube, das bringe ich in meinem Terminplan noch unter.« Ich ergriff einen imaginären Kalender. »Mal sehen ... nachdem ich von einem wild gewordenen Keiler malträtiert wurde und bevor mich ein Hurrikan wegfegt, habe ich noch etwas Zeit. Klingt das gut?«

»Klingt wunderbar. Wie wär's, wenn wir bei *Hugo's* reservieren?«

Hugo's zählte zu den nobelsten Restaurants in Chamber, ein Laden von solchem Kaliber, dass die Salatgabeln eine andere Größe aufwiesen als die Gabeln für das Hauptgericht.

»Können wir uns das denn leisten?«, fragte ich.

»Natürlich nicht.«
»Prima.«

* * *

Während wir zu *Hugo's* fuhren, legten wir die Grundregeln für den Abend fest. Wir würden nicht über Arbeit, Kinder, Entführungen oder fünffache Enthauptungen reden. Beim Salat unterhielten wir uns dreiundzwanzig Sekunden über Politik, einundvierzig Sekunden über neu anlaufende Filme und achtzehn Minuten und fünfzehn Sekunden über Sex. Wir waren uns darin einig, dass es sich bei Letzterem um etwas handelte, was man an diesem Abend durchaus betreiben sollte.

Obwohl wir so leise wie möglich sprachen, überraschte mich, dass Helen bereit war, eine solche Unterhaltung in einem gut besuchten Restaurant zu führen. In der Regel fühlte sie sich äußerst unbehaglich dabei, über derlei Dinge zu reden. Und sie errötete wie nie zuvor, doch das hielt sie nicht davon ab, Stellungen und Handlungen zu beschreiben. Als sie anfing, von Zuschauern zu reden, ließ ich vor Verblüffung die Gabel fallen und bespritzte mein Hemd mit Dressing.

»Das war ein Scherz, Liebling!«, stieß sie durch ihr Gelächter hervor.

»Ich weiß«, log ich und wischte mich mit einer Serviette ab. »Ich bin bloß nicht daran gewöhnt, dass sich mein unschuldiges Frauchen so benimmt.«

Sie grinste, verengte die Augen und begann, den nächsten Bissen Salat auf langsame, sinnliche Weise zu essen. Na ja, zumindest versuchte sie es. Ich meine, es war eine Gabel voll Salat – kein besonders erotisches Rohmaterial, mit dem sie arbeiten konnte. Andererseits hätte sie sich an dieser Stelle vermutlich zu Boden fallen lassen und einen Hühnerknochen aufbeißen können, und es hätte mich trotzdem angemacht.

Wir ließen den Nachtisch aus und eilten zum Auto. Ich hatte etwas Mühe, den Schlüssel ins Schloss zu stecken, weigerte mich jedoch, dies als Omen zu deuten. Als ich den Motor startete, beugte sich Helen herüber und knabberte an meinem Ohr.

»Lass uns irgendwohin fahren, um Spaß zu haben«, schlug sie vor. »Such einen Ort, wo wir uns wie Teenager aufführen können.«

Mein erster Gedanke war eine hübsche Hügelkuppe, von der aus wir eine prachtvolle Aussicht auf die Lichter der Stadt genießen könnten, während wir einander befummelten. Allerdings gibt es in Florida nicht viele Hügel. Dafür gibt es jede Menge Strände, außer man befindet sich in Chamber, das gute zwei Stunden von jeglichem Sand entfernt lag. Sümpfe waren zuhauf vorhanden, aber nicht besonders romantisch.

Dann hatte ich eine Idee.

Eine Viertelstunde später parkten wir hinter dem *Chamber Planetarium*. Es handelte sich um ein großes Metallgebäude mit aufgemalten weißen Sternen, die unter Beleuchtung zu funkeln schienen. Nicht so romantisch wie echte Sterne, aber in einer bewölkten Nacht wie dieser auch nicht übel.

Ich stellte den Motor ab und beugte mich sofort zu Helen, um sie zu küssen. Meine begierige Leidenschaft wurde kurzzeitig vom jähen Ziehen meines noch geschlossenen Sitzgurts unterbrochen. Ich fühlte mich wie ein Idiot, doch das war in Ordnung, denn Helen wollte, das wir uns wie Teenager aufführten, und ich hatte mich in jenen Jahren viele Male wie ein Idiot gefühlt.

Wir befreiten uns von den Sicherheitsgurten, schlangen sogleich die Arme umeinander und begannen, einander zu küssen. Sie schob mir die Zunge in den Mund, ich ihr. Unsere Zungen klatschten einige Male gegeneinander, dann kehrten sie in die jeweiligen Herkunftsmünder zurück.

»Wir brauchen Musik«, befand Helen. Ich drehte den Schlüssel im Zündschloss und schaltete das Radio ein.

»*Gonna bitch slap yo' momma, gonna bitch slap yo' sister, gonna bitch slap yo' ho...*«

Ich drückte den Sendersuchlauf, fand jedoch nur Werbung, Talkshows und religiöse Predigten.

»Was für eine Kassette ist denn eingelegt?«, fragte Helen.

Ich drückte die Kassette hinein. Weird Al Yankovic stimmte »*Eat It*« an.

»Ich schätze, das muss reichen«, meinte Helen, ehe sie den seitlichen Hebel betätigte und den Sitz ganz zurücklehnte.

***

»Wie geht es deinem Hals?«, wollte Helen wissen.

»Gut.«

»Bist du sicher? Soll ich für dich einen Termin beim Chiropraktiker vereinbaren?«

»Nein, nein, nicht nötig. Es ist eher eine Taubheit als ein Schmerz. Wo waren wir gleich?«

***

»Ist schon gut, Liebling«, meinte Helen.

»Es ist nicht gut. Ich bin zu jung, um solche Rückenprobleme zu haben.«

»Na ja, es ist ein kleines Auto.«

»*So* klein ist es auch wieder nicht.«

»Bist du sicher, dass ich keinen Termin beim ...«
»Ich bin sicher! Wir müssen uns nur ein wenig anders schichten.«

***

Helen zuckte zusammen, als ich gegen ihren Kopf stieß. »Das gibt mit Sicherheit eine Beule«, teilte ich ihr mit. »Tut mir leid.«
»Meine Schuld«, gab sie zurück. »Die Leidenschaft ist mit mir durchgegangen.«
»Sollen wir nach Hause fahren?«
»Nein. Wir beide werden in diesem Fahrzeug Geschlechtsverkehr haben, und wenn wir uns dabei jeden Knochen im Leib brechen! Und jetzt lehn dich zurück und halt still!«

***

»Wow«, stieß ich hervor.
Helen küsste mich zärtlich. »Glaubst du, wir haben die Reifen geplättet?«
»Mich überrascht, dass wir nicht durch das Getriebe gekracht sind.«
Wir küssten uns noch eine Weile, dann beschlossen wir, dass es keinen Sinn hätte, unsere Eskapade, so vergnüglich sie gewesen sein mochte, mit einer bitteren Note ausklingen zu lassen, indem wir wegen Nacktheit vor einer Bildungseinrichtung verhaftet würden. Wir zogen uns an. Ich musste auf meine Boxershorts verzichten, da sich diese so weit unter dem Sitz verklemmt hatten, dass sie für immer verloren zu sein schienen.
»Das müssen wir bei Gelegenheit wiederholen«, schlug ich vor.

»Oh, wir sind noch nicht fertig«, teilte Helen mir mit. »Wir haben noch die Badewanne und den Küchentisch.«

»Der Küchentisch hält das nicht...« Ich ließ den Satz unvollendet verklingen, als ich vor Helens Tür eine Bewegung wahrnahm.

»Was ist?«

Ich legte einen Finger an die Lippen. Eine Sekunde darauf stieß etwas durch das Beifahrerfenster und bespritzte Helen mit Sicherheitsglas. Sie schrie auf und hechtete zu mir. Ihr Gesicht blutete aus mehreren kleinen Schnittwunden.

Eine Gestalt geriet in Sicht. Sie war groß, in schwarze Jeans gekleidet und trug eine Maske, die aussah, als bestünde sie aus dicken Spinnweben. Wenngleich ich das Gesicht nicht deutlich erkennen konnte, war unverkennbar, dass die Gestalt ein anzügliches Grinsen aufsetzte. Dann hob sie ein großes Krummschwert mit roten Edelsteinen am Griff an.

Ich riss meine Tür auf und kroch aus dem Wagen. Helen folgte dicht hinter mir. Die Gestalt sprang vorwärts, stieß die Klinge durch das zerschmetterte Fenster und verfehlte Helen um wenige Zentimeter.

Die Gestalt, anscheinend ein Mann, zog das Krummschwert zurück und rannte zur Vorderseite des Wagens. Helen und ich flüchteten zum Heck. Der Unbekannte winkte uns freundlich zu, dann wirbelte er sein Krummschwert herum wie ein Zirkusartist.

Er täuschte nach links an, bevor er um die Beifahrerseite des Wagens herumeilte. Helen und ich huschten zurück zur Fahrerseite. Die Gestalt hielt am zerbrochenen Fenster inne und winkte erneut. Einen Moment lang starrten wir einander an.

»Wen um alles in der Welt wollen Sie darstellen?«, fragte ich.

»Ich bin dein gutester Freund auf der ganzen Welt!«, gab

der Unbekannte mit hoher, knabenartiger Stimme zurück. Dann begann er zu lachen. Es war ein irres Gackern, das die Fensterscheibe wahrscheinlich zum Springen gebracht hätte, wäre sie nicht bereits zerbrochen gewesen.

Am liebsten hätte ich mich umgedreht, um wegzurennen, doch aufgrund der bisherigen Verfolgung konnte ich abschätzen, dass dieser Kerl schnell war. Und falls es sich um dieselbe Person handelte, die für das Gemetzel in Patricias Haus verantwortlich zeichnete, glaubte ich umso weniger an eine Chance auf Flucht.

Ich musste gegen den Burschen kämpfen.

Er warf das Krummschwert in die Luft. Es überschlug sich einige Male, ehe er es am Griff auffing. »Nicht schlecht, was? Ich werd euch aufschlitzen. Von oben bis unten!«

Helen zitterte und atmete so hektisch, dass ich fürchtete, sie könnte hyperventilieren. Ich fasste ins Auto und zog die Schlüssel aus dem Zündschloss.

»Was willst 'n damit?«, fragte der Mann und kratzte sich übertrieben verwirrt am Kopf. »Ohne die Schlüssel kannste das Auto nicht fahren. – Ne, man braucht die Schlüssel, sonst kannste das Auto nicht fahren, so funktioniert die Welt.«

Ich legte Helen die Hand auf die Schulter. Der Mann steckte den Kopf durch das Fenster. »Weißte was?«

»Was?«, fragte ich.

»Genau das!« Weiteres Gelächter. Der Mann zog den Kopf zurück hinaus und winkte abermals. »Weißte was?«

»Was?«

»Ich werd euch kriegen!« Damit preschte er um den Wagen herum los, während Helen und ich in die entgegengesetzte Richtung losrasten.

Er war tatsächlich schnell. Im Laufen hob er das Krummschwert über den Kopf.

Wir flitzten vorn um das Auto. Er befand sich nur wenige Schritte hinter uns.

Dann noch weniger.

Schließlich hörte ich das Zischen des Krummschwerts und erhaschte einen flüchtigen Blick auf die silbrige Klinge, die auf Helens Hals zuflog.

KAPITEL FÜNF

Ich rammte Helen die Hand in den Rücken und stieß sie vorwärts. Sie fiel zu Boden, als die Schwertklinge an der Stelle durch die Luft schnellte, an der sich ihr Hals befunden hätte.

Dann stolperte ich über Helens Arm und landete mit dem Gesicht voraus ebenfalls auf dem Boden. Ohne zu zögern rollte ich mich auf den Rücken und setzte mich auf. Helen robbte panisch von dem Mann weg, der mit dem Krummschwert an der Seite über ihr stand.

Er stellte ihr den Fuß auf den Rücken, drückte sie flach zu Boden und hob die Klinge erneut über den Kopf. Ich stürzte mich auf ihn, als er sie mit beiden Händen herabsausen ließ.

Ich konnte nichts unternehmen, um die Abwärtsbewegung aufzuhalten. Meine einzige Hoffnung bestand darin, zwischen die Klinge und meine Frau zu gelangen.

Ich presse die Augen zu und spürte, wie das Metall meinen Nacken berührte.

Allerdings durchdrang es nicht die Haut. Der Kerl hatte den Schwung gerade rechtzeitig gebremst, um mir nicht den Kopf abzuhacken. Beinah konnte ich fühlen, wie er mich durch die Maske anstarrte, dann hob er die Klinge beiseite und trat mir in den Magen. Ich brach seitwärts zusammen und konnte kaum glauben, dass ich immer noch der stolze Besitzer eines Kopfes war.

Der Mann richtete die Aufmerksamkeit wieder auf Helen und setzte dazu an, das Krummschwert wie einen Speer in sie zu rammen. Ich hechtete mich abermals auf sie; die Spitze der Waffe schabte über meinen Hals, doch wieder gab es kein Blut.

»Geh aus dem Weg«, raunte er. Diesmal benutzte er nicht die Knabenstimme.

Ich packte mit beiden Händen den stumpfen Rand der Klinge und drückte ihn gegen meinen Hals. Aus unerfindlichem Grund gab er sich alle Mühe, mich nicht zu töten, und ich hatte vor, dies zu meinem Vorteil zu nützen.

Helen kroch vorwärts aus dem unmittelbaren Gefahrenbereich, dann drehte sie sich herum, damit sie sehen konnte, was vor sich ging. Sie schnappte scharf nach Luft, als sie meine Notlage erblickte; es muss so gewirkt haben, als kämpfte ich dagegen, nicht durchbohrt zu werden, statt zu versuchen, die Waffe festzuhalten.

»Verschwinde!«, brüllte ich. »Lauf!«

Der Mann versetzte dem Krummschwert einen jähen Ruck, doch ich umklammerte es, so fest ich konnte. Leider war es aussichtslos, den Griff zu wahren, und mit dem zweiten Ruck löste sich die Klinge.

Sein Kopf schnellte zurück, als Helen ihm ins Gesicht schlug. Es war ein unglaublicher Haken, der mich geloben ließ, den Rest meines natürlichen Lebens in ihrer Gunst zu bleiben. Der Mann stolperte einige Schritte rücklings, ließ das Krummschwert jedoch nicht fallen.

»Und jetzt lauf!«, schrie ich. »Er will mir nichts tun. Er ist hinter dir her!«

Ich konnte zwar nicht völlig sicher sein, dass dem so war, aber es erschien mir eine relativ gesicherte Vermutung zu sein. Helen rannte zum Auto los, während ich den Mann angriff und ihm den Ellbogen in den Bauch rammte. Stöhnend krümmte er sich vornüber. Ich ließ meine Fäuste zwischen seine Schulterblätter hinabsausen und schlug ihn auf die Knie.

Dann sprang ich zurück, als er die Klinge schwang. Es war kein besonders schneller Streich, dennoch musste ich meine Theorie überdenken, dass er mich nicht verletzen wollte. Den Kopf würde er mir vielleicht nicht abtrennen, doch ein oder zwei Gliedmaßen konnten durchaus in Gefahr schweben.

Er deutete mit der Klinge der Waffe auf mich, dann holte er erneut damit aus. Ich befand mich außerhalb seiner Reichweite, demnach sollte mich die Geste eher einschüchtern als töten. Und sie schüchterte mich ein.

Ich schaute zurück zu Helen. Sie öffnete gerade die Fahrertür des Wagens und fasste hinein. Der Kofferraumdeckel sprang auf.

Genau deshalb hatte ich die Schlüssel ursprünglich mitgenommen – im Kofferraum befand sich das Einzige, was man, abgesehen von *Captain Hockers* U-Boottorpedos, als Waffe benutzen konnte.

Der Unbekannte rappelte sich auf die Beine. Unter Umständen wäre es mir gelungen, ihn wieder zu Boden zu schlagen, bevor er mich zweiteilen könnte, aber ich war mir dessen nicht sicher genug, um das Risiko einzugehen.

»Andrew!«, brüllte Helen. Ich hob die Hand, und sie warf mir den Reifenmontierhebel zu.

Als das schwere Objekt durch die Luft flog, wurde offensichtlich, dass es mir eher den Schädel einschlagen als anmutig in meiner Hand landen würde, deshalb trat ich im letzten Moment beiseite und ließ es zu Boden fallen, wo es mit lautem Klirren landete.

Mittlerweile stand der Mann aufrecht. Seine Brust hob und senkte sich heftig, als er tief ein und aus atmete. Etwa anderthalb Meter trennten uns voneinander. Der Montierhebel lag unmittelbar vor mir.

»Ist sie es wirklich wert, für sie zu sterben?«, fragte der Kerl.

»Sie hat ihre guten Momente.«

Kaum hatte ich es ausgesprochen, wurde mir klar, dass meine klugscheißerische Antwort zweifellos die Wahrscheinlichkeit künftiger leidenschaftlicher Stelldicheins im Auto verringern würde, aber so funktioniert mein dämlicher Verstand nun mal.

Er deutete mit dem Krummschwert auf mich. »Du hast doch nichts dagegen, so zu enden wie deine Freunde bei der Séance, oder?«

»Eigentlich schon, trotzdem danke der Nachfrage.«

Einen gedehnten Augenblick lang starrten wir einander an. Ich hatte den Körper angespannt und war bereit, nach dem Montierhebel zu greifen; allerdings wirkte er bereit, anzugreifen, und ich war nicht sicher, ob ich ihm zuvorkommen könnte.

»Wer bist du überhaupt?«

»Du kannst mich Kopfjäger nennen.«

»Kein übler Name.«

»Danke.«

»Bist du sicher, dass er nicht schon vergeben ist?«

Der Kopfjäger zuckte mit den Schultern. »Vielleicht, vielleicht auch nicht. Spielt keine Rolle. Niemand, der ihn hört, lebt lange genug, um der Frage nachzugehen. Also, packen wir's oder was?«

»Ich warte nur auf dich.«

»Nein, heb deine Waffe auf. Ich gebe dir die Chance, mich zu schlagen. Ich liebe gute Herausforderungen. Du hast bis drei Zeit, um das Ding aufzuheben. Eins ...«

Ich bückte mich nach dem Montierhebel.

Der Kopfjäger drehte sich um und rannte zum Auto los. Helen kreischte. Ich fluchte und packte den Montierhebel am Griff.

Ich beobachtete, wie Helen in den Kofferraum fasste. Der

Kopfjäger hatte sie fast erreicht, als sie den Wagenheber auf ihn schleuderte und ihn im Gesicht traf. Mit der freien Hand über der Maske taumelte er auf mich zu. Blutstropfen platschten auf den Asphalt.

Ich eilte vorwärts, um zum Vernichtungsschlag auszuholen, doch der Kopfjäger stolperte und fiel. Er blieb neben dem Krummschwert liegen und rührte sich nicht.

Mein erster Instinkt riet mir, vorsichtig hinüberzuschleichen, siebzehn- oder achtzehnmal mit dem Montiereisen auf ihn einzudreschen und dabei vielleicht eine rhetorische Frage zu stellen wie: »Wie gefällt dir das, hä? Hä?« Allerdings war ich nicht restlos davon überzeugt, dass er nicht vor dem ersten Schlag wieder erwachen würde. Deshalb beschrieb ich stattdessen einen großen Bogen um ihn, als ich zu Helen lief.

Sie warf die Arme um mich. »Kennst du diesen Kerl?«

Ich schüttelte den Kopf. »Ich hatte gehofft, du würdest ihn kennen.«

Wenige Sekunden später bog ein eleganter schwarzer Wagen mit getönten Scheiben um das Planetarium und hielt hinter meinem alles andere als eleganten Auto an. Ein kleiner, vierschrötiger Mann in grauem Anzug stieg auf der Beifahrerseite aus und watschelte flink auf uns zu. Seine Bewegungen erinnerten mich an Stehaufmännchen. Laut Werbung wankten sie zwar, fielen aber nie um. Als ich ein Kind war, schlug ich dem Nachbarjungen eine Wette vor. Ich behauptete, ich könnte dafür sorgen, dass sein Stehaufmännchen wanken und für immer umfallen würde. Leider kam seine Mutter herein und verbot die Wette, bevor ich Gelegenheit erhielt, den Hammer zum Einsatz zu bringen.

»Ist er tot?«, fragte der Neuankömmling. »Haben Sie ihn umgebracht?«

»Ich bin nicht sicher«, räumte ich ein.

»O Gott, o Gott, o Gott...«, wehklagte der Mann, als er im Watschelgang und nervös die Hände ringend zu der Stelle ging, wo der Kopfjäger lag. In sicherer Entfernung kniete er sich hin und blickte auf den reglosen Körper hinab.

Ein weiterer Mann, der haargenau wie die FBI-Agenten aus Filmen aussah – schwarzer Anzug, Sonnenbrille spätnachts, versteinerte Züge, perfekter Haarschnitt –, stieg auf der Fahrerseite aus.

»Warum kommt die Kavallerie immer zu spät?«, verlangte ich zu erfahren. »Wissen Sie, es gibt da ein Konzept, das nennt sich ›gerade noch rechtzeitig‹ damit sollten Sie sich mal befassen.«

»Bitte beherrschen Sie sich, Sir«, sagte der Mann. »Ich bin Thomas Seer, *Federal Bureau of Investigation*.« Zackig zeigte er mir seinen Ausweis.

»Ich glaube, er atmet noch«, verkündete der Vierschrötige.

»Gott sei Dank!«

»Genau. Wäre doch eine Schande, würde ein aufrechter Bürger wie er sterben«, raunte ich. »Man denke nur an all die Kinder, denen er noch nicht die Wunder der Bildung beigebracht hat.«

»Ihnen ist nicht bewusst, worin Sie verstrickt sind«, teilte mir Thomas höflich, aber bestimmt mit. »Daher empfehle ich, Sie behalten solche unprofessionellen Äußerungen für sich.«

Ich verdrehte die Augen und schlang einen Arm um Helen.

Thomas griff in seinen Anzug und holte Handschellen hervor.

»Passen Sie auf, er ist gut im Umgang mit diesem Schwert«, warnte ich. »Und wahrscheinlich verstellt er sich. Ich würde nicht in seine Nähe gehen.«

Thomas bedeutete dem Vierschrötigen zurückzuweichen, was dieser tat, dann näherte er sich langsam dem Kopfjäger.

»Ich meine das ernst«, beteuerte ich. »Verpassen Sie ihm doch wenigstens zuerst eine Ladung Pfefferspray.«

»Ich habe etwas Wirkungsvolleres.« Thomas zog einen Revolver und zielte damit auf den Kopfjäger.

»Sir, ich richte gerade eine .44 Magnum auf Ihren Kopf«, verkündete er. »Das ist dieselbe Waffe, die Clint Eastwood als Dirty Harry benutzt, und wenngleich sie Ihnen den Schädel nicht wegpusten kann, wie es im ersten Film heißt, kann sie unbestreitbar tödlich sein. Wenn Sie nicht wirklich bewusstlos sind, lege ich Ihnen dringend nahe, es zuzugeben, um sich Unannehmlichkeiten zu ersparen.«

Der Kopfjäger rührte sich nicht.

Thomas trat einen weiteren Schritt vor. »Es ist ein Trick«, befand er. »Ich schieße ihm eine Kugel ins Bein.«

»Schon gut, schon gut!«, rief der Kopfjäger. »Um Himmels willen, werfen Sie doch mal eine Pille ein oder so. Verdammt, seid ihr alle verkrampft.« Damit hob er die Arme hinter den Rücken und ließ sich ohne Zwischenfall Handschellen anlegen.

***

Ich nahm an, wir würden für eine weitere lustige Befragungsrunde zum Polizeirevier fahren, doch nachdem Thomas den Kopfjäger in den Fond seines Wagens verfrachtet hatte, ersuchte er Helen und mich, ihm zu seinem Motel zu folgen.

»Sollten wir nicht zum Polizeirevier?«, fragte Helen, eine Frau ganz nach meinem Geschmack.

»Bitte, diese Angelegenheit ist äußerst wichtig«, meldete sich der Vierschrötige fast flehentlich zu Wort. »Ich brauche wirklich Ihre Hilfe.«

»Warum?«, wollte ich wissen. »Wir haben ihn bereits geschnappt.«

»Wir erklären Ihnen alles, wenn wir dort sind«, versicherte uns Thomas. »Und wir müssen los.«

Ich sah Helen schulterzuckend an, dann kehrten wir zu unserem Auto zurück.

***

Wir folgten ihnen etwa sechs Meilen zum Motel. Währenddessen drehte sich meine Konversation mit Helen ausschließlich darum, wie dringend wir beide einen Urlaub brauchten.

KAPITEL SECHS

Ich saß neben Helen auf einem der beiden Betten. Wir hatten beide die Füße auf die Matratze hochgelagert, um die Gefahr, von blutrünstigen Kakerlaken überrannt zu werden, so weit wie möglich zu verringern. Ganz gleich, wessen Maßstab man anlegte, dies war ein unglaublich verwahrlostes Motel.

Thomas hatte den demaskierten Kopfjäger – ein blonder Bursche, der irgendwie dämlich aussah – ins Badezimmer gebracht und die Tür geschlossen. Ich konnte allerdings einen flüchtigen Blick auf eine Rolle Metalldraht und etwas erhaschen, das wie Starthilfekabel aussah und auf dem Waschbecken lag. Der Vierschrötige begann, im Zimmer auf und ab zu laufen, wobei er heftig schwitzte und sich die Hände unablässig an der Hose abwischte.

»Also... was haben Sie uns zu erzählen?«, fragte ich.

»Tut mir leid, tut mir leid, ich bin ein wenig außer mir, das ist alles.« Er holte tief Luft. »Mein Name ist Craig Burgin, und ich brauche dringend Ihre Hilfe.«

»Das haben Sie schon gesagt.«

Aus dem Badezimmer ertönte ein Schmerzensschrei, der rasch abgewürgt wurde.

»Was macht er da drin?«, verlangte Helen zu erfahren.

»Er beschafft Informationen.«

»Enthält sein FBI-Schulungshandbuch ein Kapitel über Foltertechniken?«, hakte ich nach.

Craig lächelte nervös. »Er ist nicht vom FBI. Er ist ein Privatdetektiv, der mir hilft, meine Frau zu finden.«

»Privatdetektiv? Was genau geht hier vor sich?« Ich stand vom Bett auf und hoffte, meine Beine würden von nichts verschlungen.

»Lassen Sie es mich einfach erklären, ja? Bitte.«

Aus dem Badezimmer ertönten weitere gedämpfte Schmerzensschreie, gefolgt von einem dumpfen Krachen.

»Vergessen Sie es«, sagte ich. »Wir verschwinden.«

»Nein, nein, ich erzähle Ihnen alles.« Abermals holte er tief Luft und blies den Atem aus. »Vor etwa zehn Monaten wurde meine Frau Charlotte entführt. Es gab weder Lösegeld- noch sonstige Forderungen, rein gar nichts. Einige Blutstropfen auf dem Küchenboden waren der einzige Beweis, dass etwas passiert war. Die Polizei wurde eingeschaltet, das FBI, der IRS. Wir setzten eine gewaltige Belohnung für Hinweise aus, trotzdem fanden wir nichts.«

»Der IRS? Die Steuerbehörde?«

»Entschuldigung, nein, nicht der IRS. Irgendeine andere Behörde. Lassen Sie mich einfach weiterreden, ja?« Er wischte sich die Nase am Ärmel ab. »Auf den Tag genau einen Monat nachdem sie verschwunden war, erhielt ich per Post ein Videoband. Es enthielt eine zweiminütige Aufzeichnung von meiner Frau vor weißem Hintergrund. Sie war gefesselt, geknebelt ... und übersät mit Platzwunden und blauen Flecken. Im Hintergrund stand eine Mitteilung, die besagte: ›Sie lebt noch, aber du kannst sie nicht haben.‹«

Craigs Stimme kippte, und er brauchte einige Augenblicke, um die Fassung wiederzuerlangen. »Natürlich wurde jede Sekunde der Aufzeichnung genauestens studiert, doch der einzige Anhaltspunkt blieb der Poststempel, der aus Los Angeles stammte. Im nächsten Monat bekam ich ein weiteres Band, diesmal mit einem Poststempel aus Pittsburgh. Die Aufzeichnung zeigte meine Frau erneut gefesselt und geknebelt. Ihre Platzwunden und blauen Flecken waren verheilt. Auf dem Schoß hatte sie eine Ausgabe der *USA Today*, um zu beweisen, dass die Aufzeichnung in der Vorwoche angefertigt wurde. Im Hintergrund stand dieselbe Mitteilung.«

Ich setzte mich wieder aufs Bett. Helen rückte dicht zu mir.

»So geht das mittlerweile schon fast ein Jahr. Jeden Monat erhalte ich ein Video, jeden Monat hat Charlotte die Zeitung, aber alle paar Monate wird etwas an die Mitteilung im Hintergrund angefügt.«

Erwartungsvoll harrte ich aus, doch er lief nur weiter auf und ab, ohne fortzufahren. »Was wurde hinzugefügt?«, fragte ich.

»Ich vermute, es sollte lustig sein.« Craig schüttelte den Kopf. »Nach den ersten zwei Monaten lautete die Botschaft: ›Sie lebt noch, aber du kannst sie nicht haben. Muha, muha!‹ Zwei Monate später wurde hinzugefügt: ›Ätschibätschi!‹ Dann ›Ha, ha!‹«

Ich starrte ihn an. Was für Entführer waren das?

»Geld als Motiv könnte ich nachvollziehen«, sagte Craig. »Aber die Sache in diesen Witz zu verwandeln, das ist ... einfach bösartig.«

Aus dem Badezimmer drangen weitere gedämpfte Schreie, diesmal deutlich lauter als zuvor. Sie verstummten alsbald wieder, und ich schwöre, ich konnte ein leises Schluchzen hören.

»Klingt, als würde Bösartigkeit gerade bestraft«, meinte ich.

Craig schüttelte den Kopf. »Es war nicht der Kopfjäger. Er war ausschließlich hinter Ihnen her.«

»Oh. Tja, das ist beruhigend.«

»Das ist die Wahrheit. Lassen Sie mich etwas weiter ausholen. Vor drei Monaten erhielt ich einen Anruf von Thomas, den ich zu dem Zeitpunkt noch nicht kannte. Er sagte, er habe Informationen, die mir helfen könnten, meine Frau zu finden. Natürlich habe ich nicht gezögert, mich mit ihm zu treffen, und er schilderte mir, dass er eine andere Klientin bei der Suche nach deren vermisster Schwester unterstützte. Ihre Schwester war schwer drogenabhängig und, wie die Frau fürchtete, unter Umständen sogar in Drogenhandel verwickelt, weshalb sie sich nie an die Polizei wandte. Bedauerlicherweise konnte Thomas nur den Kopf der Schwester finden.«

Die Badezimmertür öffnete sich. Thomas kam heraus und schloss die Tür hinter sich. »Haben Sie schon alles erklärt?«, erkundigte er sich.

»Noch nicht, ich bin gerade dabei.«

»Nein, warten Sie«, meldete ich mich zu Wort. »Bevor Sie mit Ihrer Geschichte fortfahren, möchte ich wissen, was da drinnen vor sich geht.«

»Ich denke, das wollen Sie nicht wirklich«, teilte Thomas mir mit. »Und selbst, wenn ich mich irre, bin ich überzeugt davon, dass es Ihre Frau nicht wissen will. Ich kann mir nicht vorstellen, dass Sie besondere Sympathie für den Mann in der Badewanne hegen.«

»Nein, aber das bedeutet nicht, dass ich es billige, wenn er gefoltert wird.«

»Sagen Sie, Andrew: Als dieser Wahnsinnige vor anderthalb Jahren Ihre Kinder entführte, hätten Sie da ein wenig Folter gebilligt, wenn es Ihnen geholfen hätte, sie zu finden?«

»Das ist etwas anderes.«

»Sicher – diesmal geht es nicht um *Ihre* Familie.«

»Nein, das meine ich nicht. Es ist ... ach, vergessen Sie's. Ich lasse mich hier nicht auf eine Diskussion über Sadismusethik ein. Craig, fahren Sie fort.«

Craig schloss die Augen und versuchte offensichtlich, seinen Gedankenfaden wieder aufzugreifen, dann sprach er weiter. »Also, die Geschichte ist ziemlich verworren. Einen Großteil der Einzelheiten kann Ihnen Thomas erzählen. Jedenfalls kam es irgendwann dazu, dass er in das Auto des Kopfjägers einbrach.«

»Das war in Manhattan«, ergänzte Thomas.

»Ja, Manhattan. Er hatte nur etwa eine Minute, um das Fahrzeug zu durchsuchen, aber er fand einen Brief. Er war maschinengeschrieben...«

»Nicht maschinengeschrieben, sondern mit einem Computer ausgedruckt«, berichtigte ihn Thomas. »Es stand kein Absender drauf, aber der Brief war an den Kopfjäger adressiert. Aus dem Inhalt ging hervor, dass sich der Verfasser darauf freue, ihn bei der großen Party zu treffen. Alles war bewusst vage gehalten, aber der Schlusssatz hieß, und hier zitiere ich wörtlich: ›Bis zum nächsten Mal, muha, muha und ätschibätschi!‹ Nun, diese bestimmte Information wurde im Zusammenhang mit Mr. Burgins Fall vor der Presse zurückgehalten, wie man es immer tut, um jene bemitleidenswerten Individuen herausfiltern zu können, die Verbrechen gestehen, die sie nicht begangen haben. Aber ich wusste darüber Bescheid. Daher nahm ich Kontakt zu Mr. Burgin auf, und er stimmte bereitwillig zu, meine Ermittlungen zu finanzieren.« Er sah auf die Uhr. »Entschuldigen Sie mich, ich muss zurück an die Arbeit. Bitte, fahren Sie fort«, sagte er und deutete auf Craig, als er wieder das Badezimmer betrat und die Tür hinter sich schloss.

»Thomas observierte Ned – das ist der Kopfjäger, Ned Markstein – einige Wochen lang. Er schlich sich in dessen Wohnung, durchsuchte seine Habseligkeiten, all so was. Dabei fand er weitere Briefe. Zwar enthielten sie nichts, was die Identität des Entführers preisgab, aber genug, um zu beweisen, dass der Verfasser Charlotte hatte. Vorige Woche hackte sich Thomas in den Computer des Kopfjägers und stieß auf einen Brief, der noch im Entstehen war. Ich habe ihn hier irgendwo ...«

Craig öffnete eine Aktentasche, blätterte einige Unterlagen durch, holte schließlich einen Ordner heraus und reichte mir den Ausdruck des Briefs, der sich darin befand.

»Kumpel,

der Zeitpunkt rückt näher, nicht wahr? Es ist zu lange her, seit ich zuletzt einen netten Urlaub hatte. Ich werde auf jeden Fall meinen Anteil am Partyzubehör mitbringen, aber ich gehe sogar einen Schritt weiter. Ich werde dir Andrew Mayhem und Roger Tanglen bringen. Und dann können wir ...«

»Was können?«, fragte ich.

»Da bin ich nicht sicher. Wir haben den fertigen Brief nie zu Gesicht bekommen.«

»Wie lernen sich solche Leute kennen? Hat einer der beiden etwa eine Kontaktanzeige geschaltet? ›Alleinstehender Psychopath sucht Gleichgesinnte‹?«

»Ich glaube, es begann im Internet.«

»Es ist immer das Internet, nicht wahr?«, fragte ich gereizt. »Warum, zum Geier, sind Sie nicht zur Polizei gegangen? Meine Frau und ich wären beinah umgebracht worden!«

»Thomas riet mir davon ab. Er meinte, wir dürften den Kopfjäger nicht wissen lassen, dass wir ihm auf den Fersen sind, sonst würde er uns nicht zu Charlottes Kidnapper führen. Also sind wir dem Kopfjäger nach Chamber gefolgt.«

»Und haben zugelassen, dass er alle Gäste dieser Party getötet hat.«

Craig biss sich auf die Lippe. »Es war nicht einfach, ihn im

Auge zu behalten. Wir hatten nicht erwartet, dass er so etwas tun würde. Ich glaube, er wollte bloß angeben, bevor er Sie zum Entführer gebracht hätte. Er wollte besser dastehen.«

»Und Ihnen kam nicht mal in den Sinn, uns zu warnen?« Ich war außer mir vor Wut. »Meiner Frau wäre um ein Haar der Kopf abgeschlagen worden!« Ein grässlicher Gedanke beschlich mich. »Woher weiß ich, dass er Roger nicht erwischt hat?«

»Oh, nein, nein, Roger geht es gut. Glauben Sie mir, er wollte Sie nicht umbringen, nur Ihre Frau. Sie hätte er noch gebraucht.«

»Da fühlt man sich doch gleich wie jemand Besonderes«, murmelte Helen.

Craig setzte zu einer Erwiderung an, schien jedoch zu spüren, dass ihm die Kontrolle über das Gespräch entglitt. Er klopfte stattdessen an die Badezimmertür.

»Ich bin ein klein wenig beschäftigt!«, rief Thomas verärgert heraus.

»Sie müssen den Plan erklären.«

»Sie kennen den Plan.«

»Aber Sie müssen ihn den beiden erklären.«

Es folgte ein Augenblick der Stille, dann wurde die Toilette gespült. Thomas kam heraus. Er wischte sich gerade die Hände mit einem Handtuch ab. Wir alle starrten ihn an.

»Was ist?«, fragte er.

Wir starrten ihn weiter an.

»Ach, werden Sie doch erwachsen. Also, wo liegt das Problem?«

»Schildern Sie den beiden, was wir brauchen«, forderte Craig ihn auf.

Thomas warf das Handtuch beiseite. »Andrew, wir brauchen Sie und Ihren Freund Roger als Köder.«

»Das kann nur ein Scherz sein«, gab ich zurück. »Zunächst mal: Wenn ich Craigs Geschichte richtig verstehe, haben Helen und ich heute Abend bereits als Köder gedient, und wir wären dabei fast draufgegangen.«

»Nicht Sie beide, nur Helen.«

»Wissen Sie, allmählich macht mich das wütend«, meldete sich Helen zu Wort.

»Tut mir leid, Ma'am, das war unprofessionell. Die Lage sieht so aus: In drei Tagen soll unser Freund im Badezimmer den Mann, der Mrs. Burgin entführt hat, in New York City treffen. In Queens, um genau zu sein. Und er soll Sie« – er deutete auf mich – »und Ihren Freund dabeihaben. Natürlich wird er dort nicht auftauchen. Ich werde das tun. Der Entführer weiß nicht, wie der Kopfjäger aussieht, also werde ich in seine Rolle schlüpfen. Sie und Roger befinden sich wohlbehalten im Auto und tun so, als wären Sie Gefangene. Sobald ich mich davon überzeugt habe, dass es sich um die richtige Person handelt, halte ich dem Entführer eine Schusswaffe vor die Nase, und anschließend durchläuft er dasselbe Befragungsritual wie der Kopfjäger. Er wird uns verraten, wo Charlotte und die anderen sind, verlassen Sie sich drauf.«

»Die anderen?«, fragte Helen.

»O ja. Anscheinend gibt es noch einige andere. Mindestens zehn, wenngleich wir nicht mit Sicherheit wissen, wie viele. Höchstwahrscheinlich haben alle Angehörige, die gerade dieselben seelischen Qualen durchleiden wie Mr. Burgin. Wie Sie sehen, beeinträchtigen sie sogar seine Fähigkeit, einen simplen Plan zu beschreiben.«

»Wenn Sie das alles wissen, warum gehen Sie dann nicht zur Polizei?«, verlangte ich zu erfahren. »Warum wollten Sie das selbst in die Hand nehmen, statt es dem NYPD zu überlassen?«

»Es ist schlimm genug, dass Ihre Frau davon erfahren musste«, gab Thomas zurück. »Hören Sie mir zu, Andrew. Ich weiß nicht, wer der Entführer ist, aber ich weiß, dass er das alles für ein großes Spiel hält, für eine Möglichkeit, sich zu amüsieren. Ihm ist völlig egal, ob Charlotte und die anderen leben oder sterben. Aber *ich* kann ihn dazu bringen, dass es ihm nicht egal ist. Glauben Sie mir. Der New Yorker Polizei würde es vielleicht nicht gelingen, ihm zu entlocken, wo die Gefangenen sind, mir hingegen definitiv schon.«

Daran zweifelte ich nicht.

»Warum will er mich?«

»Warum nicht? Soweit ich weiß, waren Sie verantwortlich dafür, dass einige Geistesgestörte bekommen haben, was sie verdienten. Vielleicht hatte dieser Geistesgestörte einen Freund unter ihnen, vielleicht will er auch nur Rache für Geistesgestörte im Allgemeinen, ich bin nicht sicher. Aber ich verspreche Ihnen, Sie werden nicht in Gefahr sein.«

»Wie hinter dem Planetarium?«

»Das war eine weniger kontrollierte Situation«, erklärte Thomas. »Dabei waren wir die Verfolger. Nächstes Mal kommt der Verbrecher zu uns.«

»Bitte«, ergriff Craig das Wort. »Sie müssen uns helfen. Ich bezahle Ihnen jede Summe.«

»Natürlich verfügt mein Klient nicht über die finanziellen Mittel, um Ihnen *jede Summe* zu bezahlen«, schränkte Thomas ein. »Aber Sie werden zweifellos großzügig entschädigt, zusätzlich erhalten Sie einen kostenlosen Urlaub in New York City, wenngleich Sie das Hotel natürlich erst nach dem Treffen verlassen dürfen. Allerdings geht es hier nicht wirklich um Geld oder Urlaube; es geht darum, diese armen Leute zurück zu ihren Familien zu bringen. Alles, was Sie tun müssen, ist, im Wagen zu sitzen.«

»Ist es denn sicher, in Queens in einem Wagen zu sitzen?«, fragte ich.

»Nicht wirklich«, räumte Thomas ein.

Mir war sonnenklar, dass ich, auf mich allein gestellt, sein Angebot annehmen würde. Ich bin nicht besonders heldenhaft, widme mein Leben nicht dem Wohle der Menschheit und heuchle gelegentlich, kein Kleingeld zu haben, wenn die Weihnachtsmänner der Heilsarmee vor Einkaufszentren wie verrückt mit ihren roten Glocken bimmeln.

Doch sich zu weigern, Menschen zu helfen, die von einem offenkundigen Irren entführt worden waren, das ging einfach nicht. Zudem war es ja nicht so, als würde ich dadurch Arbeit verpassen.

Dennoch achtete ich darauf, die Meinung der Person einzuholen, die den Vorrat an Vernunft des Mayhem-Haushalts verwaltete. »Was meinst du, Helen?«

»Ich glaube, du wirst es tun, ganz gleich, was ich sage.« Sie wandte sich an Thomas. »Wenn Sie meinen Mann in Gefahr bringen, wird der Kerl im Badezimmer nicht der Einzige sein, der darauf aus ist, Ihnen den Kopf abzuhacken.«

»Verstanden.«

»Ich danke Ihnen so sehr.« Craigs Tonfall weckte in mir die Sorge, er könnte sich zu Boden fallen lassen und mir vor Dankbarkeit die Schuhe vollsabbern, doch das tat er zum Glück nicht.

»Also, wie sieht der nächste Schritt aus?«, erkundigte ich mich.

***

Mir fiel auf, dass Roger einen neuen Kratzer hatte, als er die Tür öffnete. Er runzelte die Stirn, als er Craig und Thomas hinter mir erblickte.

»In was hast du mich hineingezogen?«, verlangte er zu erfahren.

»Sag, Roger«, forderte ich ihn mit einem beschwichtigenden Lächeln auf, »hast du Pläne für diese Woche?«

KAPITEL SIEBEN

New York. The Big Apple. Die Stadt, die niemals schläft. Die Heimat von Spiderman. Ich vermute, es ist ziemlich cool, die Stadt zu besuchen, solange man nicht drei Tage lang in einem flohverseuchten Motel festsitzt und für den Abschlusstest im Psychopathenexamen büffelt.

»Wo sind Sie geboren?«, fragte ich zum etwa neunzigsten Mal.

»In Cleveland, Ohio«, antwortete Thomas, der die Antwort hervorstieß, als wäre er bei der Grundausbildung.

»Was ist Ihr Lieblingsessen?«

»Schinken und Käse auf Roggenbrot.«

»Wann wird dieser Albtraum vorbei sein?«

»In zwei Stunden und sechsundzwanzig Minuten.«

»Können wir noch aussteigen?«

»Nein, können wir nicht.«

Ich legte den Papierstapel aufs Bett, das fast vollständig von Seiten mit persönlichen Informationen über Mr. Ned Markstein alias Kopfjäger übersät war. Wir hatten das Zeug pausenlos durchgesehen. Unabhängig vom Inhalt wäre das an sich schon eine verzichtbare Erfahrung gewesen, doch sie wurde durch den Umstand verschlimmert, dass wir vorwiegend mit Beschreibungen grausiger Morde arbeiteten. Vierzehn, wenn man die Gruppenenthauptung mitzählte. Was sehnte ich mich doch nach den guten alten Tagen der Biologieprüfungen. Mal abgesehen vom Sezieren.

Ich fand heraus, dass der unbekannte Brieffreund des Kopfjägers mich hasste, weil einer seiner engen Freunde meinetwegen ins Gefängnis gewandert war. Um wen es sich bei dem Knastbruder handelte, gab er nicht preis, doch es hätte ohnehin nicht geholfen.

Mein Vorschlag lautete, nicht Thomas als den Kopfjäger auftreten zu lassen, sondern den echten Kopfjäger zu benutzen und ihm klarzumachen, dass Thomas eine Waffe auf ihn richtete, aber Thomas meinte, das sei zu riskant. »Ein Augenzwinkern von ihm, und der gesamte Plan könnte im Eimer sein«, erklärte er. Sein Tonfall schien dabei sorgsam darauf ausgerichtet zu sein, mich wissen zu lassen, dass er mich für einen geschwätzigen Vollidioten hielt.

Also hockten Thomas, Roger und ich in einem Motelzimmer und sorgten dafür, dass Thomas alles Erdenkliche über den Kopfjäger wusste. Der echte Kopfjäger war in Florida geblieben, wo er, mit Drogen zugedröhnt, von Craig bewacht und unter Drogeneinfluss gehalten wurde. Roger und ich durften das Zimmer nicht verlassen, weil wir nicht wussten, ob uns jemand beobachtete.

Thomas fürchtete, jemand könnte ihm eine Wanze verpassen, deshalb ging er selbst zum Essen nur zu dem Hamburgerladen nebenan, wo das Ketchup im Mund brannte und sich im Senf kleine harte Brocken befanden, die zwischen den Zähnen knirschten. Ich äußerte, in unserem Zimmer wären bereits so viele Wanzen, dass eine mehr keine Rolle mehr spielte, doch Thomas fand den Kommentar nicht sonderlich erheiternd.

Mir erschien das Unterfangen, sich jede Einzelheit des Lebens des Kopfjägers einzuprägen, reine Zeitverschwendung. Ich meine, wenn der Entführer nicht wusste, wie der Kopfjäger aussah, woher sollte er dann seine Schuhgröße kennen? Ich wies auch darauf hin, aber mir wurde erneut zu verstehen gegeben, dass ich ein geschwätziger Vollidiot sei, was anscheinend nicht die beste Art von Idiot ist.

»Tag drei«, sprach Roger in seinen Minikassettenrekorder. »Die Moral sinkt stetig. Die Fernsehsendungen sind weiterhin mies, aber wir geben die Hoffnung nicht auf, dass zumindest der Empfang besser wird. Der Körpergeruch verschlimmert sich unvermindert.«

»Pack das weg«, forderte ich ihn auf.

»Andrew gebärdet sich unverändert wie ein Riesendepp«, dokumentierte er. »Für das Protokoll: Das ist keine neue Verhaltensweise, aber es kommt selten vor, dass ich die Qual seiner Gesellschaft drei Tage ertragen muss, ohne mich zwischenzeitlich davon erholen zu können.«

Roger hatte beschlossen, unser gesamtes Abenteuer zu dokumentieren. Da letztes Mal ich den großen Buchvertrag bekam, fand er, dass nun er an der Reihe wäre. Ich versuchte, ihm zu erklären, dass es kein Abenteuer geben würde, dass wir nur im Auto sitzen und nichts tun würden, doch er erwiderte darauf nur: »Ja, klar.« Was ich als etwas beunruhigend empfand, zumal ich dasselbe dachte.

Etwa eine Stunde später öffnete Thomas einen schwarzen Aktenkoffer. »Es ist an der Zeit aufzubrechen«, verkündete er und holte Handschellen hervor. Er legte sie sich selbst an und streckte uns die Arme entgegen. »Falls etwas nicht wie geplant verläuft, machen Sie Folgendes: Drehen Sie die Hände so in entgegengesetzter Richtung und ziehen Sie dann die Handgelenke so nach vorn.« Die Handschellen lösten sich und fielen zu Boden. »Verstanden?«

»Haben Sie die auch mit Plüschbezügen?«, fragte ich.

»Rosa, wenn möglich«, fügte Roger hinzu.

»Wissen Sie«, erwiderte Thomas, »früher haben mich die Gedankengänge von Leuten wie dem Kopfjäger erschreckt, aber nachdem ich Zeit mit Ihnen beiden verbracht habe, beginne ich allmählich, das Bedürfnis zu töten zu verstehen.«

»He, Thomas, das war ja ein Witz!«, rief ich. »Herzlichen Glückwunsch! Willkommen bei der Menschheit.«

»Das war *kein* Witz.«

***

Nachdem wir beide jeweils einen Übungsdurchlauf mit den Trickhandschellen absolviert hatten, was sich mit den Händen auf dem Rücken als gar nicht so einfach erwies, wurden Roger und ich getrennt voneinander hinaus zu Thomas' Leihwagen geführt. Thomas drückte sich dicht an mich, da es für den Fall, dass wir vom Entführer beobachtet wurden, so aussehen musste, als versuchte er, die Handschellen vor der Öffentlichkeit zu verbergen. Für jeden anderen hätte es wahrscheinlich so gewirkt, als hätten wir *zu* viel Spaß mit den Handschellen, doch zum Glück erwies sich der Parkplatz als verwaist.

Roger und ich saßen auf dem Rücksitz und benahmen uns, während Thomas die halbe Meile zum Zielort fuhr. Ich hatte schon eine kleine Ewigkeit keinen Schnee mehr gesehen, doch er war ziemlich so, wie ich ihn in Erinnerung hatte – weiß –, und die Aufregung darüber verflog schnell. Thomas parkte vor einem großen, sechsstöckigen Sandsteinhaus, dem etliche Brocken fehlten.

Er drehte sich zu uns um. »Also gut, ich möchte mich jetzt bei Ihnen beiden entschuldigen, da ich die Situation nicht völlig korrekt dargestellt habe.«

Panisch begann ich, die Hände in den Trickhandschellen zu verrenken.

»Nein, das ist es nicht. Der Plan ist unverändert, nur werden Sie beide etwas mehr einbezogen. Nicht viel. Kaum der Rede wert. Es geht lediglich darum, dass die Begegnung in diesem abbruchreifen Gebäude stattfindet und Sie mitkommen müssen.«

»Sie Hundehaufen!«, brüllte ich.

Thomas runzelte die Stirn. »Haben Sie mich allen Ernstes gerade einen Hundehaufen genannt?«

»Tut mir leid. Ich habe einen Siebenjährigen. Aber ja, Sie sind ein verfluchter, mistiger Hundehaufen! Was soll das heißen, wir müssen mitkommen?«

»Wie ich schon sagte, ich entschuldige mich dafür. Ich hatte keine andere Wahl. Ihre Frau hätte Sie nicht mitmachen lassen, wenn sie es gewusst hätte.«

»Meine Frau ist seit drei Tagen nicht dabei! Sie haben mir nicht einmal erlaubt, sie anzurufen.«

»Stimmt. Nun, Sie hätten vielleicht selbst entschieden, nicht mitzukommen. Ich verspreche Ihnen, die Gefahr ist minimal. So gut wie nicht vorhanden. Vernachlässigbar. Die Lage hat sich gegenüber dem Szenario, dem Sie beide zugestimmt haben, kaum geändert.«

»Eigentlich kann ich mich nicht erinnern, überhaupt vor die Wahl gestellt worden zu sein, wenn wir schon pingelig werden«, meldete sich Roger zu Wort.

Zornig seufzte ich. »Und was haben Sie uns sonst noch für Informationen vorenthalten? Sollte ich mir noch rasch aneignen, wie man einen Nuklearsprengkopf entschärft?«

»Sonst nichts, das versichere ich Ihnen«, beharrte Thomas.

»Und warum sollte ich das glauben?«

»Weil«, antwortete Thomas und richtete eine Pistole auf mein Gesicht, »Sie keine andere Wahl haben.«

»Ach, hören Sie auf! Was soll das?«, fragte ich. »Die ganze Zeit habe ich mich recht gut gefühlt, weil ich mein Leben aufs Spiel setze, um dem armen Kerl zu helfen, seine Frau zurückzubekommen, und jetzt zwingen Sie mich dazu. So verschafft es mir keine persönliche Befriedigung mehr. Herzlichen Dank!«

Thomas senkte die Waffe. »Tut mir leid. Ich musste mich nur vergewissern, dass Sie mich nicht im Stich lassen.«

»Hatte ich nicht vor.«

»Nun, dann stecke ich die Waffe weg.«

»Was bringt das?«, warf ich ein. »Ich weiß trotzdem, dass sie da ist und ich gezwungen werde. Man kann einem Pfadfinder keine Punkte dafür gutschreiben, dass er einer alten Dame über die Straße hilft, wenn er es unter Androhung von Waffengewalt tut.«

»Da ist keine Waffe«, erwiderte Thomas und hob die leeren Hände. »Ich werde nicht auf Sie schießen. Sie entscheiden selbst. Gehen Sie, wenn Sie wollen.«

»Halten Sie einfach die Klappe und bringen Sie uns rein!«

»Ich für meinen Teil wäre schon mit dem bloßen äußeren *Anschein* einer freien Entscheidung zufrieden«, beklagte sich Roger.

»Na schön, gehen wir.« Thomas entriegelte seine Tür und setzte dazu an, sie zu öffnen, dann schaute er ein wenig verlegen drein. »Natürlich muss ich Sie mit vorgehaltener Waffe reinbringen, um den Schein zu wahren. Tut mir leid.«

»Schon gut.«

***

Das Wohngebäude mochte abbruchreif sein, aber es stand eindeutig nicht leer. Obdachlose schliefen auf dem Boden, einige unter Decken, andere unter Zeitungspapier. In Kaffeekannen brannten Feuer, die etwas Licht und Wärme spendeten, von Letzterem jedoch nicht genug. Mehrere der Bewohner rollten sich herum und stöhnten, als Thomas mit der Taschenlampe durch den Raum leuchtete, der einst, als es noch Wände gegeben hatte, offenbar aus mehreren Zimmern bestanden hatte. Zwei Jugendliche, vielleicht sechzehn oder siebzehn Jahre alt, saßen auf der Treppe und teilten sich eine Nadel. Über den Geruch möchte ich gar nicht sprechen.

»Sollen wir die Adresse noch mal überprüfen?«, fragte Roger.

»Ruhig!«, flüsterte Thomas und stieß uns weiter. Allein im Erdgeschoss mussten sich mindestens vierzig Personen befinden, die schliefen oder beisammenkauerten. Die meisten, die wach waren, beobachten uns eingehend.

Thomas schabte mit dem Fuß über den Boden, um Glasscherben beiseitezuwischen. »Knien Sie hier nieder«, forderte er uns auf.

Wortlos taten wir, wie uns geheißen, dann warteten wir.

Ein Mann mit grauem Bart unter einer Indianerdecke rollte sich auf den Rücken und begann, im Schlaf zu schluchzen. Der Kerl neben ihm stieß ihm das Knie in die Seite, woraufhin er verstummte.

»Das Gebäude sieht aus, als könnte es jeden Moment einstürzen«, murmelte Thomas mit einem unverkennbaren Anflug von Angst in der Stimme.

Wir warteten gute zehn Minuten, ohne ein Wort zu wechseln. Meine Hände froren. Ich fragte mich, ob sich der Entführer im näheren Umfeld befand und uns beobachtete.

Beim Geräusch von Schritten schwenkte Thomas die Taschenlampe auf einen Mann in einem verdreckten, ehemals gelben Regenmantel. Er schien um die vierzig zu sein und besaß einen dichten Bart, der seit Monaten nicht mehr gestutzt worden war.

Etwa drei Meter von uns entfernt sagte er: »I-ihr seid f-für nichts G-gutes hier, o-oder?«

»Wir kümmern uns nur um unsere eigenen Angelegenheiten«, gab Thomas zurück.

»A-alles klar, i-ich m-m-merke schon, wenn i-ich nicht e-erwünscht b-b-bin.« Der Stotterer kam näher. »I-ich will euch n-n-nichts tun, i-ich hatte b-bloß gehofft, i-ihr könntet m-m-mir ein w-wenig aushelfen.«

»Tut mir leid, wir haben kein Geld«, teilte Thomas ihm mit.

Der Mann setzte ein zahnlückiges Grinsen auf. »Ququatsch, s-sicher habt ihr w-welches. I-ich brauch n-n-nicht viel, nur 'n V-vierteldollar oder so, K-k-kumpel.«

»Tut mir leid.«

»S-sag nicht, d-dass es d-dir leid tut. T-tut's n-n-nicht. I-ich b-b-bin dir bloß e-egal. K-komm schon, K-k-kumpel, nur 'n V-vierteldollar.« Der Mann bewegte sich unmittelbar neben Thomas. »Nur 'n V-vierteldollar. I-ich meine, d-das is' doch n-nicht viel. Nur 'n V-vierteldollar.«

»Da hast du ein paar Münzen.« Thomas streckte sie ihm entgegen. »Wenn du uns jetzt bitte entschuldigst, wir haben etwas Dringendes zu erledigen.«

»D-danke, K-k-kumpel, i-ich wollt' nicht stören«, erwiderte der Mann und nahm die Münzen mit der rechten Hand entgegen. Die andere bewegte sich, bevor ich eine Warnung brüllen konnte.

Thomas' Mund klappte auf, als ihm eine zerbrochene Flasche in die Seite gerammt wurde. Während Roger und ich uns rasch auf die Beine rappelten, ergriff der Mann Thomas' Pistole und stieß einen verzückten Schrei aus.

»Geil! Tolles T-teil, Mann!« Damit rannte er in Richtung des Ausgangs los.

Lauthals fluchend zog sich Thomas das Glas aus der Seite und wankte hinter ihm her.

Ich vollführte die notwendigen Handverrenkungen, und die Handschellen fielen klirrend zu Boden. Dann wollte ich hinter Thomas herrennen, aber mein Fuß trat auf eine große Glasscherbe. Ich verlor das Gleichgewicht, landete auf den Knien und japste vor Schmerz.

»Ich bekomme die Handschellen nicht ab!«, rief Roger, der verzweifelt die Hände verdrehte.

Ich zog die Glasscherbe aus meiner Schuhsohle. Es brannte ein wenig, doch sie war nicht tief eingedrungen. Thomas und der Stotterer waren verschwunden. Ich stand auf und ließ den Blick über die Leute im Gebäude wandern, die uns mittlerweile allesamt anstarrten. Wenn jemand davon der Entführer in Verkleidung wäre, würden wir in ziemlich ernsten Schwierigkeiten stecken. Selbst wenn er sich nicht unter den Anwesenden befand, bot unsere derzeitige Lage keinen Anlass für Heiterkeit und frohen Mut.

»Gib mir deine Hände«, forderte ich Roger auf. Ich drehte die Handschellen so herum, wie sie sein sollten, und zog daran. Sie lösten sich nicht. »Na toll.«

»Einige hier versuchen zu schlafen!«, rief eine Frau zornig.

Ich rüttelte erneut an den Handschellen, aber sie öffneten sich immer noch nicht. »Okay, kleines Problem«, meinte ich. »Lass uns einfach mal von hier verschwinden.«

Als wir uns zum Gehen wandten, stellte ich fest, dass die beiden Junkies von der Treppe nunmehr vor der Tür standen. Was ich als keine gute Entwicklung empfand.

Wir gingen in der Hoffnung auf die Tür zu, dass die Junkies nur dort standen, um sie für uns aufzuhalten. Roger kämpfte im Gehen weiter mit den Handschellen. Ich bemerkte einige weitere Burschen zu unserer Linken, die sich auf uns zubewegten. Einer davon hatte einen Baseballschläger, ein anderer eine Holzleiste mit dicken Nägeln darin.

»Denk an was Schönes«, flüsterte ich. »Denk einfach an etwas irre Schönes.«

Wir hatten die Tür fast erreicht, und es war klar, dass die Junkies nicht die Absicht hatten, uns gehen zu lassen. »Hallo, meine Herren«, begrüßte ich sie bester Laune. »Wenn nichts dagegen spricht, möchten wir los, um unserem Freund zu helfen. Er war derjenige, dem die zerbrochene Flasche in die Seite gerammt wurde. Falls das etwas hilft.«

»Ihr geht nirgendwohin«, raunte einer der Junkies.

»Nun mach aber mal halblang«, gab ich zurück und bemühte mich, meiner Stimme einen ruhigen Klang zu verleihen. »Du glaubst doch nicht allen Ernstes, dass du es mit mir aufnehmen kannst, oder?«

Der Junkie zog ein Springmesser. Er ließ die Klinge aufschnappen und wirkte äußerst zufrieden mit sich.

»Nun mach aber mal halblang«, wiederholte ich und bemühte mich, mir nicht in die Hose zu machen. »Du glaubst doch nicht wirklich, dass du mich abstechen kannst, oder?«

»Keine Ahnung«, erwiderte der Junkie und schwenkte das Messer. »Was denkst du?«

»Ich denke, das ist lächerlich. Wir sind doch alle erwachsen ... na ja, ihr beide nicht, aber ihr seid nah dran. Es gibt keinen Grund für Gewalt.«

»Nicht, wenn ihr uns eure Brieftaschen gebt«, pflichtete mir der zweite Junkie bedingt bei.

Ich griff nach meiner Brieftasche ... und das Herz rutschte mir im Sturzflug in die Hose. »Also, wisst ihr was? Obwohl ihr eine absolut brauchbare Lösung für unseren Konflikt vorgeschlagen habt, hatte ich leider nicht vor, heute Abend irgendwelche Käufe zu tätigen, deshalb habe ich meine Brieftasche im Motel gelassen. Tut mir leid.«

Die Burschen mit dem Baseballschläger und der Nagelleiste traten neben uns. Ich konnte die Nägel zwar nicht deutlich erkennen, aber ich war ziemlich sicher, dass sie rostig waren und beim Eindringen schmerzen würden.

»Was ist mit ihm?«, fragte der Junkie und nickte in Rogers Richtung.

»Meine ist auch im Motel. Auf der Kommode, gleich neben Andrews Brieftasche. Eigentlich wollte ich sie noch einstecken, aber dann dachte ich mir, nein, ich werde ja Handschellen tragen und kann sie ohnehin nicht erreichen.«

»Dann verkaufen wir vielleicht euer Blut«, schlug der erste Junkie vor und schwenkte erneut das Springmesser.

»Jetzt wirst du aber albern«, gab ich zurück. »Niemand würde mein Blut kaufen.«

»Ich sagte, einige Leute hier versuchen zu schlafen!«, brüllte die zornige Frau. »Legt es nicht drauf an, dass ich rüberkomme und euch in die Ärsche trete!«

»Machen wir sie einfach kalt«, quengelte der Kerl mit dem Baseballschläger. »Lass mich ihnen die Schädel einschlagen.«

Der Junkie mit dem Springmesser nickte. Der Bursche hob den Baseballschläger an ... und senkte ihn überrascht. »Heilige Scheiße! Das ist ja *er!*«

»Wer?«, fragten drei verschiedene Personen gleichzeitig, darunter auch ich.

»Er! Dieser Typ! Kennt ihr diese Todesvideos? Diese Dinger? Ihr wisst schon!« Er schloss die Augen und begann, sich mit der Handfläche gegen die Stirn zu schlagen, während er versuchte, sich zu konzentrieren. Wir alle beobachteten ihn. Gleich darauf schlug er die Augen wieder auf. »Anthony Mayhem! Das bist du!«

»Eigentlich *Andrew* Mayhem«, korrigierte ich ihn.

»Ja, ja! Erinnert ihr euch an diese kranken Kerle, die Videos von Leuten gemacht haben, die aufgeschlitzt wurden und so? Er hat ihnen das Handwerk gelegt. Ich hab's im Fernsehen gesehen. Das war verdammt *cool!*« Er fing an, wild zu gestikulieren. »Kumpel, erzähl ihnen, was du mit dem Schädel gemacht hast.«

»Würde ich gern«, sagte ich, »aber ich muss wirklich meinem Freund helfen.«

»Deinem Freund geht's gut, so schlimm wurde er nicht erwischt. Komm schon, erzähl von dem Schädel!«

»Ehrlich, das ist kein guter Zeitpunkt, aber ...«

»Nun erzähl schon«, forderte mich der Bursche mit der Nagelleiste auf.

***

»Ich stieg also die Leiter hinauf«, sagte ich zu den rund fünfzehn Leuten, die in einem Kreis um mich saßen. »Ich wusste nicht, was ich auf dem Dachboden vorfinden würde, aber mir war klar, dass es nichts Gutes sein würde. Ebenso war mir bewusst, dass dies ohne Weiteres der Tag sein könnte, an dem ich sterben würde. Ich kann euch sagen, auf solche Weise mit der eigenen Sterblichkeit konfrontiert zu werden, verändert einen Menschen wirklich.«

Zum fünfundvierzigsten Mal in den vergangenen fünfundvierzig Minuten sah ich auf die Uhr. »Ich weiß, ich habe das bereits einige Male gesagt, aber kann ich jetzt gehen? Ich komme wieder und erzähle die Geschichte zu Ende, versprochen.«

Thomas war nicht zurückgekehrt, was ich als beunruhigend genug empfand, doch obendrein würde der Entführer jede Minute eintreffen. Wenigstens hatte ich meine neuen Freunde, um mich zu beschützen.

»Kumpel, hör auf, dich selbst zu unterbrechen. Ich will wissen, was passiert ist!«

»Na schön. Ich wurde also mit der eigenen Sterblichkeit konfrontiert. Dann ...«

Die Tür flog auf, und zwei Männer platzten herein. »Wie geht's, ihr Haufen von Degenerierten?«, rief der Erste, ein großer, athletisch gebauter Mann in Jeans und schwerer, brauner Lederjacke. Das kurze schwarze Haar trug er mit

Gel zurückgekleistert, und er besaß das tadellose Aussehen eines Filmstars sowie einen schmalen Schnurrbart. »Achtet gar nicht auf mich, ihr Trolle, ich bin bloß hier, um einen Freund zu treffen.«

Sein Partner war etwas kleiner, etwas muskulöser und viel hässlicher. Sein Schädel war kahl, und er trug einen Anorak sowie etwas, das beunruhigend wie ein halb automatisches Gewehr aussah. Er schien sich für das Verhalten seines Gefährten zu schämen.

»Was glaubst du eigentlich, wer du bist?«, verlangte Nagelleiste zu erfahren.

»Ich bin der Magier. Ich bin, wer immer du willst«, teilte ihm der erste Mann mit. Er ließ den Blick durch den Raum schweifen und hielt sich die Nase zu. »Puh! Wie viele verwesende Leichen lagert ihr denn hier drin? Habt ihr noch nie etwas von der Tradition gehört, die Toten zu begraben? Oder gilt das bei Fixern nicht? Das war unangebracht, was? Bitte, nehmt meine Entschuldigung an, Trolle.«

Er blickte weiter prüfend durch den Raum. Ich wollte davonrobben, doch dadurch hätte ich Aufmerksamkeit auf mich gelenkt. Wie sich herausstellte, spielte es keine Rolle, denn gleich darauf hefteten sich seine Augen auf mich.

»O-oooh, genau derjenige, den ich sehen wollte. Und Roger ist auch hier. Und wer ist wohl euer Entführer?«

Niemand sagte etwas. Der Mann musterte die Leute rings um uns und runzelte die Stirn. »Na los, na los, raus mit der Sprache. Ein kranker Verstand will es wissen.«

Weiteres Schweigen. Der Mann klopfte seinem Partner auf den Arm. »Lass sie uns hier rausschaffen.«

Die Leute, die meiner Geschichte gelauscht hatten, bewegten sich beiseite, als sein Partner Roger auf die Beine zog. Ohne nachzudenken, stand ich rasch auf. Ich schaute zu Nagelleiste.

Er nickte mir kaum merklich zu, womit er hoffentlich ausdrücken wollte: ›Gib mir ein Zeichen, und ich versohl ihnen den Arsch.‹

Die beiden Männer tauschten einen verwirrten Blick. Dann stieß der zweite Mann Roger beiseite und richtete das Gewehr auf mich. Der erste Mann zog eine Pistole aus der Jackentasche und zielte ebenfalls auf mich. Ich hob die Hände in die Luft.

»Du hast etwa zwei Sekunden, das zu erklären«, sagte der erste Mann. »Wo ist der Kerl, der euch hergebracht hat?«

»Das ist ganz einfach«, gab ich zurück und versuchte, Nagelleiste einen unscheinbaren Wink zu geben. Er schüttelte den Kopf, legte die Leiste zu Boden und wich zurück.

»Dann lass mal hören.«

Ich sagte das Einzige, was mir einfiel. »Ich bin Andrew Mayhem, auch bekannt als der Kopfjäger.«

KAPITEL ACHT

»Wie bitte?«

»Du hast mich schon verstanden«, sagte ich.

»Nein, ich bin ziemlich sicher, dass mir etwas entgangen ist.«

»Ich bin der Kopfjäger. Ich habe versprochen, Andrew Mayhem mitzubringen, und das habe ich getan. Nur nicht so, wie du es erwartet hast.«

Der Mann wirkte völlig entgeistert. »Also willst du damit sagen, dass du ... er bist?«

»Ich bin er. Er ist ich. Wir sind wir.«

Ja, ich weiß, das ›Wir sind wir‹ trieb es auf die Spitze, aber mir wurden zwei Schusswaffen ins Gesicht gehalten, und die beeinträchtigten meine Konzentration.

Er schüttelte den Kopf. »Nein, das ist nicht möglich. Das ist absolut lächerlich. Es kann einfach nicht sein.«

»Ich bin doch zum Treffen erschienen, oder?« Ich bedachte ihn mit meinem breitesten Lächeln. »Überraschung!«

Der Mann gestikulierte mit der Pistole. »Ich denke, wir müssen uns irgendwo ungestört unterhalten. Gehen wir.«

Ich zuckte mit den Schultern und steuerte auf die Tür zu. Der andere Mann packte Roger am Kragen und führte auch ihn grob zur Tür. Als wir das Gebäude verließen, fiel mir auf, dass Thomas' Leihwagen noch davor parkte. Wir gingen ein Stück den Gehsteig entlang, dann stieß mich der erste Mann gegen das Gebäude – das wie durch ein Wunder nicht einstürzte – und drückte mir den Lauf seiner Waffe an die Kehle.

»Also, was soll das heißen, du bist der Kopfjäger?«

»Dass ich der Kopfjäger bin. Vierzehn Opfer in drei Jahren, das letzte Dutzend durch Enthauptung und immer mit demselben Krummschwert. Ich wollte mich ja ›der Freibeuter‹ nennen, aber das klang nicht so bedrohlich. Der Höhepunkt meines bisherigen Lebens war es, diese fünf klapprigen Partygäste alle auf einmal abzumurksen. Was mich anmacht, sind Frauen mit gepiercten Zungen, Vanilleduft und von Autos überfahrene Tiere. Was ich nicht ausstehen kann, sind unter anderem Polizeibeamte, Spargel und geistlose Menschen.«

Der Mann starrte mich ungläubig an. Dann schlug seine Miene in pure Freude um. »Das ist das Coolste, was ich in meinem ganzen Leben gehört habe! Was für eine fantastische Tarnung! O wow, wir haben einiges zu bereden, mein Freund.« Er entfernte die Waffe von meinem Hals und streckte mir die Hand entgegen. »Daniel Rankin.«

Ich schüttelte sie, was sich etwas schwierig gestaltete, weil meine Hand vor Kälte taub war. »Freut mich, dich kennen zu lernen.«

Daniel deutete auf den anderen Mann, der immer noch Roger festhielt. »Das ist Curtwood Foster.« Curtwood reagierte nicht auf die Vorstellung.

»Und was ist mit Roger?«, fragte Daniel. »Er wusste nicht über dich Bescheid, oder?«

Ich versuchte, mir in aller Eile etwas einfallen zu lassen, um Roger aus der Sache rauszuhalten, aber wie sollte ich die Handschellen erklären? »Nicht mal ansatzweise.«

»Das ist *so* cool! Foster, steck ihn in den Wagen.«

Ich vermied es, Roger anzusehen, als Foster ihn zu einem schwarzen Van zerrte. Wenn ich als der Kopfjäger durchgehen wollte, durfte ich mir keine Schuldgefühle anmerken lassen. Tatsächlich spürte ich, dass meine Knie ein wenig zitterten, und meine Magensäure strömte wie die Niagarafälle. Die Dinge gerieten ohne Frage außer Kontrolle, doch jegliche Heldentaten an dieser Stelle würden nur bewirken, dass wir beide erschossen würden. Ich musste weiter mitspielen und auf eine Gelegenheit zur Flucht warten.

»Ich will nicht, dass er verletzt wird«, sagte ich.

Daniel bedachte mich mit einem fragenden Blick.

»Noch nicht«, fügte ich hinzu.

»Na ja, klar. Er muss für die Spiele in guter Verfassung bleiben, damit wir ihn dann *richtig* verletzen können. Aber darüber erfährst du später mehr.«

Foster öffnete die Tür des Vans, stieß Roger hinein und stieg nach ihm ein. Ich zuckte zusammen, als die Tür zugeschlagen wurde, und betete, dass Daniel es nicht bemerkte.

»Wo ist dein Koffer?«, erkundigte sich Daniel.

Thomas hatte einen Koffer gepackt, um den Schein zu wahren. Allerdings befand er sich im Kofferraum des Leihwagens, und Thomas hatte den Schlüssel. »Einer dieser Penner hat ihn mir gestohlen«, antwortete ich zornig. »Ich wäre ihm ja nachgerannt, um ihm den obdachlosen Schädel abzuschlagen, aber ich konnte Roger nicht zurücklassen. Warum hast du mich überhaupt da drin warten lassen?«

»Ich wollte, dass dein Urlaub aufregend beginnt. Ich hab dir eine wilde Zeit versprochen, und ich habe vor, das zu halten. Ist dir irgendetwas Wichtiges abhanden gekommen?«

»Bloß Kleider.« Ich deutete auf einige Blutstropfen, die den Gehsteig entlangführten. »Sieht so aus, als hätte er eine Spur hinterlassen.«

Daniel grinste. »Willst du hinter ihm her?«

»Worauf du wetten kannst.«

»Wettrennen!«

Daniel rannte los. Ich setzte dazu an, ihm zu folgen, und rutschte beim ersten Schritt um ein Haar aus. Ich trug Sportschuhe, nicht das beste Schuhwerk, um über vereiste Gehsteige zu sprinten. Wenngleich meine Chancen, Daniel die Pistole abzunehmen, besser stünden, wenn wir außer Sichtweite des Vans wären, würde es alles andere als glaubwürdig wirken, dass ein Serienmörder, der fünf Leute dermaßen effizient enthaupten konnte, nicht in der Lage war, den Gehsteig hinabzulaufen, ohne auf dem Hintern zu landen. Ich versuchte einen weiteren Schritt und verlor erneut fast das Gleichgewicht, also beschloss ich, es aufzugeben.

»Ne, lass gut sein!«, rief ich hinter Daniel her. »Der ist längst weg. Alles, was er mitgenommen hat, ist ersetzbar.«

Daniel schlitterte anmutig zum Stillstand. »Bist du sicher? Wir könnten ihm so richtige Schmerzen zufügen. Das wäre lustig.«

»Ich war früh hier, es ist schon fast eine Stunde her, dass er abgehauen ist. Außerdem erfriere ich hier draußen. Ich hoffe, wir fahren irgendwohin, wo es warm ist.«

»Ich will die Überraschung nicht verderben. Lass uns einsteigen.«

**

Ich gebe es zwar ungern zu, aber die schlichte Wahrheit ist, dass ich ein verdammt guter Lügner bin. Gut, Helen ertappt mich gelegentlich, und das merke ich, wenn ich mit *dem Blick* bedacht werde, aber wenn man meine Gattin mal außen vor lässt, kann ich mich im Schwindeln mit den Besten messen. Ich bin keineswegs stolz darauf und würde mich ändern, wenn ich könnte, doch es bleibt die Tatsache, dass ich ein guter Lügner bin und Daniel mir meine Geschichte abkaufte.

Nun, jedenfalls tat er so, als kaufe er sie mir ab. Allerdings machte er auch kein Geheimnis aus dem Umstand, dass er immer noch eine Schusswaffe hatte, genau wie Foster im Fond. Selbst wenn ich Daniel die Waffe hätte abnehmen können, was mir wahrscheinlich nicht gelungen wäre, hätte ich ein paar Kugeln aus dem halbautomatischen Gewehr von Foster in den Rücken bekommen. Manch einer könnte meinen, das geschähe mir für all das Lügen recht, aber darum geht es nicht.

Während Daniel fuhr, erklärte ich, dass alles, wofür ich berühmt geworden war, tatsächlich ein verzerrtes Abbild der Wahrheit darstellte. Ja, ich hatte den Produzenten und Vertreibern von Snuff-Filmen das Handwerk gelegt, allerdings nur, weil sie mich um meinen Anteil am Gewinn betrügen wollten. Niemand, der am Leben geblieben war, kannte die Wahrheit, weder meine Frau noch Roger. Und ich erzählte alles über Ned Markstein, meine zweite Identität in Manhattan, inklusive vier Gespielinnen.

Anschließend schilderte ich die Morde. Da ich drei Tage damit verbracht hatte, Thomas darüber auszuquetschen, fiel es mir nicht schwer, mich an die Einzelheiten zu erinnern. Schwieriger gestaltete es sich, die rechte Gesinnung dafür an den Tag zu legen. Im Wesentlichen versuchte ich lediglich, mich stolz auf meine Taten anzuhören, als redete ich darüber, wie ich einmal dreiundsechzig quer durch das Zimmer geworfene Popcornstücke mit dem Mund aufgefangen hatte. Das vierundsechzigste verfehlte ich nur wegen eines miserablen Wurfs von Roger.

Der verhielt sich auf der Rückbank des Vans übrigens still. Ich hoffte aufrichtig, er wusste, dass ich mir die Geschichte nur ausdachte, um uns beide aus dieser Lage zu befreien, nicht nur, um meinen eigenen Hintern zu retten. Jedenfalls versuchte er nicht, mein Lügengeflecht zu sabotieren, daher ging ich davon aus, dass er es wusste. Trotzdem fühlte ich mich wie ein vollkommener Mistkerl.

»Warum hast du mir nicht früher gesagt, wer du bist?«, wollte Daniel wissen. »Ich hätte dich beinah abgeknallt!«

»Ich liebe Überraschungen. Außerdem hattest du etwas Besonderes für mich geplant, also hättest du mich nicht einfach erschossen.«

»Ja, aber was, wenn mein Hass auf Andrew Mayhem größer als meine Bewunderung für den Kopfjäger wäre?«

»Dann würde ich dir den Kopf abhacken und es am nächsten Tag vielleicht bedauern.«

»Du hast dein Krummschwert nicht dabei.«

»Ich habe so meine Möglichkeiten.«

Daniel kicherte. »Ich glaube, wir werden uns gut verstehen.«

***

Wir fuhren drei Stunden lang. Ich war erschöpft, und es bereitete mir ein wenig Kopfzerbrechen, in dieser Verfassung meine Geschichte weiterzuspinnen. Mir konnte ein Folgefehler unterlaufen, durch den ich mich verraten würde. Also kippte ich den Sitz zurück und gab vor zu dösen. Gelegentlich warf ich einen raschen, verstohlenen Blick zu Daniel, doch leider lag seine Pistole nie mit einem kleinen Schild mit der Aufschrift »Nimm mich, Andrew« auf dem Armaturenbrett.

Als wir schließlich anhielten, befanden wir uns auf einem kleinen, verlassen wirkenden Flughafen. Eigentlich konnte man es kaum als Flughafen bezeichnen, zumal er lediglich aus einer Rollbahn und einem Gebäude der Größe eines Schuppens bestand. Ich vermied es weiterhin, Roger anzusehen, als wir aus dem Wagen stiegen. Nur allzu gern hätte ich ihm eine Art Zeichen gegeben, dass ich die Lage unter Kontrolle hatte, auch wenn das nur eine weitere lächerliche

Lüge gewesen wäre, doch es erschien mir das Risiko nicht wert.

Auf der Rollbahn stand nur ein kleiner Jet. »Was meinst du?«, fragte Daniel.

»Sieht nett aus«, antwortete ich, nicht sicher, wie enthusiastisch ich mich geben sollte.

»Gehört mir.«

»Wirklich?«

Stolz nickte Daniel. »Mir gehört eine ganze Menge Zeug. Wirst du bald sehen.«

Die Tür des Gebäudes öffnete sich, und drei Personen kamen heraus. Die Erste, eine Frau, eilte über die Rollbahn, legte die etwa dreißig Meter zu uns herüber im Laufschritt zurück und warf sich Daniel in die Arme. Die beiden küssten einander leidenschaftlich. Ich fürchtete schon, sie würden gleich anfangen, sich gegenseitig die Gesichter abzukauen. Vermutlich wäre es eine gute Gelegenheit gewesen, Daniel zu überrumpeln, aber Foster hatte die Waffe gezückt und drückte sie Roger in den Rücken.

Daniel löste sich von der Frau. Sie hatte schwarzes lockiges Haar, blutroten Lippenstift aufgetragen und wirkte ein wenig pummelig. Sie trug ein orangefarbenes Bustier mit Nackenträger und kurze Hosen.

»Andrew, das ist meine Frau Josie«, stellte Daniel sie mir vor.

Josie musterte mich eingehend. »Ist das nicht...?«

»Ja. Er wird später alles erklären.«

»Freut mich, dich kennen zu lernen. Ist dir nicht kalt?«, fragte ich.

»Kalt ist besser als heiß.«

Die beiden anderen, zwei Männer, kamen ebenfalls herüber. Der Erste trug einen Anorak, hatte langes fettiges Haar und sah aus, als hätte er sich unlängst rasiert, aber einige Stellen übersehen. Er trug ein Nikotinpflaster, und aus dem Mundwinkel ragte ihm eine Karotte. Er nickte in meine Richtung. »Ist das nicht...?«

»Ja. Er wird später alles erklären.«

»Oh.«

»Andrew, das ist Stan Tringet. Er hat sich die letzten Jahre etwas gehen lassen, trotzdem ist er ein anständiger Kerl. Wie viele Stunden ohne Zigarette, Stan?«

Stan bedachte ihn mit einem schiefen Lächeln. »Ich zähle wieder in Minuten.«

Auch der zweite Mann trug einen Anorak, darüber hinaus jedoch einen Hut, einen Schal, Ohrenschützer und dicke Fäustlinge. Sein breites Gesicht war vor Kälte gerötet. »Ich bin Samuel Striker«, stellte er sich vor.

»Sei kein Arsch, sag ihm deinen richtigen Namen«, forderte Daniel ihn auf.

»Woher weiß ich, dass er nicht für die Bullen arbeitet?«

»Wenn er für die Bullen arbeitet, legen wir ihn um.«

»Oh, das ist deine Lösung für alles«, meinte Josie und schob verführerisch eine Hand in Daniels Jacke.

»Gut, gut. Ich bin Mortimer. Können wir jetzt ins Flugzeug steigen?«

»Sind die anderen Gefangenen an Bord?«, fragte Daniel.

»Natürlich. Gut verstaut und bereit, von hier abzuheben. Also lasst uns verschwinden!«

»In Ordnung, dann brechen wir auf.«

Wir gingen zum Jet. Foster stieß Roger wesentlich unsanfter voran, als mir lieb war, doch ich ließ mir meine Verärgerung darüber nicht anmerken. »Darf ich jetzt erfahren, wohin wir fliegen?«

»Nach Seattle«, antwortete Daniel. »Zuerst.«

»Und dann?«

»Alaska.«

»Das ist ein Scherz.«

»Nein. Wir sind unterwegs zur ›letzten Grenze‹ Amerikas, und dort fängt der *richtige* Spaß an.«

***

»Willkommen bei Rankin Airlines«, sagte Daniel ins Mikrofon. »Bevor wir abheben, ersuche ich Sie, einige Sicherheitsvorkehrungen zu beachten. Bitte verstauen Sie sämtliche Feuerwaffen, Messer, Knüppel und elektrischen Stühle in den Gepäckfächern über Ihnen, bis wir die Reiseflughöhe erreicht haben. Für den unwahrscheinlichen Fall einer Wasserlandung dient Ihr Sitzkissen als Schwimmkörper. Allerdings weist Ihr Sitzkissen Blutgeruch auf, rechnen Sie also damit, kurz nach der Landung von Haien gefressen zu werden. Falls Sie neben einem der Notausgänge sitzen, wird von Ihnen erwartet, die anderen Passagiere zu unterstützen. Da ich sehe, dass Stan neben einem sitzt, ist ziemlich offensichtlich, dass wir alle am Arsch sind. Vielen Dank für Ihre Aufmerksamkeit, und genießen Sie den Flug.«

***

Roger war zusammen mit dem Gepäck nach unten gebracht worden. Daniel und Josie saßen mir gegenüber und befummelten einander, während Mortimer zurückgelehnt und mit Kopfhörern über den Ohren döste. Foster flog die Maschine, und das ziemlich unruhig. Stan hatte den Platz vor mir und hielt seine Karotte zwischen Zeige- und Mittelfinger, während er aus dem Fenster starrte.

Wir flogen also nach Alaska. Na prima. Da ich noch nie dort gewesen war, hatte ich an sich nichts gegen Alaska, allerdings war damit jegliche Kontrolle, die ich über die Lage gehabt haben mochte, ziemlich beim Teufel. Was konnte ich tun? Vielleicht würde es mir gelingen, Daniel die Waffe zu stibitzen, während er abgelenkt war, nur steckte sie mittlerweile in seiner Jacke, und höchstwahrscheinlich würde er eine dritte Hand bemerken, die darin neben denen seiner Frau umhertastete. Ob Mortimer eine Waffe hatte, wusste ich nicht, aber für eine gründliche Durchsuchung würde mir keine Zeit bleiben, bevor mir mehrere Dutzend Kugeln das Gesicht durchsiebten. Zudem konnte sich ohne Weiteres unten noch jemand aufhalten, der die Gefangenen bewachte. Vielleicht sogar mehrere Jemande.

Natürlich konnte mich nichts davon abhalten, mir weitere Informationen zu beschaffen.

»Daniel?«

Er spuckte einen Mundvoll von Josies Brust aus. »Was gibt's?«

»Wie viele Gefangene habt ihr da unten?«

»Einige.«

»Sind sie sicher verwahrt?«

»Ne, wir lassen sie dort unten mit Maschinenpistolen rumlaufen. Ich hoffe bloß, das Fahrradschloss an der Tür hält.«

»He, ich vertraue dir«, sagte ich. »Ich weiß nur gern, wie die Dinge stehen.«

»Du hast recht, das ist verständlich. Aber mach dir darüber keine Gedanken. Du bist auf Urlaub. Überlass die Einzelheiten mir. Schlaf ein wenig.«

Am liebsten hätte ich gefragt, ob ich runtergehen und es mir selbst ansehen darf, aber ich wagte nicht, auf dem Thema herumzureiten. Daniel nahm sein sabberndes Knutschen wieder auf.

Ich konnte nichts tun, was mir zutiefst widerstrebte. Die

einzige kluge Vorgehensweise bestand darin, meinen Sitz so weit wie möglich nach hinten zu kippen und ein wenig zu schlafen. Ich hatte das Gefühl, die nächsten Tage würden recht ereignisreich werden.

ROGERS SICHT DER DINGE

Scheiße.

Tut mir leid, das ist wohl nicht die eloquenteste Art, hiermit zu beginnen, aber sie scheint mir wirklich angemessen. Hätte ich einen Notizblock oder dergleichen, könnte ich vielleicht etwas Poetischeres oder Geistreicheres ausarbeiten oder ... Ich weiß auch nicht, ich denke, *Scheiße* fasst es ziemlich gut zusammen.

Scheiße, Scheiße, Scheiße.

Auf dem ersten Band habe ich eine Menge einleitender Worte, aber das ist im Motel in New York, und es besteht durchaus die Möglichkeit, dass es nie jemand finden wird, also fange ich von vorne an.

Ich bin Roger Tanglen, dreiunddreißig Jahre alt. Ich würde ja lügen und behaupten, ich sei ein gut aussehender Frauenschwarm, allerdings bin ich sicher, dass irgendwo ein Bild von mir auftauchen wird, daher bin ich ehrlich und gebe zu, dass ich eine große Nase habe. Jetzt, wo ich darüber nachdenke, ist es eigentlich unnötig, dass ich meine große Nase erwähne, da man sie ja, wenn das Bild gezeigt wird, ohnehin selbst sieht, ich habe also gerade zwanzig Sekunden Ihres Lebens verschwendet, indem ich Ihnen davon erzählt habe. Trotzdem werde ich nicht zurückspulen, denn ich versuche, diese Schilderung authentisch zu gestalten. Machen Sie sich also auf jede Menge Geschwafel gefasst. Wie das, was Sie gerade gehört haben.

Die anderen Leute hier unten bedenken mich schon mit echt garstigen Blicken. Ich muss wieder auf Kurs kommen.

Im Augenblick befinde ich mich in einem Flugzeug, unterwegs nach wer weiß wohin.

Ich sitze auf dem Boden, und meine Füße stecken in diesen Metalldingern ... Ich weiß nicht recht, wie ich sie beschreiben soll. Metalldinger, die sich um die Knöchel schließen. Ich überlege gerade, wo ich so etwas schon einmal gesehen habe. Na ja, spielt keine Rolle; wichtig ist nur, dass ich nirgendwohin kann.

Auch um den Hals habe ich eine Metallmanschette, die an der Wand festgekettet ist. Die Kette fühlt sich allmählich ziemlich schwer an, schränkt meine Bewegungsfreiheit aber nicht wirklich ein. Könnte ich meine Füße befreien, würde sie mich natürlich schon an der Flucht hindern.

Wenigstens habe ich die Arme frei. Der Kerl, der mich hier unten angekettet hat, war so nett, mir den Kassettenrekorder zu lassen, als er mich durchsuchte. Wahrscheinlich interessiert es ihn zu hören, was ich sage.

Wäre ich wirklich schlau, würde ich ihn zerbrechen und aus den Trümmern eine Vorrichtung basteln, um die Schlösser zu knacken, aber so schlau bin ich nicht. Ich weiß ja nicht mal, wie diese Metalldinger heißen.

Drei weitere Personen sind hier bei mir. Eine neben mir, aber nicht nah genug, um sie zu berühren, die beiden anderen auf der gegenüberliegenden Seite. Leute, wie wär's, wenn ihr eure Namen ruft und woher ihr seid? Man weiß ja nie, wo diese Kassette enden wird.

»Ich bin Mary Bendever und komme aus Detroit.«
»Susan Piccinini, auch aus Detroit. *(Schluchz)*«
»Mein Name ist Rodney Telfare. Ich bin aus Phoenix, Arizona, und falls meine Frau und Kinder das je hören, sollen sie wissen, dass ich sie liebe und bald nach Hause komme.«

Das also ist meine Gesellschaft. Mein bester Freund Andrew ist ebenfalls im Flugzeug, da bin ich mir ziemlich sicher.

Ich kann es immer noch nicht glauben. Er war von Anfang an der Kopfjäger.

Und wissen Sie was? Ich glaube, ich hatte sogar einen Verdacht, wollte ihn mir aber nicht eingestehen. Ich komme mir wie ein völliger Idiot vor. Ich kann nicht glauben, dass er meine Katze ermordet hat. Meine geliebte Rußflocke, getötet von diesem Monster.

Ich will nicht mehr über ihn reden.

Ob es auf diesem Flug wohl einen Getränkeservice gibt?

KAPITEL NEUN

»Ah, riecht nur diese frische Luft!« Daniel klopfte sich auf die Brust und atmete tief durch. »Das ist das Erste, was verschwinden muss.«

Wir waren in Alaska. Laut Daniel befanden wir uns etwa dreißig Meilen außerhalb von Fairbanks, was ich nur so hinnehmen konnte, weil ich es ohnehin nicht besser wusste. Die Temperatur vor Ort betrug zwanzig Grad unter null, ideal für einen dünnhäutigen Kerl aus Florida. Es war zwei Uhr nachmittags, aber Daniel meinte, die Dunkelheit würde sehr bald hereinbrechen.

Wir waren auf einer weiteren kleinen, der ersten ähnlichen Rollbahn gelandet. Anschließend waren wir auf zwei Vans aufgeteilt worden, einen mit Foster und den Gefangenen, einen mit den Übeltätern und mir. Nach einer langen Fahrt über tückische, praktisch nicht existente Straßen trafen wir an unserem Ziel ein.

Dessen Kern bildete ein riesiges Herrenhaus. Patricias Anwesen war unbestreitbar groß, doch *das hier* war ein richtiges Herrenhaus. Es ragte zwei Stockwerke hoch auf und wirkte beinah so groß wie das Einkaufszentrum von Chamber. »Achtundvierzig Zimmer«, sagte Daniel, als das Eisentor aufschwang.

Hinter dem Haus befand sich ein gewaltiges Metallgebilde, das von außen an eine Art Hangar erinnerte. Ein sieben Meter hoher Eisenzaun umgab das gesamte Grundstück. Einige tote Vögel, die daneben im Schnee lagen, führten mich zu der Annahme, dass er unter Strom stand.

Das Tor schloss sich hinter uns. Fosters Van schwenkte nach rechts, und an der Einfahrt zu dem Metallbauwerk öffnete sich ein Schiebetor. Während Foster mit dem Van in die Halle zurücksetzte, fuhr Daniel mit uns bis vor die Tür des Hauses und stellte den Motor ab.

»Es ist doch nirgendwo so schön wie daheim«, verkündete er. Wir alle stiegen aus, dann folgte sein Kommentar über die frische Luft und dass sie das Erste sei, was verschwinden müsse. Niemand lachte. Ich glaube, das hatten alle schon mal gehört.

»Hübsche Hütte«, meinte ich. »Was genau machst du hauptberuflich?«

»Ich bin im Erbschaftsgeschäft.«

»Ah. Guter Job, wenn man ihn bekommen kann.«

»In der Tat.«

Daniel gab einen Code auf einer Tastatur neben dem Eingang ein, und ein lautes Klicken ertönte. Er schwang die Doppeltür auf und sprach mit pompöser Geste: »Willkommen in meinem bescheidenen Heim. Bitte vor dem Eintreten die Schuhe abtreten.«

Wir gingen hinein. Das Foyer war riesig und elegant eingerichtet. Nach oben führte eine mit rotem Teppich ausgelegte Treppe, die an jene erinnerte, über die Clark Gable in *Vom Winde verweht* Vivian Leigh trug. Ein goldener Kronleuchter sah ein wenig wie jener aus der Walt-Disney-Version von *Die Schöne und das Biest* aus, wenngleich natürlich echt, nicht als Trickfilmfassung. Man konnte den Ort insgesamt nur als sehr, sehr beeindruckend bezeichnen.

»Wow«, stieß ich hervor, um kundzutun, dass ich beeindruckt war.

»Ich bringe dich in dein Zimmer«, sagte Daniel. »Wir essen in einer Stunde zu Abend, wenn das in Ordnung für dich ist.«

»Klingt großartig.«

Daniel führte mich die Treppe hinauf und einen langen, mit rotem Teppich ausgelegten Flur entlang. Eine hellgoldene Tapete zierte die Wände. Zwischen den Türen lagen Abstände von etwa neun Metern, daher vermutete ich, dass die Zimmer reichlich Platz boten.

»Hast du häufig Gäste?«, erkundigte ich mich.

»Oh, sicher. Aber natürlich nicht solche wie dich. Die meisten gehören der nicht gemeingefährlichen Sorte an. Deshalb muss ich für ein einigermaßen geschmackvolles Ambiente sorgen, zumindest im Haupthaus. Aber du bekommst das spezielle Gästezimmer.«

Wir hielten vor einer Tür an, die wie die anderen aussah. Daniel klopfte darauf. »Das ist Mahagoni«, erklärte er stolz. Er fuhr mit einer gelben Plastikkarte durch ein Lesegerät neben der Tür – und sie schwang auf.

Ich betrat den Raum.

Überall waren Leichen.

Es war die verkommenste Innendekoration, die ich je zu Gesicht bekommen hatte.

Jeden Zoll der Wand bedeckten Bilder von Leichen – Leichen in *sehr* üblem Zustand. Bei einigen handelte es sich um schwarz-weiße Zeitungsausschnitte, während andere farbig waren und Postergröße aufwiesen. Eines schien sogar in 3D zu sein. Auf den Kissen des Himmelbetts ruhten mehrere Schädelimitate.

»Wie findest du es?«, fragte Daniel.

»Es ist ... nett.«

Daniel klopfte mir auf die Schulter. »Ich weiß, es ist ein wenig viel, aber du bist neu hier und musst die gesamte Behandlung erhalten. Keine Bange, morgen verlegen wir dich in ein anderes Zimmer. Nimm eine Dusche, genieß den Whirlpool, was immer du willst. Bademäntel sind im Schrank. Ich bringe dir etwas zum Anziehen, bevor wir zum Abendessen nach unten gehen. Brauchst du sonst etwas?«

»Eine Kotztüte?«

»Wird eine interessante Zeit werden mit dir«, meinte Daniel. Dann wurden seine Züge ernst. »Also, ich möchte, dass du das jetzt nicht als Beleidigung auffasst, in Ordnung?«

»In Ordnung.«

»Du bist neu hier, und wir kennen einander nur aus Briefen, daher wirst du bestimmt verstehen, dass ich einige Sicherheitsmaßnahmen ergreifen muss, oder?«

Ich nickte. »Voll und ganz. Es dauert eine Weile, bis man das Gefühl hat, einem mordlüsternen Irren vertrauen zu können.«

»Großartig. Also flipp bitte nicht aus, wenn ich dich hier einsperre, ja?«

»Kein Problem. Ich verstehe das vollkommen.«

»Dreh den Knauf im Whirlpool für mehr Blasen einfach nach rechts. Manchmal klemmt er ein wenig, aber du bekommst den Dreh schon raus. Wir sehen uns in einer Stunde.«

Damit verließ Daniel das Zimmer und schloss die Tür hinter sich. Ein leises Klicken verkündete, dass ich nunmehr ebenfalls ein Gefangener war.

***

Als ich klein war, pflegte mein Vater zu sagen: »Sohn, Schuldgefühle geben kein besonders flauschiges Kopfkissen ab.« Es war keine Äußerung, die es je in eines dieser Zitatenbücher schaffen wird, die sich wie verrückt verkaufen, doch das hielt ihn nicht davon ab, es regelmäßig anzubringen. Gelegentlich versuchte meine Mutter einzuschreiten, indem sie meinte, das würde mich nur verwirren, aber mein Vater erklärte ihr dann nur, dass er mir eine Lektion beibringen wolle. Richtig funktioniert hat es nicht.

Die einzige dauerhafte Folge seiner Lektion besteht darin, dass ich in Zeiten wie diesen, wenn mich Schuldgefühle quälen, häufig bei mir denke: *Andrew, Schuldgefühle geben kein besonders flauschiges Kopfkissen ab.* Das nervt ohne Ende. Mir graut davor, dass sich Kyle eines Tages schlecht benimmt und ich es zu ihm sage, bevor mir klar wird, was für eine Grausamkeit ich damit entfesselt habe.

Jedenfalls ging mir dieses dumme Zitat durch den Kopf, als ich das Wasser im Whirlpool probeweise kurz aufdrehte. Ich hegte nicht die Absicht, mich darin zu entspannen, aber ich hoffte, der Lärm des Whirlpools würde einerseits die Geräusche überdecken, die ich verursachte, während ich umherstöberte, und andererseits etwaige Lauscher davon überzeugen, dass ich mich in meiner kranken Umgebung pudelwohl fühlte.

Sehr wohl hingegen nahm ich eine heiße Dusche. Ich fühlte mich dabei zwar schuldig, da Roger zweifelsohne *keine* Dusche genießen konnte, doch ich konnte schlecht hinunter zum Abendessen gehen und nach Angstschweiß stinken.

Nachdem ich fertig war, schaltete ich den Whirlpool ein, griff mir einen der vier weißen Bademäntel aus dem Schrank und begann, das Zimmer in der Hoffnung zu durchsuchen, entweder eine Waffe oder einen Fluchtweg zu finden.

Die Idee mit dem Fluchtweg verwarf ich rasch. Es gab keine geheimen Türen unter dem Bett, dem Läufer oder im Schrank. Zumindest keine offensichtlichen Geheimtüren. Unter Umständen könnte ich mit genügend Zeit und besseren Schuhen ein Loch in die Wand treten, doch vorläufig beabsichtigte ich nicht, dieser Möglichkeit nachzugehen.

Als Nächstes suchte ich nach Waffen, nach etwas, das sich

einfach verbergen ließe. Das Schlafzimmer erwies sich dabei als Sackgasse. Einige der Leichenposter sahen zwar aus, als könnte man sich hervorragende Papierschnitte damit einhandeln, und vermutlich hätte ich mit einem der flauschigen Kissen jemanden ersticken können, aber ich brauchte etwas wesentlich Handfesteres.

Im Badezimmer gab es einen Rasierer, allerdings leider einen elektrischen. Das Beste, was ich finden konnte, war ein Nagelklipper. Ich steckte ihn in die Tasche des Bademantels. Man konnte nie wissen.

Im Notfall konnte ich den Spiegel des Arzneischranks zerbrechen und die Glasscherben benutzen, darüber hinaus jedoch schien ich so ziemlich auf den Nagelklipper beschränkt zu sein.

Ich suchte weiter und zuckte zusammen, als es eine halbe Stunde später an der Tür klopfte. Ich wartete so lange, wie ich gebraucht hätte, um aus dem Whirlpool zu steigen und mich abzutrocknen, dann ging ich zur Tür. »Ja?«

»Hier ist Foster. Ich bringe deine Kleider.«

Das Schloss klickte, und Foster öffnete die Tür. Er hielt einige ordentlich gefaltete Kleidungsstücke.

»Prima, danke«, sagte ich.

»Kein Problem. Zu schade, dass deine Sachen gestohlen wurden.«

»Tja, so was kommt vor.«

»Mhm. Übrigens, ich glaube keine Sekunde lang, dass du der bist, für den du dich ausgibst, und es wird mir eine wahre Freude sein, dir sehr bald die Augen auszustechen. Danach reiße ich dir die Kehle raus und lass sie dich fressen.«

»Aber meine Nase lässt du in Ruhe, ja?«

»Du kannst das alles ruhig weiter lustig finden«, gab Foster zurück. »Bald wird es das nicht mehr sein.«

Damit warf er mir die Kleider zu und schloss die Tür.

»Was für ein Arschloch«, meinte ich zu den Kleidern.

Ich schlüpfte in Designerjeans und ein grünes Polohemd, dann verlagerte ich den Nagelklipper vom Bademantel in die Jeanstasche. Ich hatte mir gerade das Hemd in die Hose gesteckt, als Daniel eintraf, um mich zum Essen zu eskortieren.

***

»Also, Andrew«, begann Mortimer und stopfte sich einen Bissen Hochrippe in den Mund, »wie lautet deine Geschichte? Ich meine diese ganze Kopfjäger-Sache. Daniel hat einen Teil davon erklärt, aber ich bin immer noch verwirrt.«

Ich zuckte mit den Schultern. »Da gibt es nicht viel zu erzählen. Hast du mein Buch gelesen?«

»Ja, habe ich tatsächlich.«

»Lügen. Von vorne bis hinten.«

»Was du nicht sagst.« Mortimer dachte kurz darüber nach. »Du hast also in Wahrheit für *Makabre Freuden* gearbeitet?«

»Genau. Die haben versucht, mich abzuzocken, und ich weiß aus verlässlicher Quelle: Sie bereuen es mittlerweile.«

Daniel kicherte. »Der Hummer ist hervorragend, Liebling«, sagte er zu Josie. »Du hast dich selbst übertroffen.«

»Nenn mich einfach Mrs. Hausfrau.«

»Und während du bei *Makabre Freuden* beschäftigt warst, bist du gleichzeitig losgezogen und hast als der Kopfjäger Leute umgebracht?«, erkundigte sich Mortimer.

»Ganz recht.«

»Was für ein umtriebiger Bursche«, murmelte Foster.

»Müßiggang ist aller Laster Anfang.«

»Du warst also bei *Makabre Freuden* und bist der Kopfjäger«, resümierte Mortimer. »Du hast diese fantastische Tarnung als Andrew Mayhem, der Familienmensch, der einem Haufen sadistischer Mörder und deren Fans das Handwerk gelegt hat. Warum solltest du jemandem dein Geheimnis verraten?«

Thomas hatte dem Kopfjäger dieselbe Frage gestellt. »Weil mir«, antwortete ich nach einem Schluck Rotwein, »Daniel eine *höllische* Party versprochen hat.«

»Und die sollst du bekommen«, meldete sich Daniel zu Wort.

»Außerdem – wer würde es schon glauben?«, fragte ich. »Der Presse würde ich einfach erzählen, dass ihr Durchgeknallten mich entführt habt.« Ich lachte, hoffentlich überzeugend.

»Was ist mit Roger? Ich dachte, ihr wärt seit eurer Kindheit beste Freunde.«

Ich trank einen wesentlich größeren Schluck Wein. »Waren wir auch.«

»Was ist passiert?«

»Die Dinge haben sich geändert.«

»Ach was. Müssen sich ja ganz schön geändert haben, dass du ihn hierherbringst. Was hat er gemacht?«

»Sagen wir einfach, als ich eines Tages etwas früher nach Hause kam, beschloss ich, mir etwas Kreativeres einfallen zu lassen, als gleich die Schrotflinte zu holen.«

Mortimer nickte verstehend. »Alles klar.«

»So hab ich drei Frauen verloren«, meldete sich Stan zu Wort, ohne von seiner Mahlzeit aufzuschauen. Daniel hatte ihm verboten, am Tisch zu rauchen, aber eine unangezündete Zigarette hing ihm aus dem Mundwinkel, während er sein Steak kaute.

»Wann erfahre ich die große Überraschung?«, fragte ich. »Wisst ihr, ein Mensch kann nur ein gewisses Maß an Spannung ertragen.«

»Dann kommen wir gleich mal zum Überblick«, sagte Daniel. »Wahrscheinlich hast du schon erraten, dass alle, die wir hier am Tisch sitzen ... nun, wir sind pervers. Genau wie du. Ohne auf psychologische Erklärungen, Theorien über unsere Eltern und all den Mist einzugehen, kann man wohl getrost sagen, dass wir alle Folter und Mord sehr genießen. Uns gefällt das Leid, der Schmerz, das visuelle Spektakel. Einfach ausgedrückt, wir sind ein Haufen Freaks.«

»Hört, hört.« Josie hob ihr Weinglas an.

»Tatsache ist, es ist kein besonders praktisches Steckenpferd. Die Gefahren sind unglaublich. Sogar ein Heckenschütze setzt sich einem Risiko aus, und wir wollen obendrein die Nähe und das persönliche Element. Wir wollen nicht, dass es schnell vorbei ist. Wir möchten, dass die Opfer wissen, was geschieht und geschehen wird. Manchmal bereitet es uns sogar Freude, es den Angehörigen unter die Nase zu reiben ... nicht wörtlich, obwohl das auch lustig sein könnte.«

Einfach weiterlächeln, dachte ich bei mir. *Dir gefällt, was er sagt ... dir gefällt, was er sagt ... dir gefällt, was er sagt ... kotz wenigstens nicht auf den Hummer ...*

»Wie auch immer«, fuhr Daniel fort. »Ich bin, falls du es noch nicht erraten hast, extrem reich. Ich habe meinen Vater *nicht* umgebracht, um an das Erbe zu kommen, ich habe es auf althergebrachte Weise erhalten: Lungenkrebs. Also ließ ich dieses wunderbare Haus bauen. Gefällt es dir?«

Ich nickte. »Es ist geräumig.«

»Das auf jeden Fall. Es ist außerdem geschmackvoll eingerichtet, natürlich abgesehen von deinem Zimmer, und eigentlich durchaus ein Ort, an dem man problemlos königliche Gäste empfangen könnte. Aber ich vermute, dir ist auch das andere Gebäude aufgefallen, oder?«

»Ja.«

»Dort spielt sich der Spaß ab. Ich habe etwas geschaffen, das ich gerne als Psychopathenparadies bezeichne. ›Psychopathen‹ mag gemäß medizinischer Definition nicht völlig zutreffend sein, trotzdem finde ich, es passt recht gut. Jedenfalls ist es ein Ort, an dem Leute wie ich, Josie, Foster, Stan, Mortimer und Andrew Mayhem, der Kopfjäger, die unterhaltsamsten Mordorgien genießen können, die man sich nur vorstellen kann, ohne einen Gedanken an lästige Unterbrechungen wie auftauchende Angehörige oder Bullen verschwenden oder ständig sagen zu müssen: ›Schrei, und du bist tot!‹ Ich kann dir versprechen, Andrew, dir steht ein Freudenfest bevor.«

Die dreißig Jahre, die ich mittlerweile schon vorgab, das ekelhafte, schleimige Buttertoffee zu mögen, das meine Tante Patty jedes Jahr zu Weihnachten macht, waren nicht annähernd genug Übung für das geheuchelte Verzücken, das ich in diesem Augenblick zur Schau stellen musste.

»Klingt verfickt grandios!« Ich hoffte, meine Freude würde durch den großzügigen Einsatz von Obszönitäten glaubwürdiger wirken.

»Jedes Jahr ist jeder von uns dafür verantwortlich, drei Opfer herzubringen, wenngleich Josie und ich in der Regel einige mehr anschleppen. Diejenigen, die sie – so wie ich – frühzeitig fangen, kommen in den zusätzlichen Genuss, die Angehörigen psychischen Qualen aussetzen zu können. Dann gibt es noch Verlierer wie Stan, die bis zur letzten Minute warten und dann beinah erschossen werden.«

Stan hatte nicht zugehört. Beim Klang seines Namens schaute er auf, zuckte mit den Schultern und wandte sich wieder dem Essen zu.

»Und du lädst jedes Jahr einen besonderen Gast ein?«, fragte ich.

Daniel schüttelte den Kopf. »Du bist der Erste. Deshalb

haben wir jede Menge spezielle Überraschungen für dich, mein Freund. Lasst uns zu Ende essen, dann können wir uns gleich der ersten zuwenden.«

Ich hatte keinerlei Interesse daran, meine Mahlzeit zu beenden. »Was machen wir als Erstes?«

»Na, was wohl, Neuer? Das Aufnahmeritual.«

ROGERS SICHT DER DINGE

Dies ist die Fortsetzung der traurigen, traurigen Geschichte von Roger Tanglen. Man hat mir den Kassettenrekorder immer noch nicht abgenommen. Natürlich habe ich ihn niemandem freiwillig angeboten. Jedenfalls habe ich ihn noch, also rede ich weiter, bis man ihn mir wegnimmt oder mich umbringt, oder bis meine Mitgefangenen mich auffordern, endlich die Klappe zu halten, bevor sie mich besinnungslos prügeln.

»Halt endlich die Klappe, bevor wir dich besinnungslos prügeln!«

Das war Rodney, mein Zellengenosse. Wie Sie hören, haben wir unseren Sinn für Humor noch nicht gänzlich verloren, und das ist gut so. Ich meine, wenn man zu lachen aufhört, kann man ebenso gut tot sein, oder? Wow, das klingt tiefschürfend. Lachen ist die beste Medizin. Mit Clownnasen und Furzkissen kommen wir hier raus, da bin ich ganz sicher!

Ja, ich schwafle schon wieder. Ich entschuldige mich bei demjenigen, der dieses Chaos niederschreibt. Sollte es besser dem- oder derjenigen heißen? Wie auch immer.

Lassen Sie mich zum Wichtigen kommen. Im Augenblick befinde ich mich in einem etwa ... oh, so an die hundert Quadratmeter großen Raum. Vielleicht auch nur achtzig. Die Anordnung erinnert an Untersuchungshaftzellen im Gefängnis, zumindest so, wie man es aus Filmen kennt, da ich noch nie das Vergnügen hatte, eine echte Untersuchungshaftzelle zu sehen. Jedenfalls befinden sich auf jeder Seite fünf.

Der Raum weist zwei Türen auf, eine an jedem Ende – Metalltüren mit Griffen, ähnlich solchen, wie sie auf der Innenseite eines Kühlraums angebracht sind. Glaube ich zumindest. Sie wissen schon, diese länglichen Griffe, die man nach unten ziehen kann. Wenn ich's mir recht überlege, war ich noch nie in einem Kühlraum. Ich beziehe mich schon wieder auf Erfahrungen aus Filmen. Und ich schwafle schon wieder.

Hier sind achtzehn weitere Personen, zumeist zu zweit in einer Zelle. Wie ich schon sagte, bin ich mit Rodney Telfare aus Phoenix zusammen, einem meiner Mitflieger auf dem Weg hierher. Wenn ich fertig bin, reiche ich den Rekorder herum, damit jeder seinen Namen auf die Kassette sprechen kann, nur fürs Protokoll. Ich habe nur eine weitere Kassette, daher hoffe ich, dass mir die Aufnahmekapazität nicht ausgeht, aber jeder verdient es, seinen Namen auf Band zu haben, damit zumindest die Chance für die Angehörigen besteht, je zu erfahren, was passiert ist.

Eigentlich hoffe ich sogar eher, dass mir der Platz auf den Kassetten ausgeht. Das würde nämlich bedeuten, dass ich länger als die Aufnahmedauer der Bänder lebe. Ich ziehe meine vorherige Äußerung zurück.

Ob Sie's glauben oder nicht, die Zellen sind gar nicht mal so ungemütlich. In jeder sind zwei Betten mit Daunendecken und flauschigen Kissen. Wir haben sogar einen Wasserspender. Allerdings keinen Kühlschrank. In jeder Zelle steht ein Buchregal. Unseres enthält ausschließlich Horrorromane und Bücher über wahre Verbrechen. Vermutlich, um uns in Stimmung zu bringen.

Oh, und ich darf nicht das inspirierende, an die Wand gemalte Motto vergessen: »Heute ist wahrscheinlich der letzte Tag deines Lebens.« Drollig, was?

Ich denke, ich gebe jetzt weiter an Rodney, damit er … nein, halt, ich glaube, jemand sperrt gerade die Tür auf.

(Geräusche einer sich öffnenden Tür. Schritte.)
»Hallo, Todgeweihte, wie geht's? Ich komme einen von euch holen. Einer von euch wird heute Nacht sterben! Wer könnte es wohl werden? Ich weiß nicht, hier sind so viele tolle Anwärter zur Auswahl. Ene, mene, muh, und raus bist du, raus bist du noch lange ... Oh, nein, der da gefällt mir. Groß und stark. Wie heißt du?«

»Er hat dich nach deinem Namen gefragt, Arschloch!«

»Also, Foster, das ist nun wirklich keine Art, mit einem Sterbenden zu reden. Du musst wirklich bessere Manieren im Umgang mit Leuten lernen, die nur wenige Augenblicke davon entfernt sind, einen schrecklichen, scheußlichen, unerträglich schmerzvollen Tod zu sterben. Also noch mal: Wie heißt du?«

»Rodney Telfare.«

»Rodney Telfare! Tja, Rodney, *du wirst sterben!* Ich hoffe, das versaut dir nicht den Abend. Okay, Foster, schaff ihn hier raus und zum Ring. Wir treffen uns dort.«

»Klar. Wär doch unzumutbar, dass du hier mal etwas machst.«

»Ach, hör mit dem verfluchten Gejammer auf. Du benutzt diesen Viehtreiber nur allzu gern, und das weißt du selbst.«

»Ja, das stimmt allerdings.«

»Auf Wiedersehen, alle zusammen. Seht euch vor! Das nächste Mal könnte ich *euch* holen kommen.«

(Geräusch einer sich schließenden Tür.)

»Was für ein Arsch. Na schön, Rod, du kannst es mir schwierig machen, oder du kannst nett sein. Siehst du diese Kanone? Für jede Sekunde, die du mir Ärger machst, bekommt einer deiner Mitgefangenen eine Kugel ab, angefangen mit deinem Zellengenossen. Komm rüber zum Gitter. Gut.«

(Ein Schmerzensschrei. Geräusch eines zu Boden sackenden Körpers.)

»He, he, sieh nur, wie er zuckt. Und wenn du nicht an seiner Stelle sein willst, dann bleib dort hinten, wo du bist.«

(Geräusch der aufgleitenden Zellentür. Körper wird hinausgeschleift. Tür fällt zu.)

»Verdammt, was haben wir dem Typ bloß zu essen gegeben?«

(Geräusch einer sich erst öffnenden, dann wieder schließenden Tür.)

O Gott.

Ich ... ich ... ich schalte den Rekorder jetzt aus.

KAPITEL ZEHN

Das Essen hätte der Zeitpunkt sein sollen, zu dem ich über meinen Schatten als Mr. Vorsicht sprang und etwas *unternahm*. Vielleicht hätte ich mir ein Steakmesser oder eine Hummerschere greifen und versuchen können, Stan als Geisel zu nehmen. Natürlich war mir klar, dass so etwas nicht funktioniert hätte, trotzdem war ich wütend auf mich, weil ich es nicht wenigstens versucht hatte.

Mittlerweile war ich nicht mehr in der Lage, irgendetwas zu versuchen. Daniel und Foster waren vorausgegangen. Josie hatte mir die Augen verbunden und führte mich zusammen mit den anderen zu unserem mir unbekannten Ziel. Unterwegs sprachen sie kein Wort, und ich wusste nicht, ob ich mir mehr Sorgen über das bevorstehende Aufnahmeritual oder den Umstand machen sollte, dass sie mich von Anfang an durchschaut haben könnten.

Sie konnten mich durchaus als ihr erstes Opfer der Saison vorgesehen haben.

Wir gingen etwa zehn Minuten und hielten einmal inne, als eine Tür geöffnet wurde. Kalte Luft und Wind folgten, als wir uns ins Freie begaben, dann wurde eine weitere Tür geöffnet, und wir betraten wieder ein Gebäude, hatten jedoch keinen Teppichboden mehr unter den Füßen. Zwei Minuten später lief ich auf etwas, das sich wie Sand anfühlte. Nach wenigen Schritten legte mir Josie die Hände an die Hüften.

»Wir sind da, Süßer«, teilte sie mir mit.

Sie entfernte meine Augenbinde, und ich stellte fest, dass ich in einer verkleinerten Version einer römischen Gladiatorenarena stand, etwa neun Meter im Durchmesser. Die Wände ragten rund zweieinhalb Meter hoch auf, es war somit aussichtslos, sie zu erklimmen. Josie ging und schloss ein Metalltor hinter sich. Ich sah, wie Mortimer und Stan oben ihre Plätze einnahmen. Stan hielt eine Tüte Popcorn.

Daniel befand sich unmittelbar oberhalb der entfernten Wand der Arena. Er saß auf einem Thron und trug die Robe und juwelenbesetzte Krone eines Königs. Josie tauchte oben auf und setzte sich in die vorderste Reihe.

Daniel ergriff ein Horn und blies hinein. Spuckgeräusche ertönten, aber kaum Musik. »Willkommen, dreckiger Pöbel, zum Aufnahmeritual! Heute Abend wird Andrew ›Kopfjäger‹ Mayhem beweisen, dass er würdig ist, zu uns zu gehören. Er wird gegen einen Gefangenen kämpfen, einen starken, mächtigen Feind, bis einer der beiden dem Tode anheimfällt.«

Das Tor auf der gegenüberliegenden Seite der Arena öffnete sich, und ein großer, muskulöser, aber verängstigt wirkender Schwarzer wurde vorwärtsgestoßen. Das Tor fiel geräuschvoll hinter ihm zu.

»Tritt vor, Beinaheaufgenommener, und wähle deine Waffe«, rief Daniel und deutete auf mich. »Wähle weise, denn sie wird deine einzige Verteidigung sein.«

Meine Beine zitterten, als ich mich in Bewegung setzte. Selbst wenn ich bereit wäre, gegen einen Unschuldigen zu kämpfen, um den Schein zu wahren, ich war nicht sicher, ob ich ihn besiegen könnte.

Mein Verstand raste und ging jede erdenkliche Fluchtmöglichkeit durch, doch sofern es mir nicht gelänge, von meinem Standort unten in der Arena aus alle Bösen zu erledigen, schien es keine zu geben.

Daniel hob einen großen braunen Schaukasten an den Rand. Darin befanden sich ein Schwert, ein Streitkolben, ein kurzer Speer, einige mir unbekannte Waffen mit Klingen und ein Tacker. »Wähle jetzt!«

»Ich wähle das Schwert«, sagte ich.

»Der Beinaheaufgenommene wählt das Schwert!«, verkündete Daniel. Er entnahm es aus dem Schaukasten, tat so, als wollte er es werfen, grinste dann und legte es nieder.

»Der König verfügt, dass es dem Beinahaufgenommenen nicht so einfach zu machen ist!«, rief er. »Er besitzt viel zu viel Erfahrung im Umgang mit der Waffe seiner Wahl. Wähle erneut!«

»He, er schummelt«, begehrte ich auf und versuchte, mich belustigt anzuhören. »Was für eine krumme Tour läuft hier? Gib mir das Schwert.«

»Das Wort des Königs ist endgültig. Du musst noch einmal wählen.«

»Was denn, lässt du mich jetzt den gesamten Waffenkasten durchgehen, bis ich die wähle, die dir genehm ist?«

»Nein, Beinahaufgenommener. Deine nächste Wahl wird deine Waffe. Du hast mein Wort als König.«

»Dann wähle ich ...«, setzte ich an, als mich eine plötzliche Idee ereilte. »Ich wähle als meine Waffe ... die Kenntnis des Periodensystems der Elemente.«

Langes Schweigen trat ein.

»Wie bitte?«, fragte Daniel.

»Jeder kann mit Klingen aus Stahl oder Streitkolben aus ... Stahl kämpfen. Aber wahre Weisheit ist die beste Waffe von allen.« Ich deutete anklagend auf den Gefangenen. »Ich forderte dich zu einem Duell der Weisheit heraus, zu einem Zweikampf der Kenntnis des Periodensystems der Elemente.«

Daniel schaute vollkommen verwirrt drein. Nach einigen Augenblicken zuckte er mit den Schultern und setzte sich. »Also gut, leg los.«

Nun musste ich hoffen, dass ich mich noch an das Periodensystem erinnerte. In der Highschool hatte ich nur etwa drei Wochen lang den Wunsch gehegt, Chemiker zu werden, doch das hatte genügt, um mir dieses alberne System damals so in den Schädel zu bläuen, dass es nie mehr daraus entkommen konnte.

Der Gefangene wirkte noch verdutzter als Daniel.

»Sprich!«, brüllte ich. »Stelle deinen Wert in diesem Kampf des Wissens unter Beweis!«

»Äääh ...«, stammelte der Gefangene.

»Dein Wissen ist erbärmlich! Der Sieg ist mein.« Triumphierend spannte ich die Muskeln an.

»Nein, halt ... H für Wasserstoff, He für Helium, Li für Lithium, Be für, äh, Beryllium, B für Bor ...«

Mein Mund klappte auf.

»C für Kohlenstoff, N für Stickstoff, O für Sauerstoff ...«

Ich stand entgeistert da, während der Gefangene die gesamte Liste herunterleierte. Im weiteren Verlauf nahm seine Stimme ein Singsangmuster an, als hätte er sich die Elemente anhand eines Liedes eingeprägt.

»... und Lr für Lawrencium«, beendete er die Aufzählung.

Die Zuschauer oben tauschten fragende Blicke.

»Na schön, okay, ich schätze, du besitzt große Weisheit«, räumte ich ein.

»Genug von diesem intellektuellen Mist«, ergriff Daniel das Wort und stand wieder auf. »Lasst uns *Blut* sehen! Andrew, such dir eine Waffe aus.«

»Aber ich habe gewonnen!«, beschwerte sich der Gefangene.

»Einen Scheißdreck hast du gewonnen. Er hat bloß mit dir gespielt. Andrew, die Waffe. Mach schon, mach schon. Ihre Königliche Majestät wird ungeduldig.«

Jene lästige kleine Stimme in meinem Kopf meldete sich wieder und zwang mich, die Möglichkeit in Erwägung zu ziehen, bis zum Tod zu kämpfen. Immerhin würde ich, wenn ich den Gefangenen erledigte, das Vertrauen der anderen erringen, und dadurch würden meine Chancen steigen, Roger und die anderen zu retten. Einer würde sterben, damit andere leben konnten. Das klang doch nach einem vertretbaren Opfer, oder?

Nein. Ich konnte es nicht. Es musste einen anderen Ausweg geben.

»Den Tacker!«, rief ich.

Daniel beugte sich über das Geländer. »Also, Andrew, ich weiß, dass ich wie ein idiotischer König gekleidet hier stehe und wir das Ganze als lustiges kleines Spiel aufziehen, unter anderem dadurch, dass wir als Gag einen Tacker in den Waffenschaukasten gelegt haben, aber dir ist das Element der Gefahr nicht entgangen, oder?«

»Keineswegs. Ich wähle den Tacker.«

»Na schön, wie du willst. Ist ja deine Beerdigung. Den Tacker also.«

Er entnahm dem Kasten den Tacker und warf ihn in den Sand neben mich. Ich hob ihn auf und hielt ihn bedrohlich. Ich hoffte immer noch, einen Ausweg aus diesem Schlamassel zu finden, ohne dass einer von uns verletzt würde.

Wenn der Gefangene nicht das Gefühl hatte, in ernster Gefahr zu schweben, würde uns zusammen vielleicht etwas einfallen.

»Gefangener, wähle deine Waffe!«, brüllte Daniel.

»Das Schwert.«

Verdammt. Die lästige Stimme teilte mir mit, dass nun vermutlich *ich* sterben würde, damit die anderen auch sterben konnten.

Daniel ergriff das Schwert und warf es auf den Boden

neben den Gefangenen. Sofort stürzte ich mit ausgestreckten Armen auf ihn los. Ich musste die Waffen so weit wie möglich aus dem Spiel halten.

Der Gefangene wich aus und trat mir gegen das Schienbein. Ich flog vorwärts, landete auf dem Bauch und bekam den Mund voll Sand. Aus dem Augenwinkel sah ich, wie mein Gegner das Schwert aufhob.

Rasch rappelte ich mich auf und spuckte den Sand aus. Während wir einander in zwei Meter Entfernung gegenüberstanden und versuchten, uns gegenseitig in Grund und Boden zu starren, wischte ich mir den Mund am Ärmel ab.

»Looos, Andrew!«, brüllte Daniel. »Tackere ihn zu Tode!«

»Du schaffst es, Andrew!«, stimmte Josie mit ein. »Die Weiberbrigade setzt auf dich!«

Der Gefangene trat vor und vollführte einen jähen Streich mit dem Schwert. Ich wich rückwärts aus und wünschte mir, mein verlässliches Montiereisen dabeizuhaben. Und meinen Wagen zwischen uns. Und dass sich einer von uns zu Hause in Chamber befände.

Ich klappte den Tacker auf, bereit, bei der kleinsten Provokation draufloszutackern. Ich hoffte, dabei lächerlich auszusehen, doch die Züge des Gefangenen blieben ernst und wachsam. Glaubte er wirklich, sie würden ihn gehen lassen, wenn er mich tötete? Hatte man ihm so etwas überhaupt versprochen?

Er stürzte auf mich los, und ich entfesselte eine mächtige Tackersalve. Zumindest versuchte ich es. Der Tacker verklemmte sich nach der ersten Klammer. Ich wich dem Angriff aus und flüchtete zur gegenüberliegenden Seite der Arena. Daniel legte die Hände an den Mund und brüllte: »Buuuh!«

»Lasst die Löwen raus!«, rief Josie.

Mich hätte nicht überrascht, wären tatsächlich echte Löwen

in die Arena geströmt, aber zum Glück tauchten keine auf. Ich hob einen Fuß in die Luft und gab lachhafte Kung-Fu-Laute von mir, während ich den Körper in groteske Kampfposen verrenkte. Ich musste den Gefangen dazu bringen, dass er sich entspannte. Und ich wollte nicht, dass die anderen merkten, was für eine Heidenangst ich hatte.

»Ich halte für den Gefangenen«, verkündete Stan und bewarf mich mit Popcorn. »Looos, Gefangener!«

»Looos, Gefangener!«, stimmte Mortimer mit ein.

»Leeeckt mich doch!«, rief ich zurück.

Der Gefangene ging erneut auf mich los. Ich stand mit lässig vor der Brust verschränkten Armen da und ließ mich in dem Augenblick fallen, als er das Schwert schwang. Es prallte gegen die Wand, und ich schlang rasch die Arme um seine Beine. Mein Gegner fiel in den Sand.

Ich drückte ihm den Tacker gegen das rechte Bein. Natürlich funktionierte er nicht, aber vermutlich konnte man das von oben nicht erkennen. »Fürchte den mächtigen Tacker!«, brüllte ich und versuchte, mit der anderen Hand das Schwert zu ergreifen. Der Gefangene rollte sich zur Seite, schwang es und schlitzte mir die Schulter auf.

Das Brennen war unglaublich. Ich krümmte mich und presste reflexartig die Hand auf die Wunde. Den Bruchteil einer Sekunde verspürte ich blanke Wut. Sie verpuffte zwar schlagartig, doch vielleicht war das etwas, das ich mir zunutze machen konnte.

»Ich bring dich um!«, schrie ich, hechtete mich auf meinen Gegner und ließ meine nackten Fäuste auf ihn einprasseln. Allerdings bremste ich die Schläge im letzten Moment und hoffte, es würde von oben überzeugend aussehen. Zwar traf ich ihn schon tatsächlich, trotzdem *musste* er bemerken, wie sehr ich mich bemühte, ihn nicht zu verletzen. Der Gefangene versuchte abermals, das Schwert zu schwingen, aber ich rammte ihm den Tacker heftig in den Arm, was weitere Qualen durch meine verwundete Schulter jagte.

»Du bist tot! Tot! Tot! Tot!« Ich packte seine Kehle und brüllte ihm ins Ohr. »Tot!« Dann flüsterte ich: »Bitte hör auf zu kämpfen.« Darauf ließ ich ein weiteres »Tot!« folgen.

Er schien es zu kapieren. Sein nächster versuchter Schwertstreich fiel halbherzig aus, und ich blockte ihn mühelos ab. Doch ich tat so, als hätte ich schwer zu kämpfen, bis ich die Waffe schließlich seinem Griff entwand. Dann warf ich den Tacker beiseite und drosch mit beiden Fäusten auf seinen Kopf ein. Ich bremste die Schläge zwar weiterhin, dennoch fielen einige härter als beabsichtigt aus. Immerhin hatten wir diese Vorstellung nicht geprobt.

Schließlich hörte der Gefangene auf, sich zu bewegen. Ich vermutete, dass er sich verstellte, konnte jedoch nicht sicher sein. Ich ließ von ihm ab, rappelte mich auf die Beine und hob das Schwert auf.

»Ja! Hack ihm den Kopf ab!«, brüllte Daniel.

Ich hob das Schwert hoch in die Luft, stieß einen wütenden Urschrei aus und rammte die Klinge neben meinem Gegner in den Sand.

Keuchend stand ich da.

»Du ... äh ... hast ihn verfehlt«, merkte Daniel an.

Ich blickte auf den Gefangen hinab und trat ihm in die Seite. »Vergiss es. Ihn so zu töten, macht keinen Spaß.«

Stan stimmte Buhrufe an und bewarf mich wieder mit Popcorn. »Was für ein Beschiss! Mach schon, bring ihn um!« Mortimer und Josie stimmten darin mit ein.

»Nein«, sagte ich und umklammerte meine verwundete Schulter. »Ich erledige keine Bewusstlosen. Das ist keine Herausforderung. Ihr seid doch hier, um Spaß zu haben, oder? Tja, dann lasst ihn uns zerstückeln, wenn es auch Spaß macht!«

»Buuuh!«

»Still!«, rief Daniel herrisch. »Wenn er ihn für später aufsparen will, ist das seine Entscheidung.« Er vollführte eine dramatische Geste. »Du hast dich als würdig erwiesen. Du bist aufgenommen. Willkommen in unserem Kreis.«

Damit begann er zu applaudieren. Die anderen taten es ihm halbherzig gleich.

»Danke, danke«, sagte ich. Das Tor öffnete sich, und Foster kam mit einer Metallstange herein. »Ich habe lange davon geträumt, mich einer solch erlesenen ...«

»Keine Ansprache«, schnitt Daniel mir das Wort ab und entledigte sich seiner Robe. »Ich weiß, es ist erst vier, trotzdem ist jetzt Schlafenszeit. Wir alle müssen uns etwas ausruhen. Morgen wird ein ereignisreicher, aufregender Tag.«

Foster pikte den Gefangenen mit der Stange. Sein Körper zuckte, als hätte er einen elektrischen Schlag abbekommen. Ich glaube nicht, dass der Gequälte die Bewusstlosigkeit diesmal vortäuschte.

Ich griff nach dem Schwert. »Lass es liegen«, sagte Foster. »Ich kümmere mich darum.«

»Ich kann dir doch helfen«, entgegnete ich.

Foster zog seinen Revolver. »Geh gefälligst weg davon. Du kannst von Glück reden, wenn ich dir nicht gleich die Kniescheiben wegballere.«

Hinter mir öffnete sich das Tor. »Sachte, Foster! Weg mit dem Ding. Zeig etwas Respekt für unser neuestes Mitglied.«

»Ja, klar«, raunte Foster und steckte die Waffe ein.

Daniel klopfte mir nicht gerade sanft auf die verletzte Schulter. »Keine Sorge, es tut vielleicht weh, aber der Schnitt ist nicht tief. Ich schicke Foster mit einem Verbandskasten in dein Zimmer.«

Wir verließen die Arena und betraten einen Flur, der sich in drei Richtungen verzweigte. »Zieh das Hemd aus«, forderte Daniel mich auf. »Du willst doch nicht den Boden vollbluten.«

Ich tat, wie mir geheißen, und hätte beinah vor Schmerzen aufgeschrien. Ich presste das Hemd auf die Wunde, und Daniel bedeutete mir, den Flur zur Linken einzuschlagen. »Glückwunsch zu deinem Sieg«, sagte er.

»Danke.«

»Kann ich offen reden?«

»Sicher«, gab ich zurück.

»Ich wollte dich vor den anderen nicht in Verlegenheit bringen, aber du hättest ihn wirklich töten sollen. Ich kann nachvollziehen, dass du es vielleicht für unsportlich hältst, ein bewusstloses Opfer alle zu machen, aber ich fürchte, bei den anderen hast du Respekt eingebüßt. Und ich glaube, ich ebenfalls, weil ich dich hergebracht habe.«

»Tut mir leid. So arbeite ich nun mal nicht.«

Wir hielten an einer Tür inne. Daniel zog seine Karte durch ein Lesegerät. Die Tür öffnete sich, und wir traten hinaus in die Kälte hinter dem Haus. Die nächste Tür war nur wenige Meter entfernt. Nachdem Daniel sie geöffnet hatte, befanden wir uns wieder in dem mit rotem Teppich ausgelegten Foyer.

»Ich verstehe das«, räumte Daniel ein. »Und dein Auftritt war auch durchaus unterhaltsam, aber dir muss klar sein, dass diese Leute dich nicht kennen. Die Karateeinlage war irgendwie lustig, aber es muss eine Pointe geben. Den Kerl bloß aufzumischen, reicht nicht. Du hättest ihm den Kopf abhacken sollen. Dann wärst du jetzt ein Held. So halten dich alle für einen Heuchler.«

Mein Magen vollführte einen Überschlag, doch ich versuchte, mir meine Beklommenheit nicht anmerken zu lassen. Ich blieb stehen. »Ich mag es nicht besonders, wenn man mir vorschreibt, wie ich zu töten habe.«

»Oh, erspar mir das, Andrew! Das hier sind Spiele! Dafür

habe ich dich hierher eingeladen. Die Einzelheiten habe ich zwar geheim gehalten, trotzdem wusstest du sehr wohl, worum es im Wesentlichen ging. Wir wollen Spaß haben! Wenn du durch einen lächerlichen Moralkodex alles verderben willst, kannst du ebenso gut nach Hause zurückkehren. Ich lasse dich noch heute Nacht von Foster heimfliegen, was hältst du davon?«

So, wie er mich ansah, wusste ich, dass ein Flug nach Hause keine Option darstellte, selbst wenn ich bereit gewesen wäre, Roger und die anderen zurückzulassen. Ich legte die Hand wieder auf die Schulter. »Tut mir leid, ehrlich. Ich denke nicht ganz klar. Ich bin müde, und meine Schulter schmerzt höllisch. Ich war bloß der Meinung, es wäre spaßiger, ihn zu töten, wenn er wach ist, um zu beobachten, was geschieht, wie du beim Abendessen gesagt hast. Aber du hast recht. Ich hätte ihn erledigen sollen.«

»Ja, das hättest du tun sollen.«

»Ich könnte zurücklaufen und ihm den Rest geben, wenn du willst.«

Daniel schien sich zu entspannen. »Nein, lass gut sein. Wir holen ihn später. Das war ohnehin noch nichts, nur ein Vorspiel. Morgen hast du reichlich Gelegenheit, es wettzumachen.«

KAPITEL ELF

Ich saß am Bettrand – nachdem ich die falschen Schädel in den Schrank verbannt hatte – und versuchte, etwas anderes als die Bilder von Leichen anzusehen. Gott, wie ich Helen vermisste. Und Theresa und Kyle.

Wenn es mir gelingen sollte, aus diesem Schlamassel herauszukommen, würde ich mein Haus nie wieder verlassen, damit ich nicht mehr in Schwierigkeiten geraten könnte. Na ja, das stimmte nicht – auch ohne das Haus oder auch nur das Bett zu verlassen, geriet ich regelmäßig in allerlei Schwierigkeiten mit Helen, aber zumindest in keine potenziell tödlichen.

Schuldgefühle hin, Schuldgefühle her, ich musste in den Whirlpool. Ganz gleich, wie gefährlich es sein mochte, am nächsten Tag würde ich etwas unternehmen müssen, daher musste ich mich in bestmögliche Verfassung bringen. Ich drehte das heiße Wasser auf, als es an der Tür klopfte.

Beinah hätte ich Foster aufgefordert, Leine zu ziehen, aber ich brauchte das Verbandsmaterial. Falls er allerdings seine Drohung mit den Kniescheiben wahr machen würde ...

Die Tür öffnete sich. Herein kam Josie mit einem Verbandskasten. »Hi«, begrüßte sie mich. »Ich bringe Geschenke.«

»Solche Geschenke habe ich mir schon immer gewünscht«, erwiderte ich und durchquerte das Zimmer.«

»Foster meinte, wenn es nach ihm ginge, könntest du ruhig verbluten, deshalb habe ich mich freiwillig gemeldet.«

»Das war sehr nett von dir.« Ich griff nach dem Verbandskasten, doch sie hob ihn hinter den Rücken.

»Soll ich dich nicht verarzten?«

»Nein, das bekomme ich schon hin.«

»Ach, sei nicht albern. Ich weiß doch, was für Heulsusen ihr Männer seid. Ich mache das.« Sie schloss die Tür hinter sich. »Hübsche Tapete, was?«

»Ja. Solche muss ich mir für das Spielzimmer der Kinder zu Hause zulegen.«

»Danny veräppelt seine Freunde gern. Du gewöhnst dich daran. Zwar erst im Verlauf von Jahren, aber du gewöhnst dich daran. Oh, der Whirlpool klingt nach einer guten Idee. Hast du was dagegen, wenn ich mich zu dir geselle, nachdem wir fertig sind?«

»Danny hätte vielleicht etwas dagegen.«

Sie öffnete den Verbandskasten. »Danny würde es vielleicht nie erfahren.«

»Und falls doch, würde Danny mir vielleicht mit einem Dosenöffner das Herz rausholen. Ich glaube, ich passe.«

»Selbst schuld. Nackt sehe ich fabelhaft aus.«

Ich empfand dies als höchst beunruhigend, zumal ich nicht wusste, ob sie es ernst meinte, nur herumalberte oder ob Daniel vor der Tür abwartete, wie ich reagieren würde.

»Davon bin ich überzeugt.«

»Komm schon, du willst es Roger heimzahlen, warum dann nicht auch gleich deiner Frau?«

»Weil ich für die Rache an meiner Frau nicht von deinem Mann abgeschlachtet werden will.«

»Und was, wenn ich dir sage, dass Danny kein Problem damit hätte?«

»Dann würde ich dir wahrscheinlich nicht glauben.«

»Du bist ja ziemlich misstrauisch.«

»Wenn du mir eine unterzeichnete, eidesstattliche Erklärung vorlegst, dass er kein Problem damit hat, wäre es mir ein Genuss, dich nackt in der Wanne neben mir zu haben. Wie der Umstand, dass ich allein in diesem Zimmer eingesperrt werde, deutlich beweist, haben wir noch nicht alle Vertrauenshürden überwunden.«

»Na schön.« Sie klopfte neben sich aufs Bett. »Lass uns deine Schulter verbinden.«

»Ehrlich, du kannst den Verbandskasten einfach hierlassen.«

»Andy, Schätzchen, du brauchst dir keine Sorgen zu machen. Ich beiße vielleicht, aber ich bin nicht giftig. Der große starke Serienmörder wird doch wohl keine Angst vor einem harmlosen Frauchen wie mir haben, oder?«

Sie war alles andere als ein »harmloses Frauchen«, doch darauf hinzuweisen, erschien mir eine sichere Möglichkeit, mir weitere Schmerzen einzuhandeln. Ich setzte mich neben sie aufs Bett. Sie entnahm dem Verbandskasten eine Flasche mit Reinigungsalkohol und einige Wattetupfer.

Und dann wurde mir klar, dass ich, während ich mich extrem unwohl mit ihr im Zimmer fühlte, eine perfekte Gelegenheit zum Zuschlagen übersah.

Daniel mochte ein grässlicher, skrupelloser Mörder sein ... dennoch würde er vielleicht bereit sein, die Gefangenen freizulassen, um seine Frau zu retten. Sicher, es war ein Risiko, aber eine einfache Lösung für meine Probleme würde es definitiv nicht geben.

Josie drückte den in Alkohol getränkten Tupfer auf die Schnittwunde. Ich zwang mich, nicht zusammenzuzucken. Stattdessen legte ich behutsam die Hand auf ihr Bein.

Sie reinigte weiter die Wunde, doch ich erkannte unbestreitbar den Ansatz eines Lächelns.

Ich ließ die Hand ein wenig höher wandern, als sie den Tupfer und den Alkohol beiseitelegte und einen Verband herausnahm. Ich spähte in den Kasten. Keine Schere. Keinerlei scharfe Gegenstände. Der Alkohol befand sich nicht einmal in einer Glasflasche.

Ich würde es einfach ohne Waffe tun müssen.

Nun, da das Blut abgewischt war, sah die Verletzung nicht mehr so schlimm aus. Sie blutete auch kaum noch. Ich fragte mich, ob Josie mich für ein völliges Weichei hielt.

Sie riss die Verpackung des Verbands auf.

Ich schob meine Hand erst ihr Bein hinab, dann wieder hoch und begann, das Fleisch zu kneten.

Sie setzte den Verband sanft an meiner Schulter an.

Ich schlug zu.

Ich presste ihr die Hand auf den Mund und drückte sie auf das Bett, dann packte ich den Verbandskasten und wollte ihn ihr gegen den Kopf schlagen, doch sie bekam eine Hand voll meines Haars zu fassen und riss kräftig daran.

Verflucht! Warum hatte ich nicht daran gedacht, den Sprudelmechanismus des Whirlpools einzuschalten, um den Lärm zu verschleiern?

Sie biss mir in die Hand, aber ich zog sie zurück, bevor sie die Zähne tief genug hineinbohren konnte, um mich zum Bluten zu bringen. »Danny!«, kreischte sie.

Ich setzte dazu an, ihr die Faust ins Gesicht zu rammen, aber die Tür flog auf. Daniel und Foster traten ein, Foster mit seinem Revolver.

Ich streckte die Hände in die Luft. »Nicht schießen!«

Foster zielte auf mein Gesicht und schien bereit, es erst recht zu tun.

»Nicht!«, rief Daniel. »Josie, komm her.«

Josie rappelte sich vom Bett hoch, eilte zu Daniel und schlang die Arme um ihn. Foster sah aus, als wollte er mich so unbedingt erschießen, dass er kaum verhindern konnte, sich in die Hose zu machen. Dennoch betätigte er den Abzug nicht.

»Was soll das, Mayhem?«, verlangte Daniel zu erfahren.

»Wir haben nichts gemacht«, beteuerte ich.

»Ach, wirklich? Und was hast *du* gemacht?«

»Hör mal, es tut mir leid, in Ordnung?«, sagte ich und stand auf. »Sie kam hier rein und hat all dieses Zeug gesagt.«

»Was für Zeug?«

»Dass sie nackt gut aussehe, und ob sie sich zu mir in die Wanne setzen dürfe. Sie hat behauptet, du hättest nichts dagegen.«

»Und du hast ihr geglaubt?«

»Nein! Na ja, doch. Ich meine, überleg mal, Daniel. Du baust eine verfickte Gladiatorenarena auf deinem Hinterhof, damit du dabei zusehen kannst, wie sich Menschen einander umbringen. Ich dachte, jemand, der so verkommen ist, rastet wegen eines kleinen Frauentauschs nicht gleich aus.«

»Mir entgeht, wo der Teil mit dem Tauschen ins Spiel kommt.«

»Du weißt schon, was ich meine.«

»Da bin ich nicht sicher.«

»Jetzt komm schon, Daniel«, meldete sich Foster zu Wort. »Warum hören wir dem überhaupt zu? Lass mich ihm die Fresse wegballern.«

»Gleich.«

In dem Moment trat das Wasser über den Rand des Whirlpools. »Ach, Herrgott«, brummte Daniel und ging hinüber, um den Wasserhahn abzudrehen. »Jetzt sieh nur, was du angerichtet hast.«

»Darf ich ihn wenigstens *dafür* abknallen?«, fragte Foster.

»Nein, darfst du nicht. Gib mir die Kanone. Du bist zu aufgewühlt; so wirst du noch jemanden verletzen.« Daniel schritt zurück zur Tür und nahm den Revolver aus Fosters Hand. Ich senkte die Arme.

»Aber er hat versucht, Josie umzubringen!«

»Er hat nicht versucht, Josie umzubringen, du Volltrottel! Er hat versucht, ein Rohr zu verlegen. Und jetzt verschwinde für einen Moment nach draußen, okay?«

Foster schlug gegen die Wand, dann trat er hinaus auf den Flur. Daniel schloss die Tür und richtete die Waffe auf mich.

»Also gut, pass auf. Ich wusste, dass sie zu dir kommen würde, und damit habe ich tatsächlich kein Problem. Ich teile gern, wenn du verstehst, was ich meine. Ich gebe ihr vielleicht keine unterzeichnete eidesstattliche Erklärung, wie du sie wolltest, aber ich lasse sie gern tun, was sie will. Meine einzige Frage an dich ist: Warum hat meine Frau meinen Namen gebrüllt?«

»Ist das nicht, was du gewollt hättest?«, fragte ich und versuchte zu lächeln.

»Das ist nicht der richtige Zeitpunkt für Witze«, mahnte mich Daniel und ließ den Revolver auf mich gerichtet. »Das ist eher der Zeitpunkt, um äußerst sorgfältig über die eigene Sterblichkeit nachzudenken, zumal du durchaus bei den Gefangenen landen könntest.«

»Es tut mir leid«, sagte ich. »Ganz ehrlich, Mann. Ich dachte, sie mag es gern etwas härter.«

»Aha. Und hast du sie gefragt?«

»Ich bin's nicht gewöhnt, so etwas zu fragen.«

»Tja, vielleicht solltest du das in Zukunft in Erwägung ziehen. Falls du eine Zukunft hast.«

Ich beugte mich vor und knackte mit den Knöcheln. »Darf ich dir eine Frage stellen?«

»Sicher.«

»Du lädst einen Mann, der vierzehn Menschen getötet hat, in dein Haus ein. Du hast das ausdrücklich zu dem Zweck getan, ihn dabei helfen zu lassen, weitere Menschen umzubringen. Und jetzt erzählst du mir, dass du einen braven Hausgast erwartet hast? Bist du ein Idiot oder was?«

»Sieh dich vor«, warnte mich Daniel.

»Nein, sieh du dich vor. Du lädst mich hierher in dieses hedonistische Soziopathenparadies ein, wo jeder tun kann, was er will, also ja, verdammt noch mal, natürlich stürze ich mich auf deine Frau, wenn sie versucht, mich zu verführen. Ich entschuldige mich dafür, grob geworden zu sein, aber ich habe sie nicht geschlagen, sondern nur meine Hand über ihren Mund gelegt. Es wird nicht wieder vorkommen. Nur denk mal nach, Daniel: Ich habe dir meinen ehemals besten Freund für wer weiß welche Arten der Folter ausgeliefert ... hast du gedacht, du holst dir Gandhi ins Haus?«

Daniel drückte den Abzug.

Ich zuckte beim Geräusch des Knalls zusammen, dann drehte ich den Kopf und sah, dass etwas Rauch aus einem Einschussloch in einem Farbfoto eines gehäuteten Leichnams quoll, etwa fünfzehn Zentimeter von meinem Gesicht entfernt.

»Das ist ein Punkt für dich«, sagte er.

Josie setzte zum Protest an, doch er brachte sie mit einem Wink zum Schweigen. »Ich schätze, wir müssen einige Hausregeln durchgehen. Mach mit den Gefangenen, was du willst. Respektiere die Gäste. Verstanden?«

»Verstanden.«

»Es tut mir leid zu sagen, dass du dich um ein paar unglaubliche Stunden gebracht hast. Glaub mir, ich weiß, was dir entgeht. Aber morgen fangen wir von vorn an. Wie klingt das für dich?«

»Klingt gut«, sagte ich. »Josie, es tut mir leid. Die Hormone sind mit mir durchgegangen. Du solltest etwas weniger unwiderstehlich sein.«

»Wichser«, brummte sie, öffnete die Tür und ging.

»Du machst dir hier keine Freunde«, klärte Daniel mich auf. »Ich schlage vor, du gönnst dir erst ein langes Bad, nimmst dann eine kalte Dusche, schläfst ausgiebig und hoffst, dass die Dinge von jetzt an besser laufen.«

»Werden sie«, versprach ich.

»Ich verlasse mich darauf. Schlaf gut.« Damit ging auch er. Ich hörte, wie die Tür verriegelt wurde, dann rannte ich sofort zur Toilette und übergab mich.

Nachdem ich mich erholt hatte, griff ich in die heiße Wanne und drehte den Knopf, um einen Teil des Wassers abzulassen. Im Badezimmer gab es reichlich Handtücher, und ich verwendete einige dafür, das übergelaufene Wasser aufzuwischen.

Nun würde man mich noch eingehender im Auge behalten als zuvor. Ich hatte meine Chance vertan. Womöglich meine einzige Chance.

Und ich hatte nicht einmal den Nagelklipper zum Einsatz gebracht. Die Dinge hatten schon zuvor ziemlich hoffnungslos ausgesehen, aber jetzt ...

Ich schaute hinüber zum Bett.

Nein. Unmöglich.

Ich eilte hinüber.

Doch!

Eine gelbe Schlüsselkarte. Josie musste sie während unseres Gerangels verloren haben, zusammen mit einer Rolle Kaugummi.

Würde sie es bemerken? Wenn sie mit Daniel zusammenblieb, würde sie die Karte vielleicht nicht brauchen. Es waren bereits einige Minuten verstrichen.

Sie konnten sich zusammen in ihrem Schlafzimmer aufhalten. Oder sie konnte sich bereits auf dem Weg zurück befinden.

Sollte ich mich für den Fall der Fälle sofort rausschleichen oder auf eine bessere Gelegenheit später warten, wenn alle schliefen?

Wenn man mich dabei hörte – was extrem wahrscheinlich war, wenn ich sofort aufbräche –, wäre ich am Arsch. Wenn Josie wegen des Schlüssels zurückkäme, dann wäre ich nicht übler dran als vor dessen Entdeckung – was zugegebenermaßen ziemlich schlimm war, aber ich versuchte, positiv zu denken.

Sollte sie jedoch nicht zurückkommen, konnte es mir unter Umständen gelingen, die Gefangenen samt Roger zu finden.

Ich beschloss zu warten.

**

Ich verbrachte eine Stunde im Whirlpool und bemühte mich bestmöglich, mich zu entspannen. Niemand war zurückgekommen, um den Schlüssel zu holen.

Ich stieg aus der Wanne und zog die alten Kleider an. Dann sah ich auf die Uhr und stellte fest, dass es gegen fünf Uhr nach Alaskazeit war. Wenn die Bewohner des Hauses den Schlaf einer vollen Nacht genössen, würden sie den neuen Tag wahrscheinlich kurz nach Mitternacht beginnen. Durchaus treffend.

Eine Stunde erschien mir als Wartezeit zwar nicht lange genug, aber ich hatte Angst, einzudösen und nicht zu erwachen, bis sie kämen, um mich abzuholen. Ein Wecker wäre praktisch gewesen. So lief ich stattdessen unruhig im Zimmer auf und ab, atmete tief durch und versuchte, mich in heitere Stimmung zu versetzen.

Die nächste Stunde verging quälend langsam, und ich verbrachte den Großteil der Zeit damit, auf die Uhr zu sehen und zu überprüfen, wie quälend langsam die Stunde verstrich. Letztlich beschloss ich, dass es so weit war, aufzubrechen. Sofern die Karte funktionierte.

Ich hielt sie an das Lesegerät. Ein Piepton erklang, gefolgt von einem Klicken. Ich zog die Tür auf, spähte vorsichtig den Flur hinauf und hinab und verließ mein Zimmer.

KAPITEL ZWÖLF

Ich hatte eine Ausrede parat – Josie hatte die Karte während unseres Gerangels verloren, mir war langweilig geworden und deshalb hatte ich entschieden, einen Spaziergang zu unternehmen. Allerdings bezweifelte ich, dass ich Gelegenheit haben würde, die Geschichte vorzutragen, sollte man mich erwischen. Die übliche Fülle an Andrew-Mayhem-Fehltritten war nicht mehr zulässig. Die nächste inkompetente Stümperei würde tödlich sein.

Ich schloss die Tür hinter mir. Zwar wusste ich nicht genau, wo die Gefangenen festgehalten wurden, aber es musste irgendwo in dem Metallgebäude sein, nicht im Haupthaus. Letzteres glich einem Irrgarten, dennoch konnte ich wahrscheinlich auf dem Weg, den wir zuvor gekommen waren, zurück zu meinem Zimmer finden.

Und hoffentlich würde ich unterwegs auf ein Telefon stoßen. Tatsächlich erschien mir die Suche danach der beste Anfang. In meinem Zimmer gab es keines, in den anderen Schlafzimmern jedoch vielleicht schon. Vermutlich würde es in jedem Zimmer, das nicht eigens für mordlüsterne Irre gedacht war, die Daniels Vertrauen noch nicht restlos errungen hatten, eine Möglichkeit der Kommunikation mit der Außenwelt geben.

Sollte ich versehentlich eine Tür öffnen, hinter der einer der anderen wohnte, wäre ich tot. Angesichts der unzähligen Zimmer erschien mir das unwahrscheinlich. Was jedoch nicht bedeutete, dass mich nicht jemand in einem nahe gelegenen Zimmer hören könnte.

Ich beschloss, zum Ende des Flurs zu schleichen, bevor ich es irgendwo versuchte. Ich bog um die Ecke und presste das Ohr gegen die erste Tür zu meiner Rechten. Keine Geräusche von innen. Ich fuhr mit der Karte vor dem Lesegerät vorbei.

Die Tür wurde entriegelt. Ich holte tief Luft und öffnete sie, trat ein und schloss sie hinter mir wieder, bevor ich das Licht einschaltete.

Überraschung!

Das bunte Banner mit dem Wort darauf hing quer über die Bettpfosten. Den Boden übersäten Luftballons, wenngleich die meisten nur noch halb gefüllt waren. Auf dem Bett lag Geschenkpapier verstreut.

Demnach liefen nicht alle Feierlichkeiten in diesem Anwesen völlig durchgeknallt ab. Und es wäre dringend Hauspersonal nötig gewesen.

Rasch durchsuchte ich das Zimmer und trat Ballons aus dem Weg, doch es gab weder ein Telefon noch nützliche Waffen, sofern ich nicht die Ballons verwenden wollte, um jemanden zu ersticken.

Ich schaltete das Licht aus und ging.

Als Nächstes öffnete ich das Zimmer daneben, das sich als ähnlich eingerichtet erwies, wenngleich ohne das Dekor einer Überraschungsparty. Kein Telefon. Nichts Hilfreiches.

Als ich in den Flur zurückkehrte, hörte ich, wie sich eine Tür öffnete.

Ich huschte zurück in das Zimmer und zog rasch, aber leise die Tür zu.

Kurz spielte ich mit dem Gedanken, mich im Badezimmer zu verstecken, dann jedoch beschloss ich, dort auszuharren, wo ich war, bereit zuzuschlagen, sollte jemand hereinkommen.

Ich stand eine Minute lang in der Dunkelheit.

Dann fünf Minuten.

Zehn.

Man schien mich nicht gehört zu haben ... es sei denn, man wartete vor der Tür darauf, dass ich herauskäme.

Aber ich konnte nicht die ganze Nacht hier bleiben. Ich musste mich in Bewegung setzen, bevor jemand auf die Idee käme, mein Zimmer zu überprüfen.

Ich schlich wieder in den Flur. Er präsentierte sich verwaist.

Mir widerstrebte die Vorstellung, durch das Haus zu strolchen, wenn die handfeste Möglichkeit bestand, dass noch jemand durch die Flure wanderte, doch ich konnte nicht aufgeben. Irgendwo musste es ein Telefon geben. Oder einen Weg, die Gefangenen zu befreien.

Ich bewegte mich weiter den Flur hinab, bog um eine weitere Ecke und erblickte eine Tür, die deutlich größer als die anderen war und aus anderem Holz bestand. Ich entriegelte sie und trat ein.

Es handelte sich um ein riesiges Arbeitszimmer. Fast ein Viertel der Fläche nahm ein schwarzer Schreibtisch ein. An den Wänden hingen die Karten verschiedener Städte. Als ich zum Schreibtisch ging, ließ ich den Blick über die Bücherregale wandern, die Enzyklopädien, Almanache und zahlreiche weitere Nachschlagewerke enthielten. Ich fragte mich, was für Arbeit hier vollbracht wurde.

Die Schreibtischschubladen erwiesen sich als abgeschlossen, also konnte ich nicht in sie gelangen. Auf dem Tisch befand sich das übliche Bürozubehör: Stifte, Spitzer, Klebeband, Taschenrechner, Locher, Tacker. Alles – außer einem Telefon.

Sehr wohl hingegen ein Faxgerät.

Ich drückte auf die Einschalttaste. Es begann zu summen,

ein wenig zu laut für meinen Geschmack. Eine digitale Meldung teilte mir mit: *Aufwärmphase... Bitte warten.*

Perfekt. Ich konnte alle nötigen Informationen niederschreiben und an die Polizei faxen. Ich mochte nicht genau wissen, wo ich mich aufhielt, aber dieses Anwesen war ziemlich groß, und wenn sie Helikopter in einem Umkreis von dreißig Meilen von Fairbanks entsandten, würden sie es zweifellos früher oder später finden.

Es wäre ein narrensicherer Plan gewesen, wenn mir die Faxnummer der Polizei bekannt gewesen wäre.

Oder *irgendeine* Faxnummer.

Im Zuge meiner Zeitarbeitsjobs hatte ich einige Faxe verschickt, aber das war schon alles. Es gab keine einzige Faxnummer, die ich auswendig kannte. Ich konnte nicht einmal eine erraten. Das Gerät war nutzlos.

Dann jedoch fiel mir etwas ein. Einmal hatte ich bei einem vorübergehenden Bürosklavenjob das Telefon abgehoben und war von einem schrillen hohen Piepen begrüßt worden. Der nasebohrende Kerl im Abteil neben dem meinen hatte mir erklärt, dass jemand irrtümlich versuchte, ein Fax an meine Telefonnummer zu schicken, und dass ich den Anruf einfach an das Faxgerät weiterleiten solle.

Wem konnte ich etwas schicken, der wissen würde, wie man das machte?

Es musste ein Betrieb sein. Allerdings kannte ich auch keine Telefonnummern irgendeines Betriebs auswendig.

Bis auf eine.

Pudgy Pierre's Pizza in Chamber. Der Laden verschickte per Fax seine Speisekarte, wenn man sie anforderte. Ich war mal dafür in Schwierigkeiten geraten, dass ich sie mir zur Arbeit schicken ließ.

Konnte ich mich auf *Pudgy Pierre* verlassen?

Nein, nein, nein! Ich klatschte mir auf die Stirn, weil ich zu kompliziert dachte. Ich musste die Nachricht einfach an die Notrufnummer senden. Wählte man den Notruf und sagte man nichts, wurde trotzdem jemand geschickt, um nach dem Rechten zu sehen. Vielleicht würde dasselbe geschehen, wenn ich ein Fax schickte.

Ganz recht, meine Damen und Herren: Andrew Mayhem hatte einen Plan!

Auf der Anzeige stand: *Benutzerkennung eingeben.*

Der Plan war im Eimer.

Ich zog erneut an den Schubladen, falls sie beschlossen hätten, sich in der Zwischenzeit von selbst aufzuschließen. Hatten sie nicht. An der Ecke des Schreibtischs lag ein kleiner Notizblock. Ich ergriff ihn und blätterte ihn durch. Verschiedene Kritzeleien füllten die Seiten, darunter Smileys und nackte Zeichentrickfiguren. Eine handgeschriebene Notiz auf dem Innenumschlag besagte: *Fax: 1113.*

Endlich hatte ich mal Glück. Ich gab die Zahl ein.

Ungültige Benutzerkennung. Bitte erneut eingeben.

Mist!

Aber vielleicht wurde sie regelmäßig geändert und lediglich nicht in dem Notizblock aktualisiert. Ich gab 1114 ein.

Ungültige Benutzerkennung. Bitte erneut eingeben.

1115.

Nummer eingeben.

Ja! Großartig! Ich riss ein leeres Blatt aus dem Notizblock, griff mir einen Stift und kritzelte rasch: *Bin 30 Meilen außerhalb von Fairbanks gefangen. Viele Leute wurden entführt. Die Entführer sind bewaffnet und extrem gefährlich. Bitte schicken Sie Hilfe zu einem riesigen braunen, von einem Zaun umgebenen Herrenhaus mit einem großen Metallgebäude dahinter. Der Besitzer ist Daniel Rankin. Dies ist kein Scherz!!! Andrew Mayhem.*

Ich legte das Blatt in das Faxgerät, gab die Notrufnummer

ein und drückte die Sendetaste. Wie bei so vielen Faxen während meines Zeitarbeitsjobs, lief das Papier durch den Einzug, ohne sich zu stauen.

Das Gerät piepte, um anzuzeigen, dass es bereit war, das Fax zu senden. Dann erschien eine weitere Meldung auf der Anzeige. *Kein Freizeichen.*

Ich drückte auf ›Abbrechen‹ und versuchte es erneut.
Kein Freizeichen.
Ich gab die Nummer von *Pudgy Pierre* ein.
Kein Freizeichen.
Ich ergriff das Papier, zerknüllte es und steckte es in die Hosentasche. Das Faxgerät war offiziell nutzlos.

***

Ich hinterließ alles so, wie es gewesen war, bevor ich das Büro betrat, und schlich zurück hinaus auf den Flur. Zwar bestand immer noch die Möglichkeit, dass es in irgendeinem Teil des Hauses einen Telefonanschluss gab, aber ich musste mich von dieser Idee verabschieden und versuchen, die Gefangenen zu finden.

Leise bahnte ich mir einen Weg durch die Gänge und erreichte schließlich die Treppe, die hinunter zum Foyer führte. Beim Gedanken, diese Stufen in einen so weitläufigen Bereich hinunterzusteigen, fühlte ich mich extrem verwundbar, doch ich hatte keine andere Wahl.

Als ich hinabging, konnte ich nicht anders, als zur Eingangstür zu spähen. Wahrscheinlich würde meine Schlüsselkarte sie öffnen. Ich könnte diesen Ort verlassen, Hilfe holen und mit der Kavallerie anrücken, um alle zu retten.

Das klang schön und einfach. Wenn ich die Schlüssel für einen der Vans gehabt hätte. Wenn ich gewusst hätte, wie man das Tor des Elektrozauns öffnete. Wenn ich eine Ahnung gehabt hätte, wohin ich fahren sollte. Wenn nicht die große Wahrscheinlichkeit einer Massenhinrichtung der Gefangenen bestanden hätte, sobald man meine Abwesenheit bemerkte.

Ohne den Van könnte ich unter Umständen eine Möglichkeit finden, den Zaun zu überwinden. Vielleicht stand das Tor selbst nicht unter Strom, ich war nicht sicher. Ich wusste nicht viel über Elektrozäune. Allerdings glaubte ich nicht, dass es mich weit bringen würde, bei Temperaturen unter Null in der Dunkelheit so fernab der Zivilisation umherzuirren, noch dazu im Staat mit der geringsten Bevölkerungsdichte der USA – keine Ahnung, woher ich mich an diese irrelevante Tatsache erinnerte. Und wie schwierig würde es für Daniel und seine Spießgesellen sein, meinen Spuren im Schnee zu folgen?

Nein, durch die Vordertür hinauszugehen, wäre ein hoffnungsloses Unterfangen.

Dieser Gedankengang führte mich zu der Überlegung, was genau ich mit den Gefangenen vorhatte, sollte es mir gelingen, sie zu befreien ... aber darüber würde ich mir später den Kopf zerbrechen.

Ich durchquerte das Foyer, lief einen kurzen Flur entlang ... und hielt angesichts der Klänge von Musik inne. Countrymusik, die an sich passabel gewesen wäre, jedoch von der alles andere als melodischen Stimme Mortimers sabotiert wurde.

Sie stammte aus dem Esszimmer.

Wenngleich ich unmöglich sicher sein konnte, bildete ich mir aufgrund der Anordnung dieses Ortes ein, dass ich am Esszimmer vorbeimusste, um zum anderen Gebäude zu gelangen. Und selbst wenn nicht, ich wurde allmählich nervös wegen der langen Zeit, die ich mich bereits aus meinem Zimmer entfernt hatte. Ich musste weiter.

Äußerst langsam näherte ich mich auf Zehenspitzen dem

Eingang zum Esszimmer. Mortimers Gesang wurde lauter und falscher.

»*Oooh, warum hast du mich verlassen, wie soll ich das wissen, aber kommst du wieder, den Kopf wirst du vermissen ...*«

So vorsichtig wie menschenmöglich – für einen Loser wie mich – spähte ich ins Esszimmer. Mortimer saß mit dem Rücken zu mir am Tisch. In einer Hand hielt er eine riesige Putenkeule, in der anderen ein Eis am Stiel. Selbst von hinten war das kein schöner Anblick. Rasch huschte ich an der Tür vorbei und setzte den Weg fort.

Ich folgte einigen weiteren gewundenen Gängen und war nicht völlig sicher, ob ich den richtigen Weg einschlug, fühlte mich aber zumindest nicht hoffnungslos verirrt. Dann erreichte ich die Tür, durch die man zum anderen Gebäude gelangte.

Ich verspürte unglaubliche Erleichterung; zugleich steigerte sich meine Beklommenheit deutlich. Ich schwenkte die Schlüsselkarte, öffnete die Tür und trat hinaus.

Draußen herrschte klirrende Kälte, und es schneite heftig. Obwohl der kurze Pfad zum anderen Gebäude erst unlängst freigeschaufelt worden war, musste ich mit einem Fuß meine Spuren hinter mir verwischen. Am Eingang zu dem Metallbau hielt ich zitternd die Karte vor das Lesegerät.

Nichts geschah.

Ich wiederholte den Versuch.

Immer noch nichts.

Wunderbar. Meine gesamte Expedition war Zeitverschwendung gewesen.

Probeweise drückte ich den Türgriff, aber leider war niemand so hirnlos gewesen, nicht abzuschließen. Vermutlich wurden irgendwo Reserveschlüssel verwahrt, doch das Haus war zu groß, um danach zu suchen. Mir war speiübel, als ich umkehrte und zur anderen Tür zurückging.

Auch an dieser funktionierte meine Schlüsselkarte nicht.

Ich versuchte es erneut ... mit demselben Ergebnis.

Also, *das* war wirklich schlimm.

Ich verschränkte die Arme und blies Atemwölkchen aus. Bei all dem Potenzial, drinnen zu sterben, würde es damit enden, dass ich hier draußen erfror. Vielleicht würde es mir gelingen, ein Fenster zu finden, das ich einschlagen konnte. Aber selbst wenn mich niemand dabei hörte, würde man die Spuren entdecken und wissen, dass etwas im Busch war.

Meine beste Vorgehensweise schien darin zu bestehen, neben der Tür zu warten und jemandem aufzulauern, der herauskäme. Nur glaubte ich nicht, dass dies in den nächsten Stunden der Fall sein würde, und ich würde schon in wenigen Minuten meine Hände nicht mehr bewegen können. Das Beste, worauf ich hoffen konnte, war, umzukippen und denjenigen, der herauskam, mit meinem gefrorenen Körper zu erschlagen.

Ich versuchte es noch einmal mit der Karte. Es half nichts.

Am liebsten hätte ich mich einfach hingesetzt und geweint.

KAPITEL DREIZEHN

Einige Minuten stand ich da und bemitleidete mich. Roger und den anderen erging es zweifellos schlechter, aber nach allem, was ich durchgemacht hatte, verdiente ich etwas Selbstmitleid.

Dann tauchte plötzlich ein Licht zu meiner Rechten auf. Ich wirbelte herum und erblickte es auf der gegenüberliegenden Seite beim Zaun. Die Gestalt befand sich zu weit entfernt, um sie zu erkennen, doch sie schwenkte beide Arme über dem Kopf.

Wer um alles in der Welt...?

Ich scheute mich immer noch davor, Fußabdrücke zu hinterlassen, gelangte jedoch zu dem Schluss, dass es sich an dieser Stelle nicht mehr lohnte, sich darüber den Kopf zu zerbrechen. Also lief ich zu der Gestalt, so gut es mir durch einen halben Meter Schnee möglich war.

Als ich mich näherte, stellte ich fest, dass es sich um Thomas handelte.

Er trug einen Anorak und Ohrenschützer. Als ich den Zaun erreichte, sah ich, dass er eine mächtige Platzwunde über einem Auge hatte, und sein Gesicht schillerte knallrot. Er musste bereits eine ganze Weile im Freien sein.

»Andrew! Das ist ja nicht zu glauben!«

»Wie haben Sie mich gefunden?«, fragte ich, ahnte die Antwort jedoch, bevor ich den Satz zu Ende gesprochen hatte. Es überraschte mich nicht, dass jemand, der solche Paranoia davor hatte, abgehört zu werden, selbst über die Mittel verfügte, es zu tun.

»Ich habe Sie beide verwanzt«, sagte er. Seine Worte erklangen leicht lallend, zweifellos, weil sein Gesicht taub vor Kälte war. »In Ihren Schuhen. Wo ist Roger? Geht es ihm gut?«

»Ja. Glaube ich zumindest. Man hätte es mir gesagt, wenn man ihm etwas angetan hätte. Die halten mich für den Kopfjäger.«

»Das ist ein Scherz, oder?«

»Nein.« Ich gab ihm eine auf dreißig Sekunden komprimierte Fassung der Geschichte.

»Das ist unglaublich. Ich beobachte diesen Ort seit zwei Stunden. Ich konnte es kaum glauben, als ich durch das Fernglas sah, wie Sie herauskamen.«

»Tja, ich empfand es auch als angenehme Überraschung, Sie zu sehen. Aber bitte sagen Sie mir, dass Sie die Polizei verständigt haben. Die weiß, dass Sie hier sind, oder?«

Thomas trat von einem Bein aufs andere und wirkte etwas unbehaglich.

»Sie haben es doch *irgendjemandem* gesagt, oder?«

»Dafür war keine Zeit.«

»Oh, was für ein Blödsinn!« Hätte sich nicht der Elektrozaun zwischen uns befunden, ich hätte ihn geschlagen. »Sagen Sie, hatten Sie von Anfang an vor, dass sich die Dinge so entwickeln? Sie wollten, dass die Roger und mich mitnehmen, dass Sie uns folgen können, nicht wahr? Wohin sind Sie verschwunden, nachdem Sie gestochen wurden?«

»Ich schwöre Ihnen, ich habe Sie nicht belogen. Jedenfalls nicht mehr nach der Geschichte mit dem Betreten des Gebäudes. Ich habe den Mann einige Blocks weit verfolgt, dann bekam ich einen Schwindelanfall und wurde ohnmächtig. Ich erwachte, als zwei Prostituierte mir die Jacke stehlen wollten. Danach kam ich hierher, so schnell ich konnte.«

»Das ist ja alles schön und gut, aber warum haben Sie niemanden mitgebracht?«

»Ich musste mir zuvor die Lage ansehen.«

»Also, ich weiß nicht, wie es um Ihre geistige Verfassung bestellt ist, aber mir scheint, Sie wollen den großen Helden spielen, und das wird uns hier nicht rausbringen! Ich bin aus dem Haus ausgesperrt. Sobald man mich findet, wird man mich umbringen oder noch Schlimmeres mit mir anstellen. Und die könnten die Gefangenen durchaus hinrichten, wenn sie glauben, jemand sei ihnen auf der Spur. Es wäre also wirklich angenehm, die Bullen, das Militär oder die Gerechtigkeitsliga hier zu haben, um die Lage zu retten!«

»Ich verstehe das«, sagte Thomas. »Allerdings gibt es da ein Problem. Ich bin nicht daran gewöhnt, bei solchen Verhältnissen zu fahren. Mein Wagen ist etwa zwei Meilen die Straße rauf über die Böschung gestürzt. Ich musste hierherlaufen.«

Frustriert presste ich die Lider zu. »Sie haben doch ein Mobiltelefon, oder?«

»Theoretisch.«

»Was soll das heißen?«

»Ich habe eines, aber der Akku ist leer. Ich dachte, ich hätte ihn aufgeladen, aber ich hatte in letzter Zeit einiges um die Ohren, wie Sie sicher verstehen, und ...«

»Haben Sie eine Schusswaffe?«, unterbrach ich ihn.

»Ja.«

»Und haben Sie zufällig auch Munition dafür?«

»Sarkasmus ist unnötig. Ja.«

»Gut. Her damit.«

Er schüttelte den Kopf. »Ich habe einen effektiveren Plan. Ich behaupte, ich hätte eine Autopanne gehabt.«

»Das wird nicht funktionieren. Die werden Sie umlegen.«

»Das können Sie nicht wissen. Ich muss nur über diesen Zaun gelangen.«

»Haben Sie es am Tor versucht?«

»Ja. Das ist der einzige Teil, der nicht unter Strom steht, aber das Gitter ist zu schmal, um sich hindurchzuzwängen, und zu rutschig, um darüberzuklettern.«

»Vielleicht könnten Sie auf einen der Bäume klettern und herüberspringen«, schlug ich vor. »Wenngleich Sie sich dabei wahrscheinlich ein Bein brechen würden.«

»Das habe ich schon versucht. Ich hätte es mir verkneifen sollen, mit Fäustlingen zu klettern. Ich habe das Gleichgewicht verloren, bin mit dem Gesicht gegen einen Ast geknallt…«, er deutete auf die Platzwunde über seinem Auge, »… und abgestürzt. Ich kann es nicht genau sagen, weil mein Fuß taub vor Kälte ist, aber ich glaube, ich habe ihn mir gebrochen.«

Ich seufzte. »Wie wollen Sie mit einem gebrochenen Fuß über den Zaun?«

»Ich bin noch nicht sicher, aber mir fällt schon etwas ein. Und falls nicht, wird man mich sehen, wenn ich am Tor stehen bleibe.«

»Nicht unbedingt. Und wenn doch, dann erst nachdem Sie erfroren sind.«

»Ich komme schon klar.«

Ich beugte mich mit dem Gesicht näher zum Zaun. »Geben Sie mir einfach die Kanone, Thomas. Sie sind nur zu fünft. Wenn ich sie überrasche, gelingt es mir vielleicht, sie auszuschalten.«

»Nein. Ich komme rein, versprochen.«

»Thomas, ich sorge dafür, dass Sie den verdammten Ruhm kriegen! Das ist nicht der richtige Zeitpunkt, den Helden zu spielen. Geben Sie mir endlich die Knarre!«

»Sie haben keine Erfahrung mit Schusswaffen. Ich schon.

Vertrauen Sie mir, ich hole Sie da raus. Das verspreche ich.«

»Ihre Hände werden abgefroren sein! Sie werden die Waffe unmöglich halten, geschweige denn vernünftig zielen können.«

»Andrew, ich bin hier, um einen Job zu erledigen, und genau das werde ich tun.«

»Also haben Sie mich bloß hier rübergewinkt, um mir zu sagen, dass Sie meine Hilfe nicht wollen? Obwohl ich derjenige bin, der im Inneren ist und den sie für einen der ihren halten? Wie können Sie nur so dickköpfig sein?«

»Ich habe nicht gesagt, dass ich Ihre Hilfe nicht will. Tatsächlich möchte ich jede Information, die Sie liefern können.«

»Was für Informationen brauchen Sie denn, wenn Ihr großer Plan darin besteht, sich als verkrüppelter Kerl mit einer Autopanne auszugeben und dann draufloszuballern?«

»Ich brauche den Aufbau der Anlage, wo die Entführten festgehalten werden, Informationen dieser Art.«

»Ich wüsste nicht, wie Ihnen das ...« Ich ließ den Satz unvollendet, als ich zu der Erkenntnis gelangte, dass es keinen Sinn hatte, mit ihm zu diskutieren. Stattdessen teilte ich ihm mit, was ich wusste, also denkbar wenig.

»Meinen Sie, es lässt sich einrichten, dass Sie bei denen sind, wenn sie auf die Türklingel reagieren? Oder zumindest, wenn sie nach draußen gehen?«, fragte er.

»Ich sollte in diesem Augenblick eigentlich in meinem Zimmer eingesperrt sein. Daher nein, das kann ich nicht versprechen.«

»Warum sperrt man Sie in Ihrem Zimmer ein, wenn man Sie für den Kopfjäger hält?«

»Vertrauen wird bei denen nicht großgeschrieben. Hören Sie, warum versuchen Sie nicht jetzt gleich, über den Zaun zu kommen? Wenn es mir durch ein Wunder gelingt, wieder hineinzugelangen, können wir die Gefangenen suchen und anschließend die Bösen ausschalten, wenn sie aufkreuzen.«

»Wie kommt's, dass Sie ausgesperrt sind?«

»Keine Ahnung! Die Karte funktioniert nicht mehr.«

»Also ist es ein elektronisches Schloss?«

»Ja.« Ich zeigte ihm die Schlüsselkarte.

»Ich hatte mein Peilgerät eingeschaltet, als Sie herausgekommen sind«, sagte er. »Vielleicht hat es das Zugangssystem gestört.«

»So etwas kann passieren?«

»Ich habe zwar noch nie etwas dergleichen gehört, aber möglich wäre es wohl.«

»Ist das Peilgerät gut genug, um einen exakten Standort anzuzeigen? Könnten wir zum Beispiel ermitteln, wo sich Roger im Augenblick aufhält?«

Thomas schüttelte den Kopf. »Nein. Es arbeitet äußerst weiträumig.«

»Warum hatten Sie es dann eingeschaltet?«

»Weil ich das Signal verloren hätte, wenn sie die Wanze entdeckt und zerstört hätten. Ich überprüfe das Signal in regelmäßigen Abständen.«

»Also haben Sie überprüft, ob ich noch am Leben bin?«

»Nun, Ihre Schuhe jedenfalls.«

»Was bin ich froh, Sie kennen gelernt zu haben. Was halten Sie davon, noch mal zu versuchen, auf einen Baum zu klettern?«

Einige linkische Versuche stellten klar, dass für Thomas keine Möglichkeit bestand, mit einem gebrochenen Fuß über den Zaun zu gelangen. Als er zum zweiten Mal auf dem Rücken landete, wäre ich beinah auf die Knie gesunken. »Bitte, Thomas, geben Sie mir die Waffe.«

»Ich werde es schaffen, rüberzukommen.«

»Nein, werden Sie nicht. Finden Sie sich damit ab.«

Ich war bereits viel zu lange draußen. Wenngleich Thomas unter Umständen in der Lage sein würde, Unterstützung zu bieten – vielleicht würden sie ihn tatsächlich für jemanden mit einer Autopanne halten und sich überrumpeln lassen –, musste ich vorerst davon ausgehen, wieder auf mich allein gestellt zu sein.

»Falls die Karte diesmal funktioniert, erkunde ich das andere Gebäude«, sagte ich. »Versuchen Sie, sich nicht umzubringen.«

Damit watete ich zurück durch den Schnee. Mittlerweile schneite es stärker, meine Spuren würden also wahrscheinlich verdeckt werden, doch um sicherzugehen, verwischte ich sie weiterhin. Dadurch dauerte der Weg zurück zur Tür eine gefühlte Ewigkeit, und als ich dort ankam, waren meine Arme völlig taub und triefnass, doch mit etwas Glück würde niemand etwas von meinem Ausflug bemerken.

Es bereitete mir sogar Mühe, die Karte aus der Tasche zu holen, aber letztlich gelang es mir, sie vor das Lesegerät der Tür des Metallbaus zu halten.

Nichts.

Ich versuchte es erneut. Ein Piepton und ein Klicken.

Das Problem mochte an dem Peilgerät gelegen haben, vielleicht war es auch ein Systemfehler, jedenfalls konnte ich rein!

***

Es war vergebens.

Das Erste, worauf ich stieß, waren zwei Türen, eine links, eine rechts. Beide hatten Zahlentastaturen statt Kartenlesegeraten. Mein Hang zu selbsttrügerischem Optimismus bewog mich, an beiden Türen den Griff niederzudrücken.

Es überraschte mich nicht, als sie sich nicht öffneten.

Durch den Schnee war ich patschnass, wodurch meine Ausrede, ich hätte mich gelangweilt und einen Spaziergang unternommen, ins Wasser fiel. Ich hatte bislang nichts Nützliches im Haus gefunden, und sie konnten jede Minute mein Zimmer überprüfen.

Sosehr es mir widerstrebte, mir die Niederlage einzugestehen, es war an der Zeit, zurückzukehren und zu hoffen, dass sich eine andere Gelegenheit ergeben würde. Oder dass es dem entnervend dickköpfigen Thomas trotz allem irgendwie gelingen würde, herüberzugelangen.

***

Überraschenderweise schaffte ich es ohne Zwischenfall zurück in mein Zimmer, abgesehen davon, dass ich einmal falsch abbog, was sich mühelos beheben ließ. Ich schlüpfte aus den nassen Kleidern, wrang sie bestmöglich aus und hängte sie über die heiße Wanne. Vermutlich würden sie nicht trocknen, bevor jemand aufkreuzte, aber ich würde einfach behaupten, ich hätte Daniels Rat befolgt und mich gleich kalt geduscht, ohne mir die Mühe zu machen, mich zu entkleiden. Ziemlich lahm, ich weiß, aber ich war sicher, sie hielten mich für jemanden, der genau so etwas tun würde.

Ich überlegte lange hin und her, was ich mit Josies Schlüsselkarte machen sollte. Wenn sie feststellte, dass sie fehlte, würde sie mit Sicherheit wissen, dass sie in meinem Zimmer sein musste. Ich glaubte nicht, dass der Versuch, es zu leugnen, fruchten könnte. Ebenso wenig würde ich sie irgendwo verstecken können, wo sie niemand fände. Vielleicht irgendwo anders im Haus, aber ich wäre längst bei den Gefangenen eingesperrt, bevor ich sie holen könnte.

Nein, sosehr es mich schmerzte aufzugeben, ich musste so tun, als hätte ich die Karte nie gefunden. Ich legte sie auf den Boden und schob sie unters Bett, ließ sie jedoch weit genug hervorragen, dass jemand, der das Zimmer betrat, sie mühelos entdecken konnte. Ich musste einen anderen Weg finden.

Ich genehmigte mir rasch eine heiße Dusche, trocknete mich ab und legte mich ins Bett. Ich war völlig erschöpft und würde erst recht nichts erreichen, wenn ich aus Schlafmangel einknickte.

Ich schlief auf der Stelle ein. Es war ein tiefer Schlaf der Art, wie ich ihn früher in Freistunden genossen hatte. Aus Respekt vor dem Albtraum, den mein Bewusstsein durchlebte, war mein Unterbewusstsein so freundlich, mir angenehme Träume zu bescheren.

***

Ich erwachte einige Stunden später durch ein Klopfen an der Tür. Sie öffnete sich, und Josie steckte den Kopf herein.

»Aufstehen und lächeln. Du willst bestimmt nicht den Spaß verpassen.«

Verschlafen rollte ich mich herum und stellte fest, dass frische, ordentlich gefaltete Kleider auf der Kommode lagen. Die alten waren entfernt worden. Ich beugte mich über die Bettkante und sah, dass auch die Schlüsselkarte verschwunden war. Da ich noch nicht tot war, ging ich davon aus, dass man vermutete, ich hätte sie nicht bemerkt.

Ich stand auf, wankte ins Badezimmer und duschte mich noch einmal. Das heiße Wasser half ein wenig.

Dann zuckte ich zusammen, als hätte jemand unmittelbar

neben meinem Ohr mit einer Peitsche geschnalzt. Jedes Quäntchen meiner Benommenheit verpuffte schlagartig, als mir klar wurde, dass ich das Fax in der Hosentasche gelassen hatte.

KAPITEL VIERZEHN

Ich würde nicht in Panik verfallen.

Ich würde keinen Herzinfarkt erleiden.

Alles würde gut werden.

Ich steckte andauernd Kleider mit Dingen in den Taschen in die Waschmaschine. So gut wie jedes Mal, wenn ich mich um die Wäsche kümmere, wasche ich Papiergeld mit – was nur einen der Gründe darstellt, weshalb Helen mich selten ersucht, die Wäsche zu machen. Einmal hatte ich mehrere von ihren Lieblingsblusen ruiniert, indem ich sie zusammen mit einer von Kyles Hosen wusch, in deren Taschen zwei volle Päckchen Kaugummi steckten.

Sie hatten keinen Grund, die Taschen zu überprüfen.

Wahrscheinlich würden sie die Hose überhaupt erst viel später waschen.

Somit war ich vermutlich doch noch nicht tot.

Ja, genau.

Ich rasierte mich, zog mich an und lief im Zimmer auf und ab, während ich darauf wartete, dass jemand aufkreuzte. Fünf Minuten später kam Josie.

»Ich möchte mich aufrichtig entschuldigen«, sagte ich, als wir das Zimmer verließen und den Flur hinabgingen. »Ich habe mich gestern Abend wie ein Vollidiot benommen.«

»Mach dir darüber keine Gedanken.« Ihre Stimme klang zwar nicht so, als brauchte ich mir darüber keine Gedanken zu machen, doch zumindest versuchte sie, freundlich zu sein.

Als wir das Esszimmer betraten, kam Daniel gerade aus der Küche. Er trug eine Schürze mit der Aufschrift *Küsst den*

Koch und hielt einen Teller mit einem Omelett darauf, den er vor Stan abstellte. »Hallo!«, begrüßte er mich. »Ich mache gerade meine weltberühmten Schinken-Käse-Omeletts, diesmal ohne Finger, zumal der Kannibale unserer Gruppe zu größeren und besseren Unterfangen weitergezogen ist. Setz dich.«

Ich muss zugeben, das Schinken-Käse-Omelett schmeckte vorzüglich. Sollte es Daniel je leid werden, zu foltern und zu morden, könnten er und Josie ein erstklassiges Feinschmeckerrestaurant eröffnen.

Die Unterhaltung am Tisch verlief entspannt, zumindest so entspannt, wie man es in einem Raum mit fünf sadistischen Mördern erwarten konnte. Nun, Entführern jedenfalls. Einen Mord hatte ich noch nicht bezeugt. Und ich hoffte, ich würde durch diesen Gedanken kein Unglück über mich bringen.

Es schien keinen Hinweis darauf zu geben, dass sie die Nachricht gefunden oder die Spuren auf dem Hof bemerkt hatten. Und ich fragte mich, ob es vielleicht Josie gewesen war, die mir frische Kleider gebracht hatte. Vielleicht hatte sie dabei ihre Schlüsselkarte unter dem Bett entdeckt und zu niemandem ein Wort darüber verloren, weil sie Daniel nicht verärgern wollte. Das hielt ich durchaus für möglich.

Aber wo steckte Thomas?

Vielleicht lag er tot unter dem Baum, von dem er zuletzt gefallen war.

Wir beendeten die Mahlzeit, und Daniel stand auf. »Also, Leute, gestern Abend hatten wir ein erfolgreiches Aufnahmeritual. Heute beginnen die eigentlichen Spiele!«

»Wird auch langsam Zeit«, brummte Stan, brach das gekrümmte Ende einer Zuckerstange ab und steckte sich den Stiel in den Mund.

Daniel ignorierte seine Äußerung. »Und ratet, womit wir anfangen?«

»Darts?«, fragte Mortimer hoffnungsvoll.
»Darts ist richtig! Auf geht's!«

***

Es schneite immer noch, als wir hinaustraten. Ich wollte hinüberschauen, ob man meine Spuren erkennen konnte, doch ich fürchtete, jemand könnte meinem Blick folgen. Wir betraten das Metallgebäude, und nachdem Daniel einen Code eingegeben hatte, durchschritten wir die geöffnete Tür rechter Hand.

Daniel, der eine leichte Lederjacke trug, verfiel in Laufschritt. Der Rest von uns tat es ihm gleich, als wir einem Gang folgten, der an der Gladiatorenarena vorbei verlief. Wir passierten eine Kreuzung, dann öffnete er eine weitere Tür, und wir betraten einen großen Raum.

Ein gewaltiger, durchsichtiger Plastikwürfel nahm den Großteil des Platzes ein. Die Grundfläche maß etwa zehn mal zehn Meter, die Höhe an die dreieinhalb. Im Inneren sah es aus wie auf einem mit Gerätschaften vollgestopften Spielplatz: eine Rutsche, ein Reck, ein Kletterseil, eine Reifenschaukel. Außerdem hingen fünf große Sandsäcke von der Decke. Mehrere blaue und rote Flaggen waren willkürlich im Würfel verteilt angebracht. In der uns zugewandten Seite befand sich eine ebenfalls durchsichtige Plastiktür mit einem Schieberiegel.

Ein etwa fünfundzwanzigjähriger Mann mit Brille und schwarzem Kinnbart saß unten auf der Rutsche. Er trug ein blaues Hemd. Eine blonde, einige Jahre ältere Frau stand in der Ecke und tastete sich mit den Händen das Plastik entlang, als suchte sie nach einer Schwachstelle. Sie trug eine rote Bluse.

Auf jeder Seite des Würfels befanden sich zwei Kanonen,

die an jene auf Jahrmärkten erinnerten, mit denen man einen Wasserstrahl lenkt, um ein Pferd dazu anzutreiben, ein Rennen zu gewinnen. Jede Kanone war etwa drei Meter von der nächsten Ecke angebracht. Zwischen den zwei Kanonen auf derselben Seite war ein Abstand von etwa vier Metern. Unter jeder Kanone stand ein kleiner Karton. Daniel trat vor, drehte sich zu uns um und bedeutete uns, stehen zu bleiben.

»Und hier sind wir schon bei unserer ersten Disziplin – Darts. Der Rest von euch weiß ja, wie das Spiel läuft, aber ich erkläre es für Andrew. Wir werden in zwei Teams aufgeteilt. Josie, Foster und ich bilden das rote Team, du, Stan und Mortimer das blaue.«

Er näherte sich einem der Kartons, fasste hinein und holte einen etwa acht Zentimeter langen und einen Zentimeter dicken Metallpfeil heraus. »Das sind die Pfeile. So lädt man sie in die Schießvorrichtung.« Er schob den Pfeil in ein Loch auf der Rückseite der Kanone. »Zum Feuern drückt man den Abzug.«

Er tat es, und der Pfeil schoss mit einem peitschenden Laut quer durch den Würfel, prallte gegen die gegenüberliegende Wand und fiel zu Boden. »Schlicht und einfach. Den Leuten drinnen, die uns übrigens nicht hören können, wurde gesagt, dass der Erste, der alle zehn Flaggen seiner Farbe einsammelt, freigelassen wird. Stimmt natürlich nicht, aber das motiviert sie, in Bewegung zu bleiben. Das Spiel ist ziemlich langweilig, wenn sie nur rumhocken.«

»Und das Ziel besteht darin, sie zu töten, bevor sie die Flaggen einsammeln können?«, fragte ich und überlegte, wie ich dieses Spektakel verhindern sollte.

»Natürlich nicht. Das wäre viel zu einfach. Solange sich deine Person noch bewegt, bekommst du für jeden Treffer einen Punkt. Das Ziel besteht darin, die meisten Punkte zu erlangen, was bedeutet, dass du deine Person Stück für Stück in Fetzen schießen musst. Triffst du zu früh ein lebenswichtiges Organ, verlierst du das Spiel.«

»Cool«, meinte ich und nickte, um zu verdeutlichen, dass ich verstanden hatte. Jenes Nicken zählte zu den schwierigsten Dingen, die ich je in meinem Leben tun musste.

»Jeder auf seinen Platz!«, rief Daniel. Die anderen eilten los. Foster begab sich auf die andere Seite des Würfels, mir gegenüber. Josie und Mortimer gingen nach links, Stan übernahm die rechte Seite. Ich blieb neben Daniel. »Es funktioniert so«, erklärte er und schwenkte die Kanone aufwärts, abwärts, nach links und nach rechts. »Da die Manövrierfähigkeit nur dafür ausreicht, etwa die Hälfte des Würfels abzudecken, ist Teamwork nötig.«

Ich schwenkte die Kanone. Wäre sie doch nur nicht an dem Würfel befestigt gewesen. »Was ist, wenn man die falsche Person trifft?«, erkundigte ich mich.

»Dann darfst du nicht mehr weiterschießen, und dein Team verliert fünf Punkte. Lass es besser.«

Ich musste etwas tun, um das zu verhindern, doch wieder standen mir keine Möglichkeiten offen. Zumindest keine guten. Ich hatte zwar einen Karton voller Pfeile, aber Daniel befand sich vier Meter entfernt, und ich wusste keinen Grund, warum er seine Pistole nicht mehr bei sich haben sollte.

Ob ich einfach zu ihm hinübergehen konnte, bevor ich erschossen würde? Konnte ich ihm einen Pfeil in den Leib rammen und ihm die Waffe abnehmen? Oder ihm einen Pfeil an den Hals pressen und ihn zwingen, die Freilassung der Gefangenen zu befehlen?

Die erste Option hielt ich für unwahrscheinlich. Selbst wenn mir der erste Teil gelänge, würde mir nicht genug Zeit bleiben, seine Jacke zu durchsuchen, bevor die anderen mich abknallten.

Die zweite Option empfand ich als wenig besser, aber ich

musste *irgendetwas* unternehmen. Ich konnte den ganzen Tag hier stehen und dabei zusehen, wie sie die Gefangenen nacheinander umbrachten, ohne dass sich eine günstige Gelegenheit zum Handeln auftun würde. Dieses Problem würde sich nicht damit lösen lassen, dass ein Gefangener Bewusstlosigkeit vortäuschte. Wenn ich nichts unternähme, und zwar bald, würden beide einen unsagbar qualvollen Tod sterben.

»In Kürze beginnt die Disziplin Darts!«, verkündete Daniel. »Auf der Opferseite des blauen Teams haben wir Trevor Winford, der mich zwar nicht hören kann, aber ich stelle ihn trotzdem vor.«

»Wenford«, berichtigte ihn Foster.

»Tut mir leid. Mann, ist das tragisch. Das ist das letzte Mal, dass er je vorgestellt werden wird, und ich vermurkse seinen Namen. Na, was soll's. Applaus für Trevor Wenford!«

Alle applaudierten mit großer Begeisterung. Ich tat es den anderen gleich und bückte mich gleichzeitig, um einen Pfeil aufzuheben.

»Und als Opfer des roten Teams heißen wir herzlich willkommen: Susan Picc... Piccin... Wie spricht man das noch mal aus?«

»Klingt wie ›Pitch-a-ninni‹«, sagte Stan.

»Aha. Warum, zum Teufel, entführt ihr immer Leute mit so schwierig auszusprechenden Namen? Egal. Applaus für Susan Piccinini!«

Weiteres Klatschen.

»Also gut, Leute, ladet den ersten Pfeil.«

Die anderen begannen, ihre Kanonen zu laden. Ich umklammerte den Pfeil in meiner Hand und überlegte, ob ich mich sofort auf Daniel stürzen sollte.

Nein. Ich durfte mich dabei nicht dämlich anstellen. Daniel würde viel abgelenkter sein, sobald er spielte. Außerdem bestand das Ziel ja darin, die Gefangenen möglichst lange nicht zu töten, also hatte ich etwas Zeit. Nicht viel, aber etwas.

Ich schob den Pfeil in die Kanone, dann ergriff ich einen weiteren.

»Kann ich dich mal was fragen, Daniel? Ich weiß, dass Geld keine Rolle spielt, aber wie lässt man so etwas bauen? Ich meine, du kannst dafür doch keine Arbeiter aus dem Ort anheuern, oder?«

Daniel kicherte. »Doch, das geht, für den Großteil jedenfalls. Die Konstrukteure waren nicht aus der Gegend, aber die meisten Arbeiter schon. Ich musste lediglich selbst Änderungen vornehmen. Dieses Ding beispielsweise wurde als Paintballanlage gebaut, und ich habe es in etwas Lustigeres verwandelt. Soweit die Baumannschaften wissen, errichte ich den größten überdachten Freizeitpark der Welt ... wovon ein Großteil eine Geisterbahn ist. Sie wissen bloß nicht, dass ich ihn tödlich gemacht habe.

Obwohl eine externe Mannschaft die meiste manuelle Arbeit verrichtet, ist es ein zeitaufwendiges Unterfangen. Aber warte, bis du siehst, was wir unterirdisch haben. Es ist zwar noch nicht ganz fertig und deshalb kein Bestandteil der diesjährigen Spiele, trotzdem funktioniert der größte Teil bereits. Es ist *faszinierend*. Du wirst erstaunt sein, das kann ich dir versprechen.«

Daniel klopfte gegen die Wand des Würfels. Trevor und Susan schauten zu ihm. Daniel hob die Hand und zählte mit den Fingern herunter.

»Auf geht's in fünf ... vier ... drei ...«

Ich blickte durch den Würfel zu Foster, der mich anlächelte, als wüsste er, wie sehr es mir widerstrebte, hier zu sein.

»... zwei ... eins ... *los!*«

Die Gefangenen setzten sich jäh in Bewegung, als fünf

peitschende Laute gleichzeitig ertönten, gefolgt von Knallen, als die Pfeile die gegenüberliegenden Seiten des Würfels trafen. Ein Pfeil streifte Trevors Oberarm, und er schrie auf, wenngleich ich es nicht hören konnte. Ich sah, dass auch Susan am Arm verletzt war, wesentlich schlimmer als Trevor, außerdem ragte ein Pfeil aus ihrem Oberschenkel.

»Foster! Was, zur Hölle, soll das?«, brüllte Daniel und griff sich hastig einen weiteren Pfeil. »Du verkrüppelst sie ja jetzt schon!«

»Meine zielt nicht richtig«, protestierte Foster.

»Gib nicht der Kanone die Schuld.« Ein weiterer Pfeil streifte Susans Schulter. »Guter Schuss, Josie!«

Ich ging rasch auf Daniel zu.

»Was machst du denn?«, verlangte er zu erfahren. »Bleib bei deiner Kanone!«

»Die funktioniert nicht«, beschwerte ich mich.

»Drück einfach den Abzug. Na, mach schon! Deine Teamkameraden verlassen sich auf dich!«

Trevor krachte neben mir gegen den Würfel. Der Unterteil seines Ohrs fehlte.

»Scheiße! Deinetwegen habe ich danebengeschossen. Wer war das? Mortimer?«

»Worauf du einen lassen kannst, Kumpel!«, rief Mortimer.

»Du weißt selber, dass du nicht auf sein Ohr gezielt hast«, warf Josie ein.

»Das Ergebnis zählt, nicht die Absicht.«

»Ja, du mich auch.«

»Du musst mir nur ...«, setzte ich an.

»Verdammt noch mal, Andrew, drück einfach den Abzug! Zwing mich nicht, dich abzuknallen!«

Damit richtete er die Aufmerksamkeit wieder auf das Spiel und feuerte einen Pfeil ab, der Susans Bein aufriss. Ich hatte jedes mögliche Überraschungsmoment verloren. Ich hätte auf ihn zustürmen sollen ... nur wäre ich dann bereits tot.

Ich kehrte zu meiner Kanone zurück. Mein Herz setzte beinah aus, als ein Pfeil unmittelbar vor meinem Gesicht gegen die Wand prallte. Foster grinste und winkte mir zu.

Ich musste mitspielen. Natürlich nicht gut, aber ich musste spielen. Ich musste absichtlich danebenschießen und hoffen, dass es bald vorbei sein würde.

Trevor hatte drei seiner Flaggen eingesammelt. Ich schwenkte die Kanone nach links, zielte grob in seine Richtung, achtete aber darauf, ihn zu verfehlen, und drückte den Abzug. Der Pfeil traf die Rutsche, überschlug sich in der Luft und sauste auf Trevors Fuß herab.

»Klasse!«, rief Daniel. »Ich weiß, du bist nicht in meinem Team, aber das war klasse.«

Ich lud nach und feuerte einen weiteren Pfeil ab, der sich in einen der Sandsäcke grub. Jedes Mal, wenn ein Geschoss die Würfelwand traf, zuckte ich zusammen, obwohl die meisten nicht in meiner Nähe einschlugen. Mein Schädel brummte.

Susan fiel zu Boden. Ein Pfeil ragte aus ihrer Seite. »Das war Stan!«, brüllte Josie. »Stan hat sie getroffen! Er ist raus.«

Stan spuckte seine Zuckerstange aus, schlug mit den Händen gegen die Würfelwand und trat von seiner Kanone zurück.

»Bringt sie auf die Beine!«, schrie Daniel. »Foster, sie ist außerhalb meiner Reichweite. Schieß ihr einen Pfeil in den Arm. Beeil dich!«

Mortimer feuerte einen Pfeil ab, der einen Brocken aus Trevors Wade riss. Trevor stieß einen stummen Schrei aus und ließ seine Flaggen fallen.

Ich zielte auf Susan. Wenn ich sie träfe, würde ich disqualifiziert und müsste mich nicht mehr an diesem Grauen beteiligen.

Doch bevor ich den Abzug betätigte, wurde mir klar, dass ich es nicht tun konnte. Das wäre selbstsüchtig und feige. Warum sollten meine jämmerlichen moralischen Qualen wichtiger sein als die Schmerzen der Gefangenen im Würfel? Ich musste etwas anderes tun. Susan und Trevor würden sterben, so viel stand fest. Ich musste dafür sorgen, dass ihr Tod so schnell und schmerzlos wie möglich eintreten würde.

Ein von Foster stammender Pfeil streifte Susans Arm. Schluchzend rappelte sie sich auf die Beine und taumelte auf die nächstbeste Flagge zu.

Ich richtete die Kanone auf Trevor. Er befand sich in Reichweite und kehrte mir den Rücken zu. Ich zielte auf seinen Hinterkopf und feuerte – stattdessen schabte der Pfeil seitlich über seinen Hals. Er presste die Hand auf die Wunde und versuchte, die Blutung zu stoppen.

»*Guter* Schuss!«, rief Mortimer. »Leute, ihr habt keine Chance!« Er feuerte einen Pfeil, der Trevor verfehlte und in einen weiteren Sandsack einschlug.

Ich lud nach, zielte erneut auf Trevors Hinterkopf und drückte ab.

Trevor drehte den Kopf, und der Pfeil riss ihm das Ohr ab.

»O mein Gott!«, schrie Mortimer. »Beide Ohren weg! Das blaue Team rockt! Das blaue Team rockt!«

»Ach ja?«, fragte Daniel. »Dann schau dir mal das an.« Er feuerte einen Schuss ab, der Susan völlig verfehlte.

»Was soll ich mir anschauen?«, erkundigte sich Mortimer. »Ich habe hingeschaut, nur habe ich nichts gesehen. Andrew, was sollten wir uns anschauen? Vermutlich habe ich nicht genau genug hingeschaut, denn ich kann mich beim besten

Willen nicht entsinnen, etwas gesehen zu haben, das anzuschauen sich gelohnt hätte.«

Ein Pfeil schlug in Susans Oberschenkel ein, ganz in der Nähe des allerersten Treffers. »Was hältst du davon?«, fragte Josie.

»Das kommt beiden Ohren nicht mal nahe!«, gab Mortimer zurück. »Ihr seid Verlierer, Ver-lie-rer!«

»Also gut, alle zusammen – aufgepasst«, meldete sich Foster zu Wort. »Der nächste Pfeil wird ihr den anderen aus der Seite schlagen.«

»Oh, sicher, klar«, spottete Daniel.

»He, unterstütz gefälligst deinen Teamkameraden.«

»Tut mir leid. Los, Foster, los! Schieß ihr den Pfeil aus der Seite. Los, los, los!«

Foster feuerte. Der Pfeil durchschlug Susans Kehle und prallte vor Daniel gegen die Wand.

»Foster, du Vollidiot!«, brüllte er.

Susan umklammerte mit beiden Händen ihre Kehle. Mittlerweile war ihr gesamter Körper blutüberströmt. Sie sank zu Boden und lag still.

»Ich hab dir doch gesagt, das Ding zielt nicht richtig!«

Josie trat von ihrer Kanone zurück. »Herzlichen Dank, Trottel.«

»Es ist die Zielvorrichtung. Kommt rüber und überprüft es.«

»Mit deiner Kanone ist alles in Ordnung, du Penner«, warf Mortimer ein.

Foster tat so, als wolle er hinübergehen und ihn schlagen, dann jedoch grinste er. »Trotzdem, war ein ziemlich cooler Halsschuss, oder? Möchte mal sehen, ob du das hinbekommst.«

»Keine Chance, es steht sieben zu eins, wir brauchen noch mehr Punkte, um Stans dämliche Aktion auszugleichen«, gab Mortimer zurück und legte einen neuen Pfeil ein.

Trevor hatte Susan eine Weile entsetzt angestarrt. Plötzlich wurde ihm klar, dass er weitere Flaggen einsammeln musste. Mortimers Schuss verfehlte ihn.

Ich blinzelte und spürte eine Träne auf der Wange. Hastig wischte ich sie mit dem Ärmel ab, bevor jemand sie sah.

Ein weiterer Schuss von Mortimer grub sich in Trevors Bauch. Ich musste den armen Kerl von seinem Elend erlösen. Ich feuerte, verfehlte seinen Kopf schon wieder und streifte stattdessen sein Schulterblatt.

»Ui, ein gemeiner Treffer von Andrew«, verkündete Daniel. »Hinter der Kanone ist der Junge echt gefährlich.«

Mortimer feuerte. Trevor sank mit einem Pfeil in der Stirn zu Boden. »Ups.«

»Genialer Zug, Blödmann!«, rief Foster.

Mortimer zuckte mit den Schultern. »Ohne Stans Stümperei hätten wir trotzdem gewonnen. Aber das ist schon in Ordnung. Daniel, Foster, Josie, meinen Glückwunsch. Sehr gut geschossen, Andrew, besonders für einen Neuling.«

»Absolut«, pflichtete Daniel ihm bei. »Hast dich großartig geschlagen. Ich hätte dich statt diesem Vollidioten in mein Team holen sollen.«

Die anderen applaudierten. Ich stand da und tat alles in meiner Macht Stehende, um zu verbergen, wie elend ich mich fühlte und wie speiübel mir war. Ich wandte den Blick von den blutigen Leichen ab und starrte auf den Pfeil in meiner Hand.

Einstecken konnte ich ihn nicht, zumal gerade alle auf mich zukamen.

Hingegen konnte ich mich sehr wohl auf Daniel stürzen.

Nein. Ich hatte gerade etwas Respekt erlangt. Möglicherweise nicht viel, aber unter Umständen würde es trotzdem reichen.

Ich musste klug vorgehen. Ich musste eine Möglichkeit finden, Daniel allein anzutreffen. Dann würde ich ihm das Genick brechen, mir seine Pistole greifen und die anderen ausschalten.

Ich warf den Pfeil zurück in den Karton.

»Hast du was dagegen, wenn ich noch ein paar Pfeile in sie reinfeuere?«, fragte Stan. »Zur Übung.«

Daniel zuckte mit den Schultern. »Tu dir keinen Zwang an, du kranker Bastard.«

»Ich bin für eine Revanche«, bekundete Mortimer und kam auf unsere Seite des Würfels herüber. »Wie wär's, wenn du noch ein paar Gefangene holst?«

»Nein, nein, nein«, widersprach Daniel. »Es ist Zeit für die wirklich grausamen, aktiven Einzeldisziplinen. Und dieses Jahr haben wir jede Menge neue Requisiten.«

Schnapp! Stan feuerte einen Schuss ab und lud einen weiteren Pfeil.

»Großartig! Wer darf als Erster?«

»Dieses Jahr ist Foster an der Reihe.«

Mortimer schaute zu Foster hinüber. »Ich hoffe, du brauchst nicht wieder dreieinhalb Stunden. Weißt du, es gibt einen Punkt, da muss man sie einfach erledigen und mit dem Nächsten weitermachen.«

Schnapp!

»Dann lass ich mir vielleicht vier Stunden Zeit«, gab Foster zurück. »Womöglich auch viereinhalb. Oder, aber das ist noch ein unbestätigtes Gerücht, also nicht weitererzählen, unter Umständen auch fünf.«

»Vollidiot.«

»Das hatten wir schon, das ist passé. Genau wie du, wenn du nicht die Klappe hältst.«

Mortimer setzte zu einer Erwiderung an, gelangte jedoch anscheinend zu dem Schluss, dass seiner Äußerung der Esprit des gegenwärtigen Gesprächsfadens fehlte, und überlegte es sich anders.

Schnapp!

»Allerdings«, redete stattdessen Foster weiter, »finde ich, dass Andrew der Erste sein sollte.«

»O nein«, widersprach ich. »Ich würde lieber zuerst sehen, wie es gemacht wird. Was immer es ist.«

»Nichts, was du nicht schon getan hättest. Das ist deine Chance zu beweisen, dass du gut darin bist. Was denkst du, Daniel?«

»Wenn du mit ihm die Plätze tauschen willst, soll's mir recht sein.«

»Gut. Ja, ich möchte, dass Andrew als Erster dran ist. Das dürfte interessant werden.«

Schnapp!

»Habe ich dabei nichts mitzureden?«, fragte ich.

»Ne«, sagte Daniel. »Neu Aufgenommene haben keine Rechte. Komm, veranstalten wir eine Schweinerei.«

ROGERS SICHT DER DINGE

Die Dinge stehen nicht zum Besten.

Ich habe versucht, Platz auf dem Band zu sparen, deshalb habe ich wenig geredet, aber die Dinge werden allmählich wirklich schlimm. Vor ein paar Stunden war der Glatzkopf, Foster, hier und hat Susan Piccinini und Trevor Wenford mitgenommen.

Vor zehn Minuten hat er sie auf einem großen Karren zurückgebracht. Bei all dem Blut konnte ich nicht einmal feststellen, wie viele Stichwunden die beiden hatten, außerdem ragten einige Metalldinger der Größe von Bleistiften aus ihren Körpern.

Foster schob den Wagen *sehr* langsam. Und er pfiff dabei vor sich hin.

Er hat die beiden durch die andere Tür geschafft. Ich weiß nicht, was sie mit den Leichen vorhaben. Er war nur etwa eine halbe Minute verschwunden, daher vermute ich, vorerst werden sie nur zwischengelagert.

Danach nahm er Charlotte Burgin mit.

Das war vor fünf Minuten.

Ich will nach Hause.

KAPITEL FÜNFZEHN

Obwohl mir noch nichts erklärt worden war, beschlich mich das Gefühl, dass die nächste Disziplin weit schlimmer als das Dartsspiel werden sollte.

Ich befand mich in einem kleinen Raum mit weißem Fliesenboden. In einem Operationssaal, um genau zu sein. Einem mit verglaster Zuschauergalerie darüber. Alle außer Foster hatten dort Platz genommen.

Acht verschiedene Rollwagen säumten die Wände. Auf einem davon befanden sich chirurgische Instrumente. Die anderen enthielten mehr verschiedene Arten von Waffen und Werkzeugen, als ich vollständig aufzählen kann. Zunächst gab es das Übliche: Hammer, Schraubenzieher, Nägel und Drahtschneider. Dann eine Heckenschere, eine Kettensäge und einen Rasentrimmer. Messer jeder Form und Größe. Knüppel. Einen Schweißbrenner. Eine Flasche mit der Aufschrift »Hydrochloridsäure«. Eine Menge Furcht erregender Instrumente, die ich noch nie gesehen, ja, von denen ich nicht einmal geahnt hatte, dass es sie gab.

Und – ich schwöre, das ist wahr – in der Ecke stand ein Rasenmäher.

Foster schob eine fahrbare Bahre herein, auf der eine Frau lag, die ich von den Bildern her kannte, die Craig Burgin mir gezeigt hatte. Es war Charlotte, seine Frau. Körperlich war sie das Gegenteil ihres Mannes, groß und schlank statt klein und pummelig. Sie sah zehn Jahre älter als auf den Fotos aus, doch ich war ziemlich sicher, es lag nicht daran, dass die Fotos alt waren. Nichtsdestotrotz strahlte sie selbst in diesem Zustand unbestreitbar eine gewisse Würde aus, die sie sich irgendwie all die Monate bewahrt hatte.

Ich hatte völlig vergessen, dass der ursprüngliche Zweck meiner Beteiligung an der Geschichte darin bestand, bei ihrer Rettung zu helfen. Ich fragte mich, was Craig im Augenblick tat. Hoffentlich vernachlässigte er es nicht, den echten Kopfjäger unter Drogen zu halten.

Charlotte lag auf dem Rücken. Ihre Hand- und Fußgelenke waren mit Lederriemen an die Ecken der Bahre gefesselt. Tränen verschmierten ihr Gesicht, dennoch konnte ich ihr an den Augen ablesen, dass sie nicht um Gnade flehen würde. Foster salutierte und verließ den Raum. Er schloss die Tür hinter sich und sperrte sie ab.

»Also, Andrew«, sagte Daniel in ein Mikrofon. Seine Stimme dröhnte aus Lautsprechern und hallte durch den gesamten Operationssaal. »Das ist dein großer Augenblick. Die Erfüllung einer lebenslangen Fantasie. Du hast jede Waffe zur Verfügung, die du dir wünschen kannst. Du hast ein hilfloses Opfer und ein gefesseltes Publikum. Gib dein Schlimmstes. Unterhalte uns.«

Ich war dermaßen entsetzt, dass ich ihn fast zehn Sekunden anstarrte, ehe ich mich wieder fing. »Tut mir leid, was genau soll ich machen?«

Daniel verdrehte die Augen. »Nutz deine Vorstellungskraft. Lass alles raus. Mach sie nach allen Regeln der Kunst platt.«

In Wirklichkeit hatte ich nicht jede Waffe zur Verfügung, die ich mir wünschen konnte. Was ich mir wirklich wünschte, war eine zuverlässige Maschinenpistole, um die ganze Rotte auszuknipsen. Oder zumindest irgendeine Schusswaffe. Doch es gab keine, und irgendwie bezweifelte ich, dass es mein Problem lösen würde, einen Hammer durch das Glas zu schleudern.

»Alles klar«, sagte ich und wischte mir die verschwitzten Hände an der Hose ab. Es musste einen Ausweg aus dieser Lage geben. Es musste einfach einen geben. Wenn ich lange genug Zeit herausschinden konnte, würde ich ihn finden.

»Allerdings denke ich, wir werden dieses Jahr eine neue Regel einführen«, meldete sich Daniel erneut zu Wort. »Falls die Zuschauer unruhig werden, drücken sie ihr Missfallen auf althergebrachte Weise aus, indem sie den Daumen nach unten strecken. Wird diese Bewertung einstimmig, hast du dreißig Sekunden Zeit, um wieder Wohlwollen zu erlangen. Andernfalls stirbst du. Kugel in den Kopf. Peng.«

»Wie war das?«, fragte ich unwirsch. »Du drohst mir?« Ich gab mir alle Mühe, wütend statt verängstigt zu klingen.

»Ach, Andrew, wir gestalten die Dinge nur interessanter. Das sollte doch ein Kinderspiel für dich sein.«

»Ich kann es nicht leiden, wenn ich bedroht werde«, sagte ich.

»Na ja, Mr. Kopfjäger, du bist dort unten, und wir sind hier oben. Außerdem ist das mein Hort der Folter, und mein Wort gilt. Ich muss schon sagen, du bist nicht der Partytiger, den ich mir vorgestellt hatte.«

»Da mache ich nicht mit. Mach die Tür auf und lass mich raus.«

Foster hob die Hand und zeigte mir den nach unten gestreckten Daumen.

»Oh-oh. Sieht so aus, als hättest du dir bereits das Missfallen des Publikums eingehandelt. Du solltest vielleicht anfangen.«

»Ich mein's ernst, Daniel. Mach die Tür auf!«

»Ich mein's auch ernst. Wir wollen hier ernsthaft *Spaß!* Und du hast keinen, also fang damit an, okay? Diesen Ort zu bauen, war ziemlich teuer.«

»Das ist meine letzte Warnung!«

»Tja, für mich sieht es so aus, als hätte meine liebe Frau gerade dir deine zweite Warnung gegeben. Ich lege dir also dringend ans Herz, mit dem Jammern aufzuhören und zu schneiden anzufangen. Oder zu sägen, zu brennen, zu stochern. *Irgendetwas!*«

Also gut. Ich musste sie unterhalten, während ich mir etwas einfallen ließ. Es musste eine Lösung für das Problem geben. Ich konnte nur hoffen, dass mein alles andere als fehlerloses Gehirn daraufkommen würde.

»Tut mir leid«, sagte ich. »Das alles hier ist vollkommen surreal. Mit etwas derart Aufwendigem hätte ich nicht gerechnet; ich bin völlig baff.«

»Ist nicht nötig, sich zu entschuldigen, mein Freund«, erwiderte Daniel. »Entspann dich einfach und hab Spaß.«

Nun, zumindest der erste Teil seines Ratschlags erschien mir brauchbar. *Entspann dich. Entspann dich. Du liegst an einem sonnigen Strand und schlürfst einen Drink mit etlichen Schirmchen darin. Helen steht in einem Bikini vor dir, in dem roten mit dem Ausschnitt... nein, das ist liederlich. Konzentrier dich auf das Problem...*

Ich konnte mich zumindest eine Weile damit beschäftigen, die Waffen durchzusehen. Und so tat ich es, hob sie an, inspizierte sie und beschrieb in allen Einzelheiten, was ich damit tun würde. Es ist nicht nötig, exakt wiederzugeben, was ich sagte, aber es war anschaulich und abscheulich. Ich weiß nicht mal, welcher kranke Teil meines Verstands sich die Schilderungen ausdachte, aber ich hatte keine andere Wahl.

Während der gesamten Zeit versuchte ich, einen Ausweg zu finden.

Die Tür war abgeschlossen. Ich hatte reichlich Werkzeug zur Hand, und mit genug Zeit und etwas Ungestörtheit wäre mir vermutlich ein Ausbruch gelungen. Allerdings hatte ich beides nicht.

Selbst ohne das trennende Glas hätte ich den Zuschauern herzlich wenig anhaben können, es sei denn, sie hätten mir alle versprochen, still zu sitzen und sich nicht zu bewegen, während ich sie mit Messern bewarf.

Natürlich hätte ich auch Charlotte töten können, dann wäre ich in Sicherheit gewesen, aber das kam nicht im Entferntesten in Frage.

Sie wirkte so von Grauen erfüllt, dass sie mir einem Schock nahe zu sein schien.

Ich ging weiter die Waffen durch und plapperte vor mich hin. Eine Fluchtmöglichkeit bestand nicht, folglich musste ich mir überlegen, wie ich Daniel dazu bringen konnte, die Disziplin ohne Charlottes Tod zu beenden – und bevorzugterweise, ohne mein unmittelbar anschließendes Dahinscheiden.

Unter welchen Umständen konnte man selbst nach Daniels kranken Maßstäben nicht von mir erwarten, weiterzumachen?

Eine Geisel. Das war die einzige Möglichkeit.

»Wisst ihr, jetzt, wo ich mich für das hier erwärmte, erscheint es mir wie eine Fantasie, die Wirklichkeit wird«, sagte ich. »Aber ich muss gestehen, ich hätte eine noch bessere Fantasie.«

»Und die wäre?«, erkundigte sich Daniel.

»Ich könnte mir nichts auf der Welt vorstellen, das herrlicher wäre, als diese wunderschöne, hilflose Frau mithilfe einer anderen wunderschönen Frau zu zerstückeln. Und ich glaube, ich sehe gerade eine. Josie, möchtest du runterkommen und mir helfen?«

Sie schüttelte den Kopf. »Tut mir leid, Andrew, das ist dein Auftritt.«

»Ach, komm schon! Ich übernehme ein Ende, du das andere. Du kannst mir nicht einreden, das hätte keinen Reiz.«

»Wahrscheinlich hätte es das«, räumte sie ein. »Trotzdem, das ist dein Moment im Rampenlicht, Süßer. Zeig uns, was du draufhast.«

»Du willst mir doch nicht ernsthaft meine innigste Fantasie verweigern, oder?« Ich suchte bei Daniel Unterstützung. »Red ihr doch mal gut zu.«

Daniel zuckte mit den Schultern. »Es ist ihre Entscheidung.«

»Tut mir leid«, blieb Josie stur. »Vielleicht nächstes Jahr.«

»Na schön. Was ist mit den Herren? Mortimer? Schnappst du dir den Rasenmäher und gehst mir zur Hand?«

»Ne, ich brauche meine Energie, wenn ich dran bin.«

»Stan?«

»Nix da. So machen wir das nicht.«

Eigentlich war es die Mühe nicht wert, dennoch schaute ich zu Foster hinüber. Er bedachte mich zum zweiten Mal mit dem nach unten gestreckten Daumen.

Es würde keine Geisel geben.

»Schätze, dann bin ich auf mich allein gestellt«, sagte ich.

Was konnte ich nur tun? Sie würden mich nicht rauslassen, bevor Charlotte tot wäre.

Ich sah weiter die Waffen durch und versuchte, mich zu konzentrieren. Es musste einfach einen Ausweg geben. Dann kam mir wie durch ein Wunder eine Idee. Doch damit sie funktionieren konnte, musste ich die anderen ablenken.

Und die einzige Möglichkeit, sie ausreichend abzulenken, bestand darin, einige grässliche Dinge zu tun.

Charlotte würde mich wahrscheinlich hassen und für immer angewidert von mir sein, aber wenn mein Plan klappte, würde sie weiterleben.

Ich hatte etwa zehn Minuten geredet. Es war an der Zeit, etwas zu tun, bevor sich das Publikum langweilte.

»Ich habe ein richtig schlechtes Gewissen dabei, eine so

erlesene Auswahl zu verschmähen, aber ich fürchte, ich werde beim verlässlichen alten Standard bleiben, einem Messer.« Ich ergriff eines mit einer schmalen, zehn Zentimeter langen Klinge. »Also, wo soll ich bloß schneiden? Hmmm ...«

Ich schaute zum Publikum auf. »Wisst ihr was? Wir haben hier unten ein ernstes Problem.«

»Und das wäre?«, fragte Daniel verärgert.

»Das Opfer. Die Frau hat viel zu viel an.«

Daniel horchte auf. »Dann nur zu, kümmere dich um das Problem.«

»Oh, das werde ich.«

Charlotte presste die Augen zu, während ich es tat. Ich musste mich als Magier betrachten, der die Aufmerksamkeit der Zuschauer vom Geheimnis des Tricks ablenkte. Damit mein Plan funktionieren konnte, musste ich etwas in ihren Augen nahezu unglaublich Idiotisches tun, und es musste wie ein Unfall aussehen.

Sie mussten vollkommen abgelenkt sein, und was hätte ablenkender sein können als Charlotte im Evaskostüm?

Also hörte ich nicht bei der Bluse auf.

Oder beim Büstenhalter.

Als ich fertig war, drehte ich die Bahre langsam herum, damit jeder sie gut sehen konnte. Es war schon für mich demütigend, für Charlotte vermutlich tausendfach, aber es funktionierte. Alle betrachteten sie mit abstoßender Faszination. Sogar Josie.

»Viel, viel besser«, meinte ich und zwang mich, die Worte hervorzuwürgen. Dann legte ich das Messer neben Charlottes Schulter und kehrte zu den Wagen zurück.

»Was jetzt ... oh, wie wär's mit dem Schweißbrenner? Und ich wüsste auch schon, wo es mit einem Schweißbrenner am lustigsten wäre. Aber nein, wie wär's mit etwas noch Schmerzhafterem? Mit einer Zange zum Beispiel?«

Ich ergriff die Zange und kehrte zur Bahre zurück. »Du bist unglaublich«, sagte ich zu Charlotte. »Ich weiß ja nicht, wie es den Zuschauern dort oben geht, aber ich für meinen Teil bin gerade weniger daran interessiert, dich umzubringen, als ganz andere Dinge mit dir anzustellen, wenn du verstehst, was ich meine.« Ich beugte mich hinab und biss ihr ins Ohr, heftig genug, um sie nach Luft schnappen zu lassen.

Dann flüsterte ich ihr zu.

Ich richtete mich wieder auf. »Aber ich habe Arbeit zu erledigen. Packen wir's. Es ist an der Zeit, dass diese liebreizende Dame einige Finger verliert.«

Ich öffnete die Zange und setzte sie an Charlottes Zeigefinger an. »Hoppla, fast hätte ich das Publikum vergessen.« Ich öffnete den Riemen, der ihr Handgelenk fesselte, und hob ihren Arm an, damit die Zuschauer ihn besser sehen konnten. Dann machte ich mich bereit, die Zange über ihrem Finger zu schließen.

»Nein!«, rief ich und weitete die Augen, als ich vorgab, soeben von einer unglaublichen Idee ereilt worden zu sein. »Pfeif auf die Zange! Ich will die Säure verwenden!«

Ich ließ ihren Arm auf die Bahre plumpsen und drehte mich aufgeregt um.

Dann spannte ich den gesamten Körper an und betete einerseits, dass Charlotte überhaupt handeln würde, andererseits, dass sie *genau* tun würde, was ich ihr gesagt hatte.

Gleich darauf stieß ich einen Schrei aus, als sie mir das Messer, das ich auf der Bahre liegen gelassen hatte, tief in die rechte Hinterbacke rammte.

Ich stolperte vorwärts und stieß absichtlich einen der Wagen mit Waffen um. Die Schmerzen waren zu groß, um völlig klar zu denken, doch ich brachte etwas Erleichterung darüber zustande, dass sie meine Anweisungen befolgt hatte. Sie hätte mir auch in den Rücken stechen können.

Schreiend stimmte ich eine Kanonade von Unflätigkeiten an. Daniel und die anderen konnten sich vor Lachen kaum halten. Perfekt. Ich bedachte sie alle mit dem Stinkefinger und fluchte weiter.

Schließlich zog ich das Messer heraus und warf es zu Boden. »Dreckige Schlampe.«

»Daumen hoch, Daumen hoch!«, verkündete Foster.

»Ja, ja. Ha, ha ha. Unheimlich witzig.«

»Ich fürchte, du und der Toilettensitz werden für eine Weile eine etwas angespannte Beziehung führen!«, rief Daniel und lachte so zügellos, dass ihm Tränen über die Wangen strömten. »O Mann, tut mir leid, aber das ist das Komischste, was ich in meinem gesamten Leben je gesehen habe.«

»Fein. Meinst du, ich könnte vielleicht etwas medizinische Versorgung bekommen?«

»Willst du sie nicht erledigen?«

»Nicht, während ich mit blutendem Arsch hier rumstehe – nein!«

Daniel wollte etwas erwidern, brach jedoch erneut in hysterisches Gelächter aus. Er brauchte einige Augenblicke, bis er sich ausreichend in den Griff bekam, um Foster einen Wink zu geben. »Los, hol ihn da raus. O Scheiße, ich brauche einen Drink. Ich denke, wir können alle einen vertragen. Ich gäbe alles dafür, das aufgezeichnet zu haben.«

Die anderen standen nach wie vor lachend auf. Ich hatte Höllenschmerzen, aber noch war es nicht vorbei. Denn Foster würde die Tür öffnen, und ich hatte verdammt viele Waffen, die ihn erwarteten.

Leider konnte ich keine davon verstecken. Josie blieb im Zuschauerbereich und beobachtete mich aufmerksam, während sie sich vor Gelächter Tränen aus den Augen wischte. Ich ergriff eine Machete und tat so, als hätte ich Mühe, mich davon abzuhalten, sie an Charlotte zu benutzen.

Wenig später öffnete Foster die Tür. In einer Hand hielt er eine kleine Plastiktüte, in der anderen eine Pistole. Letztere natürlich auf mich gerichtet.

»Wenn ich mir von einer gefesselten nackten Frau in den Arsch stechen ließe, würde ich wollen, dass mich jemand von meinem Elend erlöst«, sagte er. »Soll ich dir den Gefallen tun?«

»Gib mir einfach Verbandszeug und halt die Klappe.« Ich deutete auf Charlotte. »Und schaff sie zurück, wo immer du sie hergeholt hast. Sobald ich verarztet bin, wird sie weit Schlimmeres erleben als ein Messer im Hintern, das kann ich dir flüstern.«

»Wenn du das sagst.« Er senkte die Pistole nicht.

»Könntest du das Ding wohl wegstecken?«, herrschte ich ihn an. »Mein Hinterteil schmerzt höllisch, da brauche ich nicht auch noch, dass du 'ne Waffe auf mich richtest.«

»Könnte ich, aber weißt du was? Mir ist nicht danach. Irgendwie gefällt es mir, dich vor dem Visier zu haben. Dadurch fühle ich mich innerlich mächtig.«

»Wenn es dich glücklich macht...«

»Tut es, danke. Ebenso würde es mich glücklich machen, wenn du diese Machete zurücklegst. Das ist Privateigentum.«

Ich legte die Machete zurück auf den Rollwagen.

»Verbindlichsten Dank. Weißt du, ich bin derjenige, der das Chaos hier drin aufräumen muss. Allein dafür sollte ich dich abknallen.«

»Ich bin sicher, darüber hätte Daniel das eine oder andere zu sagen.«

»Da hast du völlig recht. Er bezahlt mich gut und lässt mich Leute umbringen. Den Job möchte ich nicht verlieren. Das ist der einzige Grund, warum du noch lebst, obwohl ich nicht glaube, dass dieser Zustand noch lange andauern wird.«

»Und was genau soll das heißen?«, hakte ich nach.

»Ist 'ne Überraschung. Ich meine, mich zu erinnern, dass du Überraschungen magst. Komm, gehen wir. Dein Arsch blutet den Boden voll.«

Er wich zurück, als ich aus dem Raum ging, und ließ mich nicht nahe an sich heran. Während wir einen kurzen Gang hinabliefen, hielt er die Waffe weiter auf mich gerichtet.

»Da rein«, forderte er mich auf. Ich betrat einen kleinen Raum, in dem sich nur eine Holzbank und ein Licht an der Decke befanden. Er warf mir die Plastiktüte zu. »Da drin ist Verbandszeug. Viel Spaß.«

Damit schlug er die Tür zu.

Hatte sich meine Lage nun verbessert oder verschlechtert? Ich hatte offenkundig weiteren Respekt eingebüßt, aber hatte ich ihre Zweifel über mich ausgeräumt?

Zumindest lebte Charlotte noch.

Und ich hatte einen Plan.

Wenn man das nächste Opfer herausbrächte, würde ich bei den anderen Zuschauern sitzen, und dann würde uns kein riesiger Plastikwürfel trennen. Ich wollte es so einfädeln, dass ich neben Josie sitzen würde. Wenn die anderen von der Vorstellung unten abgelenkt wären, würde ich ihr das Messer an die Kehle setzen, bevor jemand Gelegenheit hätte, eine dieser verfluchten Schusswaffen auf mich zu richten. Daniel würde das Leben seiner Frau nicht für schnöde Gefangene aufs Spiel setzen. Zumindest glaubte ich das.

Könnte ich nicht neben Josie sitzen, würde ich mir Daniel selbst greifen. Oder, wenn es sein musste, einen der anderen. Ich war zwar nicht sicher, ob sich Daniel ergeben würde, um jemanden wie Stan zu retten, aber ich musste es versuchen. Koste es, was es wolle.

Ich verarztete mich und polsterte meine Hose mit dem Verbandsmaterial. Zu sitzen erwies sich trotzdem als zu schmerzlich, also lief ich auf und ab, während ich darauf wartete, dass mich jemand abholte.

Eine halbe Stunde verstrich. Wahrscheinlich schüttelten sie sich immer noch vor Lachkrämpfen. Dreckskerle.

Eine weitere Stunde zog ins Land, bevor sich die Tür öffnete. Wiederum Foster, wiederum mit seiner Pistole. »Gehen wir«, befahl er. »Wir haben gerade eine Dringlichkeitssitzung.«

***

Ich wurde zurück ins eigentliche Haus gebracht, in ein großes, elegant eingerichtetes Wohnzimmer. Daniel schaltete mit der Fernbedienung den Breitbildfernseher aus, als Foster und ich eintraten. Er saß neben Josie auf einem kleinen Sofa, während sich Mortimer auf einem Lehnstuhl zurücklehnte und an einer Bierflasche nippte. Stan hockte mit dem Rücken an einer Couch auf dem Boden und kaute auf einem Bleistift.

»Willkommen zurück, Andrew«, begrüßte mich Daniel. »Wie geht's dem Hinterteil?«

»Gut«, antwortete ich und sah mich anerkennend im Zimmer um. »Sehr schön hier.«

»Danke. Warum nimmst du nicht Platz? Wir haben etwas zu besprechen.«

»Aus offensichtlichen Gründen würde ich gern stehen bleiben.«

»Ja, schon klar, trotzdem möchte ich, dass du dich setzt.«

Foster schob einen Klappstuhl aus Metall hinter mich. Ich ließ mich darauf hinabsinken und zuckte zusammen.

»Ein Bier?«, fragte Daniel.

»Ne, schon gut.«

»Sprudel?«

»Wie bitte?«

»Tut mir leid, ich glaube, bei euch im Süden sagt man Limonade.«

»Ach so. Nein, keine Limonade, danke.«

»Mineralwasser? Irgendetwas?«

»Ich möchte nichts.«

»Bist du sicher? Na gut.« Daniel beugte sich vor. »Also, Andrew, ich will ehrlich mit dir sein. Ich glaube, die Sache funktioniert nicht. Du hast keinen richtigen Spaß und passt nicht in die Gruppe.«

Ich schwieg.

»Ich dachte, ich könnte dir den Urlaub deines Lebens bescheren. Weißt du, ich habe immens viel harte Arbeit und Energie in diesen Ort hier gesteckt und kann ihn mit so wenigen Leuten teilen. Das ist frustrierend. Deshalb habe ich mich auf die Gelegenheit gestürzt, einen Neuen an Bord zu holen, aber das habe ich mir nicht zu Ende überlegt, und ich habe dich schrecklich behandelt. Dafür entschuldige ich mich.«

»Mir tut's auch leid«, sagte ich.

»Wir haben das gemeinsam durchgesprochen und finden alle, dass es das Beste wäre, dich zurück nach Hause zu bringen. Ich lasse dich entscheiden, was du mit Roger tun willst. Mir wäre zwar recht, wenn du ihn für uns hierließest, aber das liegt ganz bei dir. Denkst du, wir können die Geschichte beenden, ohne dass einer dem anderen etwas übel nimmt?«

»Absolut.«

»Hättest du was dagegen, unsere Kundenzufriedenheitsumfrage auszufüllen, bevor du gehst?«, fragte Daniel. »Nein, war nur ein Scherz. Aber ich hätte noch eine Frage: Hast du ehrlich geglaubt, wir würden nicht herausfinden, dass du uns von Anfang an belogen hast?«

KAPITEL SECHZEHN

Es gab zahlreiche mögliche Antworten darauf, doch ich entschied mich für die unverfänglichste. »Ich weiß nicht, wovon du redest.«

»Siehst du, genau das ist es, was mich wirklich ärgert«, verriet Daniel. »Ich bin nicht dumm, und ich möchte, dass du meine Intelligenz respektierst. Du bist nicht der Kopfjäger, und du bist es nie gewesen. Du bist Andrew Mayhem, glücklich verheiratet, Vater zweier Kinder und hast einen Freund, für den du dein Leben opfern würdest. Ich vermute, du hast den echten Kopfjäger dazu gebracht, seine Lebensgeschichte auszuplaudern, und dachtest, du könntest dich als er ausgeben, um zum großen Helden zu werden, indem du all diese armen unschuldigen Opfer rettest. Ist das eine angemessene Einschätzung der Lage?«

Ich blieb stumm.

»Ich albere nicht mehr herum. Die Spiele sind ausgesetzt. Ich habe dir eine Frage gestellt und erwarte eine Antwort.«

»Nein, das ist keine angemessene Einschätzung.«

»Tatsächlich? Nun denn, Mortimer, würdest du bitte Beweisstück A zeigen?«

Mortimer hielt das Stück Papier hoch, das ich zu faxen versucht hatte. Der Text war verschmiert, aber trotz meiner erbärmlichen Handschrift noch leserlich.

»Beweisstück A, gefunden in der Hosentasche eines gewissen Mr. Andrew Mayhem, und zwar vor einer Stunde von Mortimer, der so freundlich war, meiner Aufforderung Folge zu leisten, als ich ihn bat, einige Kleider in die Waschmaschine zu stecken. Kein besonders vielversprechendes Zeichen deiner Loyalität für unsere kleine Gruppe, oder?«

»Das kann ich erklären«, sagte ich und wünschte mir innig, ich möge die Klappe halten, aber die hilflosen Äußerungen sprudelten einfach aus meinem Mund.

»Deine Erklärung interessiert mich noch nicht. Bereit für Beweisstück B?«

»Ich bin bereit für Beweisstück B«, meldete sich Foster.

»Leider gibt es kein echtes Beweisstück B. Beweisstück B ist lediglich unser aller Übereinkommen, dass deine Geschichte völliger Blödsinn ist. Um ehrlich zu sein, du warst von Anfang an ziemlich fragwürdig, für manche von uns mehr als für andere, aber ich denke, selbst ohne Beweisstück A säßen wir jetzt hier und hätten dieselbe Unterhaltung. Natürlich ohne Bezugnahme auf Beweisstück A.«

»Oder Beweisstück B«, fügte Josie hinzu.

»Nun ja, die Quintessenz von Beweisstück B wäre wohl trotzdem vorhanden, nur würden wir es nicht als Beweisstück B bezeichnen, weil es kein vorangehendes Beweisstück A gäbe. Verstehst du, worauf ich hinauswill, Andrew?«

»Ich verstehe nur, dass ihr alle komplett krank im Kopf seid.«

Daniel runzelte die Stirn. »Also, auch das ist etwas, das mich ärgert. Ich verlange ja nicht, dass du dich mir in Tränen aufgelöst zu Füßen wirfst, aber es würde dir nicht wehtun, höflich zu bleiben.«

»Du erwartest von mir, höflich zu bleiben, während du mir diesen Schwachsinn vorwirfst?« Ich hatte derart unerträglich schlimme Kopfschmerzen entwickelt, dass ich mittlerweile einen Fluchtplan hatte. Ich würde einfach warten, bis mein Kopf explodierte, und die Ablenkung nützen, um mich aus dem Staub zu machen.

»Okay, wir sind jetzt über die Dinge hinaus, die mich

ärgern, und bei denen angelangt, die mich stinksauer machen. Wir haben dich erwischt, Andrew. Du bist tot. Du bist Geschichte. Und wenn du herausfindest, was wir für dich geplant haben, wirst du dir wünschen, eine der armen Seelen zu sein, die wir mit den Pfeilen in Stücke geschossen haben.«

»Dem schließe ich mich voll und ganz an«, bekräftigte Foster. »Dein Tod wird kein angenehmer.«

»Nein, wirklich nicht«, fügte Josie hinzu. »Ich habe mich nie für eine zimperliche Frau gehalten, aber allein beim Gedanken daran, was dir bevorsteht, zieht es mir alles zusammen.«

Daniel kicherte. »Also, wollen wir?«

»Halt mal, wartet«, sagte ich und konnte die eigenen Worte kaum hören. »Darf ich meine Seite der Geschichte erzählen?«

Daniel schüttelte den Kopf. »Nein. Darfst du nicht.«

»Das kannst du nicht machen. Du kannst mich nicht für deine kleine Party bis nach Alaska verschleppen und mich dann so behandeln.«

Daniel ließ die Faust so heftig auf die Armlehne hinabsausen, dass Josie zusammenzuckte. »*Du bist nicht der Kopfjäger!*«, brüllte er. »Hör auf, meine Intelligenz zu beleidigen! Du bist tot! T-O-T! Und es gibt nicht das Geringste, das dich retten kann. Hast du verstanden?«

Die Türglocke bimmelte.

»Was, zum Teufel...«, stieß Daniel hervor.

»Man weiß, wo ich bin«, sagte ich. »Die Bullen, das FBI, die ganze Maschinerie. Ich habe einen Peilsender im Schuh. Die wussten von Anfang an, wo ich bin. Ich empfehle euch daher nachdrücklich, euch zu benehmen.«

»Foster, geh nachschauen«, befahl Daniel.

Foster nickte und eilte aus dem Zimmer.

»Ihr solltest besser aufgeben«, schlug ich vor. »Sonst wird es ziemlich unangenehm.«

»Das ist es bereits«, teilte Daniel mir mit. »Aber keine Bange, ganz gleich, was geschieht, ich werde dafür sorgen, dass du stirbst. Und nimm die Hand aus deiner Hosentasche, bevor ich sie dir abschieße.«

Ich hatte nichts in der Tasche, aber das brauchte er ja nicht zu wissen. »Deine Schießkünste habe ich beim Darts gesehen. Ich war nicht beeindruckt.«

Daniels Züge verfinsterten sich. »Du kannst dir nicht ansatzweise vorstellen, wie sehr ich genießen werde, was wir für dich geplant haben.«

Ein Schuss ertönte.

»Mortimer, Stan ... seht nach, was da los ist!«, schrie Daniel. Rasch verließen die beiden das Zimmer.

»Du meine Güte, ich hoffe, es geht Foster gut«, sagte ich. »Er war von jeher mein Liebling. Wenn er lächelt, hat er diese drolligen Grübchen. Findet ihr nicht auch, dass er jeden Raum erhellt, sobald er ihn betritt?«

Ein weiterer Schuss ertönte.

»Klingt nicht gut, oder?«, fragte ich.

»Foster!«, brüllte Daniel. »He, Foster! Was, zur Hölle, ist da draußen los?«

Keine Antwort.

»Mortimer?«, rief er.

»Ich hoffe, Morty ist noch nicht tot«, meldete ich mich zu Wort. »Er war ein guter Teamkamerad.«

Dann hörte ich Gelächter. Von mehreren Stimmen.

Das Herz rutschte mir in die Hose.

Mortimer trat ein. »Alles erledigt.«

Foster und Stan folgten ihm und schleiften Thomas hinter sich her. Er schien schwere Erfrierungen zu haben, war kaum bei Bewusstsein und hatte eine Schussverletzung im Bein.

»Sieh an, sieh an, wen haben wir denn da?«, fragte Daniel.

»Ich habe keine Ahnung, wie es ihm gelungen ist, den Zaun zu überwinden«, sagte Foster. »Er hat behauptet, sein Auto hätte eine Panne gehabt. Der dämliche Scheißer konnte kaum die Pistole halten.«

»War er allein?«

»Sieht so aus.«

»Schafft ihn in den Operationssaal. Tut, was nötig ist, um die ganze Geschichte zu erfahren. Seid bloß nicht zu sanft.«

»Kein Problem.«

Das war der Augenblick, in dem ich auf Teufel komm raus alles riskieren musste.

»Stan? Leg Andrew schlafen.«

Plötzlich verspürte ich einen stechenden Schmerz am Hals. Ich zog einen winzigen Pfeil heraus, dann wurde mir schlagartig schwindlig.

Mit bloßen Händen stürzte ich mich auf Mortimer, verfehlte ihn jedoch um gut und gern anderthalb Meter. Ich stolperte vorwärts, landete auf dem Teppich, ohne etwas zu fühlen, und wurde von Dunkelheit umhüllt.

**

Als ich erwachte, befand ich mich in einem großen kalten Raum mit Erdboden. An der verputzten, drei Meter hohen Decke befanden sich mehrere Neonröhren.

Ich saß in einem Rollstuhl, trug nur meine Boxershorts und war so fest verzurrt, dass ich lediglich den Hals und Kopf bewegen konnte. Roger war in einem Rollstuhl neben mir, vollständig bekleidet, aber ebenfalls gefesselt.

»Roger! Es tut mir so leid!«, stieß ich hervor.

Roger nickte. »Wenigstens sehen wir einander wieder. Das ist doch schon etwas, oder?«

»Ja, ja, Küsschen, Küsschen«, höhnte Daniel. Er hockte vor uns auf einem übergroßen Kiefernholzsarg, neben dem eine Reihe frisch ausgehobener Gräber im Boden klaffte. Josie, Foster, Mortimer und Stan bildeten einen Halbkreis, während Thomas vor ihnen kniete, den Mund mit Klebeband geknebelt, die Arme hinter dem Rücken gefesselt.

»Das ist der Bestattungsraum«, erklärte Daniel. »Aus augenscheinlichen Gründen verwenden wir keine Grabsteine, aber hier entsorgen wir die Leichen, wenn wir mit den Opfern fertig sind. Wie ihr seht, warten unsere guten Freunde Susan und Trevor bereits auf ihre letzte Ruhestätte.«

Er deutete auf einen Karren neben der Tür, auf dem zwei blutige, unkenntliche Leichname lagen. »Es freut mich, ankündigen zu können, dass wir die heutige Opferzahl ergänzen werden. Roger, wir haben uns dein Band angehört. Äußerst unterhaltsam, aber das war ja zu erwarten. Netter Versuch übrigens, deinen Kumpel zu decken. Ich bewundere solche Loyalität, deshalb darfst du dabei zusehen, wie deine Freunde sterben, dann stecken wir dich zurück in deine Zelle. Natürlich kommst du später auch an die Reihe, aber zumindest kannst du diese Daseinsebene noch ein klein wenig länger genießen.«

Roger erwiderte nichts.

»Andrew, du kommst nicht so einfach davon. Aber eins nach dem anderen. Zuerst möchte ich mich dem Problem unseres kleinen Eindringlings widmen.« Er tippte Thomas mit der Schuhspitze in den Rücken. »Foster war so freundlich, als unser offizieller Informationsbeschaffer zu fungieren. Ich persönlich hätte eine brutalere Technik eingesetzt; immerhin könnte man die Verwendung eines Schweißbrenners auf abgefrorenen Fingern geradezu als Wohltat betrachten, aber nichtsdestotrotz hat sich Mr. Thomas Seer mit etwas gutem Zureden die Seele aus dem Leib geplappert. Wie du bereits weißt, Andrew, gibt es keine Verstärkung. Niemand weiß, dass ihr hier seid. Ganz schön scheiße, in deiner Haut zu stecken, was?«

Er holte seinen Revolver aus der Jackentasche hervor. »So, wie ich Roger bewundere, bewundere ich auch Thomas. Er hat sich eine Menge Mühe gemacht, um dort zu landen, wo er jetzt ist, und daher habe ich beschlossen, dass sein Tod kurz und schmerzlos erfolgen wird.« Er setzte den Revolver an Thomas' Hinterkopf an.

»Du musst das nicht tun!«, rief ich eindringlich.

Daniel senkte die Waffe. »Für dich hege ich *keine* Bewunderung, und am allerwenigsten bewundere ich deine dämlichen Bemerkungen, also bitte, halt die Klappe.«

»Es gibt sehr wohl Verstärkung. Hast du sein Peilgerät nicht gesehen?«

»Ich weiß alles über sein Peilgerät. Ich weiß sogar, dass es gestohlen ist. Ich weiß über die Situation alles, was es zu wissen gibt, mehr als du.« Er richtete den Revolver wieder auf Thomas' Kopf. »Bereit zu sterben, Tommy?«

Thomas' Körper zitterte, als schluchzte er ohne Tränen.

»Ich bin selbst natürlich noch nie erschossen worden, aber ich könnte mir denken, dass es nicht allzu schmerzhaft ist. Sollte recht schnell vorbei sein. Allerdings muss die Spannung wohl ziemlich quälend sein, oder? Ich meine, dein Leben wird jede Sekunde vorbei sein, nur weißt du nicht, in welcher Sekunde. Könnte ... jetzt sein. Oder ... jetzt. Mannomann, das muss echt hart sein.«

»Bitte ...«, setzte ich an.

»Genug! Noch ein Wort von dir, und wir knebeln dich, alles klar? Du machst es für Tommy nur schlimmer, indem du es hinauszögerst. Oooh, diesmal hätte ich um ein Haar abgedrückt. Wann, oh, wann wird es passieren? Jetzt? Nein. Jetzt? Vielleicht. Oder doch jetzt? Warte ... warte ...«

Unverhofft senkte er die Waffe wieder. »Wisst ihr was? Ich würde gerne hören, was Tommy über seinen bevorstehenden Tod zu sagen hat. Was meint ihr anderen dazu?«

Die anderen murmelten zustimmend. Mortimer hatte eine Hand über dem Mund, um sein Gelächter zu unterdrücken.

Daniel riss Thomas das Klebeband von den Lippen. »Also, Tommy, wie fühlst du dich in diesem unangenehmen Augenblick?«

»Ich werde dich umbringen!«

»Nein, da irrst du dich. Ich bin derjenige, der *dich* umbringen wird. Und ich habe gelogen. Niemand in meinem Haus kommt mit einem Schuss in den Kopf davon.« Er warf den Revolver weg und griff hinter den Sarg. »Mr. Seer, begrüßen Sie – Mr. Hackebeil!«

Er hielt ein kleines Beil in der Rechten, mit dem er vor Thomas trat, damit dieser es sehen konnte. »Mr. Hackebeil ist zwar schön scharf, aber eher klein. Wird ganz schön mühsam, die Sache zu Ende zu bringen. Zum Glück scheue ich mich nicht vor harter Arbeit.«

Daniel ging wieder hinter Thomas. »Also, wo zuerst hin? Hier?« Er berührte mit der Klinge Thomas' Ohr. »Oder hier?« Thomas' Nase. »So viele Möglichkeiten. Immer diese Entscheidungen...« Er hob das Beil hoch über den Kopf. »Ich glaube, ich fange... hier an!«

Daniel ließ das Beil hinabsausen und schlug es in Thomas' Schulter. Der stimmte ein durch Mark und Bein dringendes Geheul an, das durch den Raum hallte. Daniel wand das Beil heraus und hieb es an dieselbe Stelle.

Ich schaute zu Roger. Er hatte die Augen fest zugepresst.

Thomas brüllte weiter.

Die anderen lachten.

»Ja-hu!«, jauchzte Daniel. »Ich komme noch richtig ins Schwitzen!« Wieder ließ er das Beil hinabschnellen.

Ich schloss ebenfalls die Augen.

Thomas' Schreie waren ohrenbetäubend, dennoch konnte ich jeden Treffer des Beils hören, das Gelächter und den Jubel.

Die Schläge und das Gebrüll setzten sich fort. Bald folgten die Schläge immer schneller aufeinander, und das Gebrüll wurde lauter.

Ich habe nicht die leiseste Ahnung, wie oft die Klinge hinabsauste, bevor das Geschrei verstummte, aber irgendwann tat es das. Das Beil allerdings drosch weiter.

Als endlich Stille einkehrte, öffnete ich die Augen. Thomas war nicht mehr als ... als irgendetwas erkennbar. Daniel war von Kopf bis Fuß in Blut getränkt.

»Das war verflucht *beglückend!*«, verkündete er, warf das Beil beiseite und warf den Kopf hin und her wie ein Hund, der sich nach einem unerwünschten Bad abschüttelt. »Soll bloß *nie* jemand behaupten, ich wüsste nicht, wie man Partys feiert!«

KAPITEL SIEBZEHN

»Du bist der Beste!«, verkündete Mortimer.

»Kommt, jetzt ist Andrew dran, los geht's«, sagte Daniel und winkte die anderen zu sich.

»Willst du dich nicht zuerst sauber machen?«, fragte Josie.

»Ganz und gar nicht.« Er packte eine Hand voll seines Hemds und wrang es aus. »Das ist großartig. Das ist *so* großartig. Ich vergesse immerzu, wie sehr ich das liebe.«

Stan kam hinter mich und schob meinen Rollstuhl vorwärts. Mein Körper fühlte sich vollkommen taub an. Ich hätte nicht zu sprechen vermocht, wenn ich es versucht hätte.

»Also, Andrew, für dich haben wir eine Spezialbehandlung geplant«, verriet Daniel und wischte sich etwas Blut vom Mund. »Wir hatten das schon vor, als wir noch dachten, du würdest als Gefangener des Kopfjägers aufkreuzen, ich bin also froh, dass es nicht umsonst gewesen ist. Wenn man die Menschen fragt, welche Todesart sie am meisten fürchten, erhält man eine Menge verschiedener Antworten. Von einem Hai gefressen werden, an einer chronischen Krankheit sterben, von einem Beil in Stücke gehackt werden – all das sind keine sonderlich populären Möglichkeiten abzutreten. Aber es gibt eine Todesart, die vielen Menschen *richtig* Angst macht, und ich denke, insbesondere du wirst sie zu schätzen wissen.«

»Und was könnte das wohl sein?«, fragte Mortimer, als wären wir in einer dieser Dauerwerbesendungen.

»Tja, ich bin froh, dass du das fragst! Die Antwort ist ... lebendig begraben zu werden!« Dramatisch deutete Daniel auf den Sarg. »Was könnte eine passendere Strafe für einen ehemaligen Grabräuber sein?«

O Gott, bitte nicht, dachte ich.

»Lebendig begraben zu werden, ist zweifellos eine schlimme Art zu sterben«, räumte Mortimer ein. »Aber hast du nichts Schlimmeres?«

»Schlimmeres?«, fragte Daniel gespielt bestürzt. »Was könnte noch schlimmer sein?«

»Keine Ahnung, aber ich bin nicht überzeugt davon, dass für seinen Tod damit alle Möglichkeiten ausgeschöpft sind. Ich fürchte, du musst dir mehr einfallen lassen. Was denkt das Publikum?«

»Mach es schlimmer!«, rief Josie. Stan und Foster stimmten mit ein.

»Aber ... aber ... aber ich bin doch bloß ein einfacher Geschäftsmann! Ich kann unmöglich mehr tun, als ihn lebendig zu begraben!«

Josie, Stan und Foster begannen zu buhen.

»Tja, tut mir leid, dann müssen wir ihn wohl gehen lassen«, teilte ihm Mortimer mit und schüttelte traurig den Kopf.

»Nein, wartet, lasst mich nachdenken! Es muss eine Möglichkeit geben!« Daniel schnippte mit den Fingern, wodurch er einige Blutstropfen durch die Luft spritzte. »Menschenskind, ich hab's!« Er bückte sich und warf den Deckel des Sargs auf. »Wir machen eine Doppelbelegung draus!«

In dem Kiefernsarg befand sich ein teilweise verwester Leichnam, dessen Mund zu einem Schrei blanken Grauens erstarrt war.

Maden taten sich an den Augen gütlich. Die sterblichen Überreste wirkten grob männlich, mehr jedoch ließ sich wegen des grotesken Aussehens nicht abschätzen.

Gott sei Dank konnte ich nicht sprechen. Ich hätte bestenfalls um Gnade gestammelt.

»Andrew, das ist Wesley. Wesley, Andrew. Er war einer meiner eigenen Gefangenen, aber er war ein sehr garstiger Junge, und wir mussten ihn erschießen. Damals empfand ich das als Verschwendung; bestimmt freut es dich zu sehen, dass wir nun doch noch einen Nutzen für ihn gefunden haben.«

Mortimer kam herüber, um Foster zu helfen, als dieser begann, die Riemen des Rollstuhls zu lösen. »Das Ding ist *grausig*«, meinte Stan hinter mir. »Ich bin jedenfalls froh, dass nicht ich damit begraben werde.«

Daniel grinste und wischte sich die blutigen Hände an der blutigen Jeans ab. »Schau dir nur diese Prachtviecher an, die sich in den Augenhöhlen winden! Ich weiß nicht, wie sie ihre Aufregung zügeln werden, wenn sie frisches, lebendiges Fleisch bekommen.«

Dann fand ich die Stimme wieder. Ich erinnere mich nicht einmal, was ich sagte. Wahrscheinlich ergab es keinerlei Sinn. Aber obwohl mein bewusster Verstand mich mahnte, die Klappe zu halten – *Sei gefälligst still! Du unterhältst sie nur noch!* –, konnte ich einfach nicht aufhören. Ich schnatterte und wimmerte, und Tränen strömten mir über die Wangen, und ich konnte nicht aufhören.

Habe ich erwähnt, dass ich unheimlich unter Klaustrophobie leide?

Ich wand und krümmte mich und kreischte, als Foster und Mortimer meine Beine packten, während Stan meine Arme ergriff.

Ich wehrte mich mit aller Kraft, die ich besaß, konnte mich jedoch nicht befreien, als sie mich aus dem Rollstuhl und über den Sarg hoben. Daniel sagte etwas, aber ich hörte ihn durch mein eigenes Geschrei nicht.

Dann senkten sie mich behutsam in den Sarg.

Auf die Leiche.

Ich spürte, wie sie unter mir nachgab und das Fleisch des

Brustkorbs unter meinem Rücken zerbröckelte. Der Gestank ging so weit über faulig hinaus, dass ich ihn nicht einmal zu beschreiben vermag. Mein Gebrüll ging abrupt in ein Japsen über, als sich mein Kopf in das Gesicht des Leichnams drückte.

Ich spürte kalte Zähne im Nacken.

Panisch versuchte ich, mich zu befreien, doch der Sargdeckel fiel zu und ließ mir nur etwa zwei Zentimeter Platz über der Nase. Als ich die Hände in eine Position wand, in der ich gegen den Deckel hämmern konnte, hörte ich, wie Schlösser zuschnappten.

Unter meinem Rücken wand sich etwas.

Ich drosch und drosch auf den Deckel ein, während ich spürte, wie der Sarg über den Boden geschleift wurde. Dann wurde er angehoben, gesenkt ... und das letzte Stück mit einem Ruck fallen gelassen, was mich weiter in die Leiche presste.

Ich vernahm ein Geräusch, bei dem es sich nur um Erde handeln konnte, die auf den Deckel geschaufelt wurde. Kurz darauf ertrug mein Verstand das Grauen nicht mehr.

Ich ertappte mich dabei, an meine Eltern zu denken ...

... an die Schule ...

... an die erste Begegnung mit Helen, an einen Kinobesuch, bei dem sie während einer Sondervorführung von *Der Exorzist* aus dem Saal rennen musste ...

... an die Geburt von Theresa ...

... und Kyle ...

... und ...

DANIELS SICHT DER DINGE

Was für ein billiger Schrott. Wer stellt solchen Mist her? Man kann nicht mal erkennen, ob es aufzeichnet oder nicht.

Meine Damen und Herren, ich denke, wir haben das letzte Mal von Andrew Mayhem gehört. Zu schade, dass die Geschichte mit dem Ehrengast nicht geklappt hat, aber daran kann ich nur mir selbst die Schuld geben. Meine liebreizende Frau und meine weniger liebreizenden Kameraden haben mich gewarnt, und sie hatten recht. Na ja. Man lernt nie aus.

He, Mortimer, sag etwas für die Nachwelt. Komm schon! Ach, jetzt sei kein solcher Hasenfuß, sprich einfach in den Rekorder!

Ihr seid ja alle so paranoid, das ist gar nicht mehr lustig. Ja, ja, schon gut. Für diejenigen, die das hier nur hören: Mortimer hat gerade eine obszöne Geste gemacht und den Raum verlassen.

Ich schätze, eine gesunde Portion Paranoia ist ganz gut. Man kann nicht vorsichtig genug sein. Foster ist überzeugt davon, dass Andrew wie ein fleischfressender Zombie aus seinem Grab ausbrechen wird, deshalb bleibt er mit einem Taschenbuch im Bestattungsbereich, nur für alle Fälle. Er wird zwar einen Teil der Party verpassen, aber jeder, wie er will, nicht wahr?

Was? Oh, du kannst das doch gar nicht richtig sehen. Das ist kein Blut, das ist Wasser. Ja, ich habe das Pfirsichshampoo benutzt. Nörgel, nörgel, nörgel.

Noch mal, für diejenigen, die nicht wirklich hier sind, meine liebliche Frau zetert gerade darüber, dass mein Haar trieft. Wenn es nach mir ginge, wäre ich immer noch über und über voll mit Blut, aber sie meint: »Kein Blut im Haus!«

He, hör auf damit! *(Gelächter.)* Meine bezaubernde Frau will sich gerade den Rekorder schnappen, nur leider ist sie zu klein und schwach dafür. Zurück! Weiche, Satan!

Oh, oh, sie scheint es mit einer neuen Technik zu versuchen. Lassen Sie das bloß keine Kinder hören! Also, wir beenden das hier mal rasch, dann geht es zurück in den Operationssaal. Ich kann's kaum erwarten zu sehen, was Stan für die Schnalle auf Lager hat, die Andrew den Stich in den Arsch verpasst hat.

Hier ist Daniel Rankin von *Rankin Blutbäder*. Ende der Durchsage.

KAPITEL ACHTZEHN

Minuten – oder Stunden? – später schlug ich die Augen auf und sah nur Finsternis.

Beruhig dich!

Von wegen beruhigen! Ich bin mit einem verfluchten Verwesenden lebendig begraben!

Ich begann zu schreien.

Wenn du dich nicht in den Griff bekommst, wird dir der Sauerstoff ausgehen!

WILL ich denn hier unten überhaupt am Leben bleiben?

Der Gestank war derart grauenhaft, dass ich kaum atmen konnte. Ich drückte gegen den Deckel, obwohl mir natürlich sonnenklar war, dass er sich nicht öffnen würde. Die Rippen der Leiche waren weggebrochen; ich war so tief eingesunken, dass ich fühlen konnte, wie sich mir die Wirbel des Gerippes in den Rücken bohrten.

Und immer noch spürte ich den zum Schrei erstarrten Mund im Genick. Ich hörte auf, gegen den Deckel zu drücken, und wischte die sich krümmenden Maden weg, die mir über den Bauch krochen.

Es fühlte sich so an, als würde der Sarg um mich kleiner und kleiner; er würde schrumpfen, bis er mich zerquetschte.

Das lag natürlich nur an meiner Einbildung, aber ich vermeinte auch zu hören, dass mich der Leichnam – Wesley – auslachte; er schien bereit, mir ins Genick zu beißen und einen riesigen Fleischbrocken herauszureißen.

Wir werden zusammen verwesen, Andrew, nur du und ich, also lass uns das Beste daraus machen, in Ordnung, Andrew?

Teufel, nein!
Ich begann, mit beiden Fäusten gegen den Deckel zu hämmern. Dabei kreischte und heulte ich wie ein Kind.
Hör auf! Reiß dich zusammen!
Ich würde hier unten nicht sterben. Und wenn ich den Sargdeckel Splitter für Splitter auseinandernehmen musste, ich würde aus diesem Ding entkommen! Mir war eine Möglichkeit eingefallen, Charlotte am Leben zu erhalten, und mir konnte ohne jeden Zweifel auch ein Weg einfallen, das bei mir selbst zu bewerkstelligen.
Bei Susan und Trevor hat's allerdings nicht so gut geklappt, was?, fragte Wesley. *Und was ist mit Thomas? Der ist in schlimmerer Verfassung als ich!*
Ich drosch weiter auf den Deckel ein.
Wumm! Wumm! Wumm! Wumm!
Meine Lage war nicht hoffnungslos. Sie war schlimm, sehr schlimm, aber nicht hoffnungslos.
Wumm! Wumm! Wumm! Wumm!
Ich fragte mich, wie es Roger erging. Wurde er gerade getötet? Schnallte man ihn in diesem Augenblick auf den Operationstisch?
Wumm! Wumm! Wumm! Wumm! – Knirsch.
Schlagartig hörte ich auf zu hämmern. Hatte ich einen Teil des Deckels durchbrochen?
Ich tastete mit den Händen über das Holz, dann winkelte ich die Beine an, so gut ich konnte, und schob auch sie über den Deckel. Ich fing mir dabei Splitter ein, suchte aber verzweifelt nach einer Bruchstelle. Es schien keine zu geben.
Ich stemmte beide Hände gegen den Deckel und drückte, so kräftig ich konnte, bis sich meine Arme anfühlten, als könnten sie jeden Moment entzweibrechen. Ich spürte, wie Blut aus der Schnittwunde an meiner Schulter rann.
Knirsch.

Der Deckel war eindeutig irgendwo gesplittert. Jäh vergaß ich die Maden und das verwesende Fleisch, das meine Haut benetzte. Ich suchte weiter nach der Bruchstelle im Holz.

Dann fand ich sie, direkt über meinem Nabel. Ich tastete sie mit dem Zeigefinger ab – sie war klein, aber definitiv vorhanden. Daniel hätte etwas mehr seines Vermögens in die Särge investieren sollen.

Ich drückte weiter gegen den Deckel.

Es half nichts.

Insgeheim wünschte ich, eine Art Werkzeug zu haben, doch es spielte keine Rolle. Ich würde an jener Bruchstelle im Holz krallen, bis ich keine Haut mehr an den Fingern hätte, danach würde ich sie mit den blanken Knochen weiterbearbeiten, wenn es nötig wäre.

Knochen!

Ich tastete die Leiche unter mir entlang, bis ich ihre rechte Hand aufspürte, und griff die Finger einzeln ab. Jeder war teilweise von den Maden gefressen worden, aber der Mittelfinger kam einer vollständigen Skelettierung am nächsten. Ich bog ihn nach hinten – nach beträchtlicher Mühe brach er ab.

Nach einem Moment blinder Panik, in dem ich den Sprung im Holz nicht finden konnte, spürte ich ihn wieder auf und presste den Fingerknochen dagegen. Als Kind hatte ich mir mal den Arm gebrochen, als ich beim Baseball zu nah am Schlagmann stand, doch dieser Kiefernholzdeckel war nicht annähernd so robust wie ein Baseballschläger aus Holz.

Ich presste die Spitze des Knochens gegen den Sprung und hoffte inständig, das Holz würde zuerst nachgeben.

Der Knochen brach entzwei.

Bestürzt starrte ich ihn an, obwohl ich in der Finsternis natürlich nichts sehen konnte.

Nicht schreien!

Ich schrie nicht. Es gab noch andere Knochen. Und ich hatte alle Zeit der Welt. Zumindest, bis ich ersticken würde.

※ ※ ※

Man möchte nicht meinen, dass Maden, die über den eigenen Körper kriechen, etwas sind, woran man sich gewöhnen kann, doch ich war so in meine Aufgabe vertieft, dass es nicht lange dauerte, bis ich sie nicht einmal mehr wahrnahm. Mit einem Ruck einer Rippe des Leichnams begann das Holz, weiter nachzugeben. Ich bewegte den Knochen langsam und gemessen, doch das Geräusch splitternden Holzes genügte, um mich vor Freude wie einen Irren kichern zu lassen.

Dann löste sich ein Brocken des Holzes, und ich spürte, wie Erde hereinrieselte und sich über meine Hüfte ergoss. Ich legte die Rippe beiseite und betastete die Lücke. Sie maß etwa fünf Quadratzentimeter. Ich grub die Daumen in die Erde am Rand und versuchte, das Loch zu vergrößern.

※ ※ ※

Meine Daumen waren wund und blutig, und ich hatte drei weitere Rippen verbraucht, aber es waren weitere Holzbrocken abgefallen. Mittlerweile war das Loch so groß, dass ich alle Finger hineinstecken konnte.

Während ich mit der Lücke kämpfte, ertönte ein weiteres Knirschen. Als ich den Deckel mit der Hand abtastete, stellte ich fest, dass ein etwa dreißig Zentimeter langer Riss darin entstanden war, der sich von dem kleinen Loch in gerader Linie auf mein Gesicht zu erstreckte.

Ich zerrte weiter an den Rändern des Holzes.

※ ※ ※

Es fühlte sich zwar wie eine Ewigkeit an, aber ich glaube, es waren nur einige Minuten, bis es mir gelang, einen langen Streifen des Holzes herauszubrechen. Weitere Erde ergoss sich auf meine Brust.

Allmählich musste ich anfangen, vorsichtig zu sein. Ich war nicht sicher, wie tief man mich vergraben hatte, und wenn zu viel Erde nachdrückte, konnte der Sargdeckel durchbrechen und mich zerquetschen wie... nun, wie eine Made.

Langsam und stetig arbeitete ich weiter.

Meine Arme waren qualvoll wund und zwangen mich zu einer Pause. Ich legte sie an die Seiten, schloss die Augen und versuchte, ruhig zu atmen.

Dabei stellte ich mir vor, wie Wesley raunte: *Mach gefälligst weiter, du Faulpelz!*

Nach einigen Minuten gelang es mir, erneut einen Holzbrocken herauszureißen, dann begann ich emsig, die freiliegende Erde zum Fuß des Sargs zu schaufeln. Geringe Mengen rieselten mir ins Gesicht, und ich spuckte sie zur Seite.

※※※

Ich hatte so hoch gegraben, wie meine Arme reichten, was sich als recht einfach erwiesen hatte, da das Grab nur aufgefüllt worden war, die Erde aber keine Zeit gehabt hatte, sich zu verdichten.

Nun hatte ich mehr Bewegungsfreiheit und machte mich daran, weitere Teile des Sargdeckels abzubrechen.

※※※

Obwohl sich das Atmen mittlerweile schwierig gestaltete, war ich guter Dinge, als ich mich aufsetzte. Dabei schürfte ich mir an einem vorstehenden Teil des Deckels die bereits verletzte Schulter schlimm auf, doch ich war überzeugt davon, es gleich geschafft zu haben.

Teigiges Fleisch klebte an meinem Rücken. Ich achtete nicht darauf.

* * *

Ich schaffe es!
Hoffnung und Kraft erfüllten mich. Trotz der grauenhaften Tortur, trotz des Umstands, dass meine Überlebenschancen, sobald ich die Oberfläche erreichte, vermutlich gering wären, trotz der Wahrscheinlichkeit, Helen, Theresa und Kyle wohl nie wiederzusehen, fühlte ich mich energiegeladen. Ich würde hier rauskommen.

Ich kniete mich hin und grub mit unvorstellbarer Inbrunst. Mittlerweile konnte ich die Arme fast vollständig über den Kopf strecken, ich musste mich also nah an der Oberfläche befinden.

Unvermittelt fragte ich mich, ob mich oben jemand erwarten würde.

Würden sie sich die Mühe gemacht haben, jemanden ein Grab bewachen zu lassen?

Es gab nur einen Weg, das herauszufinden.

* * *

Meine Hand stieß durch die Oberfläche.

Die kalte Luft fühlte sich uneingeschränkt fantastisch an. Meine andere Hand folgte, und ich klammerte mich am glatten Boden oben fest.

Es bedurfte mehrerer Anläufe, um die Kraft aufzubringen, doch letztlich gelang es mir, mich aus dem Grab zu ziehen.

Nachdem ich so lange in völliger Finsternis geweilt hatte, brannte mir das Licht in den Augen. Keuchend und völlig erschöpft lag ich da.

Ich hatte es geschafft!

Dann hörte ich jemanden applaudieren.

»Also, *das* war wirklich beeindruckend. Gute Arbeit.«

Roger! Es war Roger! Aber war er entkommen oder immer noch ein Gefangener?

Ich schirmte die Augen vor dem Licht ab und drehte mich herum. »Roger!«, stieß ich hervor.

»Äh, nein, nicht Roger. Durch die traumatische Erfahrung hast du wohl leichte Wahnvorstellungen. Ich bin's, dein guter alter Freund Curtwood Foster.«

Und so war es auch. Foster saß auf einem Klappstuhl, ein Taschenbuch in einer Hand, einen Martini in der anderen.

Ich brach auf dem Boden zusammen.

»Oh ... ist mein armer Freund müde?«

Foster legte das Buch beiseite, stellte den Drink ab, stand auf und kam auf mich zu. Er knackte mit den Knöcheln. »Du bist ja so was von tot.«

»Weißt du, Foster«, brachte ich mühsam hervor, »du warst schon immer mein Liebling der Gruppe.«

»Ist das nicht rührend? Weißt du, ich könnte dich in den Operationssaal schaffen, aber tief in meinem Herzen bin ich richtig altmodisch, also setze ich auf Altbewährtes und prügle dich zu Tode.«

Ich stemmte mich hoch. Ein heftiger Tritt in meine Seite sandte mich zurück zu Boden. Vor Schmerzen stöhnend rollte ich mich auf den Rücken.

»Nein, nein, du brauchst nicht für mich aufzustehen«, sagte Foster. »Ich muss gestehen, während ich dort saß, habe ich die ganze Zeit gehofft, dass du es irgendwie aus dem Grab schaffen würdest. Fast hätte ich dich selbst ausgebuddelt. Ich wollte das hier unbedingt tun.« Abermals trat er mir in die Seite. Ich fragte mich, ob meine Rippen wie jene Wesleys aussehen würden, wenn dies vorüber wäre.

Foster trat einen Schritt zurück und hob wie ein Boxer die Fäuste an. »Gestalten wir es fair. Ich lasse dir ein paar Momente Zeit zum Aufstehen. Vielleicht gewähre ich dir sogar einen Schlag ohne Gegenwehr. Wie hört sich das an?«

»Wie wär's…« Ich musste mitten im Satz eine Pause einlegen, um Luft zu schnappen. »…wenn du mir stattdessen deine Kanone gibst?«

»Wer weiß, vielleicht mache ich das sogar. Steh auf. Kämpf wie ein Mann.«

Meine Muskeln fühlten sich an, als würden sie mir von den Knochen gezogen, als ich mich auf die Beine rappelte, doch ich konnte nicht einfach liegen bleiben und mich von ihm zu Tode treten lassen. Ich hob die Fäuste, verlor das Gleichgewicht und fiel wieder hin.

»Also, das war jetzt wirklich mitleiderregend«, meinte Foster und holte seine Pistole hervor. »Vielleicht sollte ich dir die Kniescheiben wegschießen, was meinst du?«

Ich setzte meine Bemühungen fort, auf die Füße zu kommen. »Nur zu, wenn du die anderen herlocken willst.«

»Ich weiß nicht, mir kommt dieser Raum schalldicht vor. Sollen wir es ausprobieren?«

Meine Knie knickten unter mir ein, aber ich konnte verhindern, wieder zu stürzen. »Klar… wenn du der Meinung bist, dass du anders nicht mit mir fertig wirst.«

Foster richtete die Waffe auf mein Gesicht, dann kam er auf mich zu und zielte dabei weiter zwischen meine Augen. Kurz, bevor der Lauf meine Stirn berührte, holte er mit der Pistole aus und knallte sie mir seitlich gegen den Schädel, ziemlich kräftig. Ich biss mir versehentlich in die Wange und landete wieder mal auf dem Boden.

»Hast wohl leichte Probleme mit dem Gleichgewichtssinn, wie?«, feixte Foster. »Könnte am Innenohr liegen.«

Ich wischte mir ein Blutrinnsal vom Mundwinkel und setzte zu einem neuerlichen Versuch an, aufzustehen, wenngleich es mir in meinem gegenwärtigen Zustand ziemlich sinnlos erschien. Selbst wenn ich einen Schlag landen konnte, würde er wahrscheinlich nicht reichen, um einen Vogel von seiner Stange zu stoßen.

»Willenskraft hast du, das muss ich dir lassen«, räumte Foster ein. »Ich mache dir einen Vorschlag – ich beende dieses Trauerspiel. Ein Schuss in den Bauch, einer in jedes Bein, einer in jeden Arm, und dann stecke ich dir den Lauf in den Mund und erlöse dich von deinem Elend. Was hältst du davon?«

Ich zwang mich, mit den Schultern zu zucken. »Wird dir Daniel ... die Kosten für die ... zusätzlichen Kugeln erstatten?«

»Wahrscheinlich nicht, aber in diesem Fall ist es mir eine Freude, sie selbst zu übernehmen.«

Ich stand so gerade auf, wie ich konnte. »Ich will ja nicht ruppig sein, aber ...«

»Aber was?«

Ich bedeutete ihm zu warten, während ich versuchte, zu Atem zu gelangen. »Aber warum brauchst du eine Pistole, um gegen mich zu kämpfen? Ist das nicht irgendwie erbärmlich?«

»Schon klar. Du willst mich dazu bringen, die Pistole wegzuwerfen, um es herausfordernder zu gestalten, nur übersiehst du dabei, dass ich ein Typ bin, der mit Genuss hilflose, auf einen Operationstisch geschnallte Leute foltert und umbringt. Ich weiß deine Bemühungen durchaus zu schätzen, allerdings werden sie nicht fruchten.«

Er senkte den Lauf, sodass dieser auf meinen Bauch wies.

»Ich wünschte, du würdest das nicht tun«, keuchte ich. »Ich war immer so stolz darauf, einen nach außen statt nach innen gerichteten Nabel zu haben.«

»Tja, du wirst einfach lernen müssen, stolz auf deinen brandneuen, erstaunlich tief nach innen gerichteten Nabel zu sein.«

»Ne.« Ich trat einen Schritt zur Seite und fiel zurück in das offene Grab. Meine nackten Füßen landeten auf Wesleys Kiefer, aber ich unterdrückte einen Schrei und duckte mich, so tief ich konnte, um hastig durch den Sarg zu tasten.

»Oh, oh«, hörte ich Foster sagen. »Andrew versteckt sich vor mir! Wo könnte er wohl sein?«

Sein Kopf geriet jäh in Sicht. »Kuckuck! – Ich sehe...«

Ich stieß mit beiden Händen empor und rammte eine von Wesleys Rippen in Fosters Kehle. Es war kein besonders präziser Treffer, doch es mangelte ihm nicht an Wucht.

Fosters Augen weiteten sich, er stieß ein mattes Keuchen aus, und die Pistole landete auf meinem Schoß.

KAPITEL NEUNZEHN

Wenige Minuten später stand ich wieder ebenerdig. Da war ich nun, nur mit Boxershorts bekleidet, einer aus dem Bund ragenden Pistole, von oben bis unten mit Erde, Blut und verschiedenen Leichenrückständen beschmiert, eine blutige Rippe in einer Hand, Fosters Martini in der anderen. Kein besonders attraktiver Anblick, aber nicht so peinlich wie meine Prince-Phase.

Nachdem ich mir den Drink hinter die Binde gekippt hatte, warf ich das Glas und die Rippe weg und versuchte, Fosters Schuhe aufzuschnüren. Allerdings hatte er einen Mutantenknoten geknüpft, der sich nicht lösen wollte. Erfolglos klopfte ich seine Taschen ab, doch als ich ihm die Jacke auszog, fand ich zwei Codekarten und einen Bund mit gewöhnlichen Schlüsseln in der Innentasche. Außerdem stieß ich auf eine Geburtstagskarte von Daniel, die ich jedoch als etwas weniger nützlich als die Codekarten und die Schlüssel einstufte.

Ich schlüpfte in die Jacke und klappte das Magazin der Waffe auf. Sechs Patronen. Eine für jeden der Psychopathen, blieben noch zwei für Partytricks. Ich schob das Magazin wieder ein.

Wenngleich Zeit durchaus eine Rolle spielte, fand ich, meine Lage wäre erheblich besser, wenn alle glaubten, ich wäre nach wie vor lebendig begraben. Deshalb nahm ich mir einige Augenblicke, um Foster in das Grab zu schleifen und es mit Erde zu füllen. Nicht unbedingt saubere Arbeit, aber doch passabel.

Ich war müde und hatte überall Schmerzen, trotzdem musste ich los. Ich fuhr mit der Schlüsselkarte über das Lesegerät, öffnete die Tür einen winzigen Spalt und hielt den Lauf in den angrenzenden Raum gerichtet.

Zellen säumten beide Seiten. Hier also wurden die Gefangenen festgehalten. Und dankenswerterweise waren keine Wachen anwesend.

Ich schob die Tür vollständig auf und trat ein. Der Erste, den ich sah, war Roger, direkt zu meiner Linken. Er stürzte zu den Gittern seiner Zelle nach vorn. »Andrew! O mein Gott!«

»Hi, Roger«, gab ich zurück. »Ich fand, wenn ich deine Lasagneüberraschung überleben konnte, dann könnte ich es ohne Weiteres auch überleben, lebendig begraben zu werden.«

Ja, es war ein lahmer Scherz, und zu meiner Schande muss ich gestehen, dass ich ihn mir obendrein zurechtgelegt hatte, während ich Foster durchsuchte, aber trotzdem – unter den gegebenen Umständen war jede witzige Bemerkung beeindruckend.

»Du musst uns hier rausholen«, bedrängte mich Roger. »Vor etwa einer Viertelstunde haben sie Charlotte geholt, aber der Kerl mit dem Hackebeil meinte, wenn noch etwas schiefgeht, werden sie uns einfach alle hinrichten.«

»Keine Bange«, sagte ich und hob die Codekarten an. Die Erste war rot, die andere gelb – wie jene, die ich mir von Josie geliehen hatte.

Als ich es mit der gelben Karte versuchte, geschah nichts, also hielt ich die rote an das Lesegerät. Nach einem Klicken zog ich Rogers Zellentür auf.

»Willst du lieber zuerst einen Zungenkuss oder eine Tracht Prügel?«, fragte er, als er aus der Zelle kam.

»Ich nehme die Tracht Prügel.«

»Gut. Dann planen wir das gleich als Erstes ein, nachdem du mich zu Ende gerettet hast. Du hast doch einen genialen Plan für unsere Flucht, oder?«

»Nur, so wenig wie möglich zu vermasseln.« Ich fuhr mit der roten Karte am Lesegerät der nächsten Zelle vorüber. Statt eines Klickens begrüßte uns der Lärm eines schrillen Alarms.

Der war zu laut, um die offenkundige Äußerung über meinen Plan auszusprechen, so wenig wie möglich zu vermasseln, also begnügten wir uns damit, einen Blick zu tauschen, aus dem hervorging, dass wir beide die offenkundige Äußerung dachten.

Es widerstrebte mir zutiefst, die Gefangenen zurückzulassen, aber wir mussten so schnell wie möglich raus. Mit mir an der Spitze preschten wir aus dem Zellentrakt, dessen Tür wir sperrangelweit offen ließen, und gelangten auf einen Flur. Der Alarm verstummte wenige Augenblicke, nachdem wir den Gang hinab losgerannt waren. Wir passierten die Gladiatorenarena und stießen beinah mit Josie zusammen. Daniel, Mortimer und Stan standen unmittelbar hinter ihr.

Ohne zu zögern, schlang ich den Arm um Josies Kehle, zog sie zu an mich und presste ihr Fosters Pistole seitlich an den Kopf. »Halt!«, brüllte ich.

Daniel hielt inne und bedeutete den anderen, dasselbe zu tun. Ich wich zurück und brachte etwa drei Meter Abstand zwischen uns.

»Ich empfehle dir *dringend*, sie loszulassen«, warnte mich Daniel.

»Nein, *ich* empfehle *dir* dringend, die Gefangenen freizulassen«, entgegnete ich. »Sofort! Mach jede dieser Zellen auf, oder ich puste ihr den Schädel weg!«

»Und was bringt dir das?«, fragte Daniel. »Dann hältst du

meine kopflose Frau fest, während ich dir ein paar Kugeln ins Gesicht schieße.« Er richtete seine Pistole auf mich.

»Ich mein's ernst, Daniel!« Ich wich einen weiteren Schritt zurück und zwang Josie, mir zu folgen.

»Oh, davon bin ich überzeugt. Aber ich bin sicher, du kannst auch meinen Standpunkt nachvollziehen. Ich kann die Gefangenen nicht freilassen. Das wird einfach nicht passieren.«

Er versuchte, sich unbekümmert zu geben, doch die Besorgnis stand ihm ins Gesicht geschrieben. Ich drückte den Lauf meiner Waffe fester gegen Josies Kopf.

»Ich drücke ab!«

»Wirklich? Ich auch.«

Daniel feuerte einen Schuss ab. Die Kugel sauste in sicherer Entfernung an meinem Gesicht vorbei, aber Josie erschauderte heftig, und Roger drückte sich enger an meinen Rücken.

Mortimer und Stan hoben ebenfalls ihre Waffen an.

»So bringt ihr sie um«, warnte ich.

Daniel feuerte erneut, diesmal so dicht an mir vorbei, dass ich einen Luftzug spürte. »Lass sie los, und ich verspreche dir, du kannst diesmal einen eigenen Sarg haben.«

Ich konnte es nicht glauben. Würde er wirklich mit den anderen das Feuer eröffnen und Josie zusammen mit Roger und mir wegpusten? Sollte ich es lebendig nach Hause schaffen, würde ich Helen überaus deutlich machen, dass sie es bei der Wahl ihres Ehemanns weit schlimmer hätte treffen können.

Offensichtlich glaubte Roger, dass wir nur noch Lidschläge von einem blutigen Schusswechsel entfernt waren, einem jener Sorte, bei dem jeder in Zeitlupe Hunderte Kugeln abbekam und begleitet von einem pathetischen Chor im Hintergrund starb. Er rannte in die entgegengesetzte Richtung los. »Kommt und holt mich, ihr Schlappschwänze!«, rief er und bog um die Ecke.

Daniel schaute über die Schulter und nickte Mortimer und Stan zu. »Erledigt ihn.« Die beiden drehten sich um und gingen über einen anderen Weg davon.

Ich wich einen weiteren Schritt zurück. Daniel ließ die Pistole auf mich gerichtet. »Jetzt gibt es nur noch uns«, sagte er. »Du hast ja keine Ahnung, wie sehr es mich schmerzt, dich und deinen Freund abknallen zu müssen, statt etwas viel Ausgefalleneres mit euch zu veranstalten, aber manchmal muss man eben tun, was zu tun ist.«

Er feuerte erneut. Ich fragte mich, wie lange es noch dauern würde, bis er versuchte, mich *durch* Josie hindurch zu erschießen.

Ich entfernte die Pistole von ihrem Kopf und richtete sie auf Daniel. In dem Moment, in dem ich abdrückte, schlug Josie meinen Arm weg; der Schuss ging ins Blaue und schlug in die Decke ein. Als wir um die Waffe rangen, stolperten wir durch eine offene Tür.

Wir befanden uns im Darts-Raum. Ich war noch wund und erschöpft von den Tritten, die Foster mir verpasst hatte, deshalb drängte mich Josie stetig auf den durchsichtigen Würfel zu, obwohl ich verbissen mit ihr kämpfte. Eine weitere verirrte Kugel meiner Waffe schlug in den Boden ein.

Daniel folgte uns, doch aus seinem Winkel befand sich Josie vor mir, weshalb er nicht schoss.

Josie rammte mich gegen die Wand des Würfels, und mir fiel die Pistole aus den Fingern. Sie schlang die Hände um meinen Hals und drückte zu. Ihre Augen wirkten wild wie die eines Tiers, als wir den Würfel entlangschlitterten.

Dann endete die Wand; ich stürzte rücklings durch den offenen Eingang und riss Josie mit. Wir landeten beide auf dem Boden des Würfels, was eine erschütternde Erinnerung an meine Hinternwunde durch meinen Körper sandte. Ungeachtet dessen setzten wir unser wildes Ringen fort. Ihre Hände umklammerten nach wie vor fest meinen Hals.

Daniel schlug die durchsichtige Tür zu und verriegelte das Schloss.

Als Josie dies hörte, löste sie ihren Griff und drehte sich um. Daniel schob einen Pfeil in eine der Kanonen und bedeutete ihr, aus dem Weg zu gehen.

Sie tat es.

Ich folgte ihr.

Daniel schwenkte die Kanone auf uns. Ich stürzte auf Josie zu, doch sie stieß mich mit beiden Händen zurück. »Geh *weg!*«

Die Kanone zielte direkt auf mich. Statt mich neuerlich auf Josie zu stürzen, sprang ich in die entgegengesetzte Richtung.

Schnapp!

Ein Sandsack zuckte, als der Pfeil in ihn einschlug. Während Daniel nachlud, raste ich zurück zu Josie und versuchte, die Arme um sie zu bekommen. Sie bedachte mich mit einem Schwinger, der von meiner Schulter abprallte, da es sich jedoch um meine verletzte Schulter handelte, waren die Schmerzen schier unerträglich.

Schnapp!

Ich weiß nicht, wie knapp mich der Pfeil verfehlte, aber im Inneren des Würfels hörte sich dessen Aufschlag an der Wand zehnmal lauter an als von außen. In meinen Ohren begann es zu summen.

Daniel steckte einen weiteren Pfeil in die Kanone. Natürlich hätte ich mich eine Weile am Leben erhalten können, indem ich von einer Seite des Würfels zur anderen rannte, um Daniel zu zwingen, zwischen den Kanonen hin und her zu wechseln, doch als taktisch besonders klug empfand ich das nicht. Ich musste so nah wie möglich bei Josie bleiben.

Sie schlug mir erneut gegen die Schulter, und meine Augen füllten sich mit brennenden Tränen. Dann jedoch gelang mir ein erstaunlicher Haken gegen ihr Kinn, der sie gegen die Rutsche schleuderte. Als sie mit einem hohlen Scheppern dagegenprallte, kam mir der Gedanke, dass meine Tagesaktivitäten das Niederstrecken einer Frau und das unerlaubte Entkleiden einer anderen umfassten. Die Ritterlichkeit im Hause Mayhem war gestorben.

Josie rappelte sich auf und griff mich an, aber ich schwang ihr einen Sandsack entgegen. Sie stieß einen Grunzlaut aus und taumelte gegen die Rutsche zurück.

Schnapp!

Ich stieß einen spitzen Schrei aus, als ein Pfeil meine Schulter streifte. Natürlich dieselbe verfluchte Schulter. Daniel klatschte in die Hände und stimmte widerlichen Jubel an, den ich glücklicherweise nicht hören konnte, dann spannte er die Muskeln an.

Hatte Roger denn Mortimer und Stan noch immer nicht erledigt? Ich brauchte Hilfe!

Wie zur Beantwortung meiner in Gedanken gestellten Frage betrat Stan den Raum. Daniel sagte etwas zu ihm, und Stan bezog an der nächsten Kanone Stellung. Mich überkamen nostalgische Erinnerungen an die guten alten Tage, in denen meine einzigen Sorgen ein paar Irre mit defekten Elektrowerkzeugen waren.

Schnapp! Ein von Daniel abgefeuerter Pfeil prallte an die gegenüberliegende Wand.

Schnapp! Ein von Stan abgefeuerter Pfeil prallte ebenfalls an die gegenüberliegende Wand.

Ich hechtete wieder auf Josie zu, und es gelang mir, sie in den Schwitzkasten zu nehmen. Meine Schulter schmerzte so heftig, dass ich das Gefühl der körperlichen Nähe nicht einmal ansatzweise genießen konnte. Ich wirbelte herum, brachte sie vor mich, stolperte rücklings und landete mit Josie auf dem Schoß auf der Rutsche.

Sie krallte die Fingernägel in meine Arme. Ich biss die Zähne zusammen und weigerte mich, loszulassen. Dann rammte sie mir den Hinterkopf ins Gesicht. Als sie es zum zweiten Mal tat, ließ ich los.

Ich griff nach ihrem Bein, als sie davonrennen wollte. Kurz bekam ich ihren Oberschenkel zu fassen, verlor sofort den Halt daran und schlang die Finger stattdessen um ihr Fußgelenk. Mit einem Ruck zog ich sie zu mir, dann verlor ich das Gleichgewicht und kippte rücklings.

Schnapp!

Ein Pfeil traf Josie ins Bein und bohrte sich tief in ihren Oberschenkel. Sie stieß einen Schrei aus, der Glas zum Zerspringen gebracht hätte, leider jedoch nicht den Kunststoff, aus dem der Würfel bestand. Daniel stürmte zu Stan, verpasste ihm einen Kinnhaken, der ihn von den Beinen fegte, und bedachte ihn mit einem Schwall gebrüllter Äußerungen, die, wie ich vermutete, auch die eine oder andere Unflätigkeit enthielten.

Ich verfiel noch weiter in Unritterlichkeit, indem ich mich auf Josies Rücken hockte, den Pfeil aus ihrem Bein zog und ihr die Spitze auf der Seite gegen den Hals drückte, die Daniel zugewandt war. Sollte mein Körper in Bewegung geraten, beispielsweise ausgelöst durch den Einschlag eines Projektils, würde sich ihr der Pfeil in den Hals bohren.

Was Daniel anscheinend kapierte. Er fasste in den Karton unter der Kanone, ergriff mit jeder Hand einen Pfeil und ging zur Tür.

Er sagte etwas vermutlich äußerst Einschüchterndes und Dramatisches, aber ich konnte ihn nicht hören. Die Pfeile nahm er gerade lang genug in die linke Hand, um mit der rechten die Tür zu entriegeln, dann trat er ein.

»Also gut, Andrew, jetzt gibt es nur noch dich und mich«, sagte er.

Ich schüttelte den Kopf. »Äh, nein, tatsächlich habe ich Josie.«

»Lass sie gehen.«

»Das mache ich lieber nicht. Ich finde sie einfach toll.«

»Vielleicht können wir eine Einigung erzielen.« Daniel rieb die Pfeile aneinander, als wolle er sie schärfen.

»Du meine Güte, woher dieser Gesinnungswandel? Der Anblick des Bluts deiner Frau? Davon strömte gerade eine ganze Menge, was? Pass auf, dass du nicht darin ausrutschst.«

Daniels Lächeln glich eher einer Grimasse, als er auf mich zukam. »Ich bin beeindruckt. Du kannst ja genauso grausam sein wie wir. Bist du sicher, dass du dich uns nicht anschließen möchtest?«

»Kommt drauf an. Deckt eure Versicherung Ehepartner und Kinder?«

»Aber klar. Du kannst davon ausgehen, gute hunderttausend Dollar zu kassieren, nachdem wir sie massakriert haben.«

»Witzig, witzig, witzig. Allerdings nicht die beste Verhandlungstaktik.«

»Ich habe beschlossen, nicht zu verhandeln.«

»Du Arschloch!«, spie Josie ihm entgegen.

»Ich lege dir dringend nahe, stehen zu bleiben«, warnte ich Daniel. »Sonst stirbt sie.«

»Das Risiko gehe ich ein.« Er befand sich nur noch wenige Schritte von uns entfernt.

Ich presste den Pfeil fester gegen Josies Hals. Sie stieß ein Wimmern hervor, und Daniel hielt inne.

»Warum zögerst du?«, fragte ich. »Bist wohl doch nicht so

ganz der gleichgültige Ehemann, den du vorgaukeln willst, was?«

»Weißt du, ich habe das zuvor nicht erwähnt, aber diese Boxershorts sind wirklich allerliebst«, sagte Daniel. »Wo hast du sie her?«

Damit konnte er mich nicht täuschen. Er hatte Angst.

»Wal-Mart«, antwortete ich. »Waren nicht billig, aber auf dem Etikett stand, sie sind beerdigungsbeständig, da dachte ich mir, das ist den Preis wert.«

»Solche muss ich mir auch zulegen.«

»Ich verkaufe dir die hier, wenn du willst. Mach mir ein Angebot.«

»Danke, da muss ich passen, aber ich weiß deine Großzügigkeit zu schätzen.«

»Schon gut. Kannst ja auch später noch darauf zurückkommen.« Ich blickte auf etwas hinter Daniel. »Mann, Stan lernt es einfach nicht, oder?«

Ich konnte kaum glauben, dass es tatsächlich funktionierte, doch Daniel wirbelte herum, weil er sehen wollte, was ich meinte. Stan stand fernab der Kanone außerhalb des Würfels und massierte sich das Kinn.

Ich entfernte den Pfeil von Josies Hals und schleuderte ihn in Daniels Richtung. Er drehte sich in der Luft und flog direkt auf sein Gesicht zu.

Und traf ihn, zu meinem äußersten Erstaunen, in die Stirn.

Es wäre ein Grund für Jubel gewesen, nur traf ihn der Pfeil mit der Seite, nicht mit der Spitze. Trotzdem zuckte sein Kopf zurück, und der Laut, den er von sich gab, ließ erahnen, dass der Treffer richtig schmerzte.

Ich sprang über Josie hinweg und rannte, so schnell es mein von Schmerzen gepeinigter Körper zuließ. Daniel hatte immer noch seine Pistole und war alles andere als tödlich verwundet, deshalb versuchte ich nicht, ihn anzugreifen, sondern raste stattdessen zur Tür.

Sehr wohl hingegen schwang ich im Laufen einen Sandsack in seine Richtung, der ihn seitlich traf. Diese Dinger erwiesen sich als verdammt nützlich.

Stan trat vor den Eingang, um mir den Weg zu versperren. Bevor er seine Pistole anheben konnte, rammte ich die Tür in ihn und stieß ihn beiseite.

Ich preschte aus dem Würfel und konnte gerade noch rechtzeitig die Tür zuwerfen, als Daniel einen Schuss abfeuerte, der mich ohne das Plastik vor mir mitten in den Bauch getroffen hätte.

Ich führte mit der rechten einen Schwinger gegen Stan aus, der ihn verfehlte, aber ein Haken mit der anderen Hand prallte gegen sein Kinn, fast genau an die Stelle, an die ihn Daniel geschlagen hatte. Aus dem Augenwinkel nahm ich eine Bewegung wahr ... Daniel, der zur Tür eilte.

Ein unbarmherziger Kniestoß in den Schritt beraubte Stan eines Großteils seiner Bedrohlichkeit. Er hielt zwar immer noch die Pistole in der Hand, sah jedoch nicht so aus, als könnte er vernünftig zielen; ich nutzte die Gelegenheit, um zur Tür des Würfels zu stürzen und sie zu verriegeln – einen Lidschlag, bevor Daniel sie erreichte.

Eine Kugel prallte unmittelbar rechts von mir von der Tür ab. Ich konnte im Flur niemanden erkennen, aber sofern Roger nicht übergeschnappt war, musste es sich um Mortimer handeln. Ich rannte zur Wand und um die Ecke des Würfels. Noch bevor ich den zweiten Schritt beendet hatte, verfluchte ich mich dafür. Ich hätte versuchen sollen, Stan die Waffe abzuringen.

Mortimer betrat den Darts-Raum. »Du gehst linksherum, ich rechtsherum«, sagte er. Stan nickte und begann, in die Richtung um den Würfel herumzuhumpeln, in die ich rannte.

Ich erreichte die gegenüberliegende Seite des Würfels. Es gab keine anderen Ausgänge als die Tür, durch die ich hereingekommen war. Bewaffnete Schurken näherten sich mir von beiden Seiten. Mist, Mist, Mist!

KAPITEL ZWANZIG

Ich denke, es ist zulässig zu behaupten, dass ich während dieser ganzen unsäglichen Geschichte mehr als genug Pech hatte. Während ich beobachtete, wie sich Mortimer und Stan näherten, entschied ich daher, dass es höchste Zeit für etwas Glück meinerseits sei.

Was natürlich in einer solchen Lage ein denkbar dummer Entschluss war. So ähnlich, wie das Gewitter, das unweigerlich auf die Frage folgt: »Was könnte jetzt wohl noch schiefgehen?«

Kaum war mir der Gedanke durch den Kopf gegangen, rechnete ich damit, einen tödlichen Herzinfarkt zu erleiden, von einem Brocken der Wand des Würfels erschlagen zu werden oder mit einer plötzlich im Boden erscheinenden Spalte konfrontiert zu werden, die den Blick auf die Tiefen der Hölle und auf sechshundertsechsundsechzig Dämonen freigeben würde, allesamt bereit, mich in mein feuriges Ableben zu zerren.

Wie es der Zufall wollte, hatte ich jedoch tatsächlich Glück.

Roger betrat den Raum – nach wie vor unversehrt. Er sah meine Notlage und schwenkte die Arme über dem Kopf. »He! Ich bin noch hier! Was ist, könnt ihr jemanden in eurem eigenen Haus nicht finden?«

Mortimer und Stan drehten sich beim Klang seiner Stimme zwar um, ließen aber keine Anzeichen erkennen, sich seiner annehmen zu wollen.

»Verdammt, Roger, vergiss mich!«, brüllte ich. »Verschwinde! Sperr den Rest der Zellen auf!«

Roger verließ den Raum.

Stan und Mortimer wechselten einen besorgten Blick. Schließlich konnten sie nicht wissen, dass Roger keine Schlüsselkarte hatte. Nach kurzem Zögern drehte Mortimer ab, um sich um ihn zu kümmern.

Es widerstrebte mir zutiefst, Roger den Kerl auf den Hals zu hetzen, allerdings hätte Roger ohne meine Codekarte ohnehin nicht hinausgekonnt. Sicher, er hätte einen der bösen Jungs irgendwie ausschalten und sich dessen Karte bemächtigen können, aber trotzdem ... strategisch empfand ich es als kluge Entscheidung.

Außerdem offenbarte der Umstand, dass Mortimer ihm nachging, einen weiteren wichtigen Umstand. Obwohl der Alarm ausgelöst worden war und sich die zweite Zellentür mit der Codekarte nicht geöffnet hatte, glaubten sie offensichtlich immer noch, dass wir über die Mittel verfügten, um die Gefangenen zu befreien. Also verfügten wir vielleicht auch darüber.

Ich lief in dem Augenblick um die Ecke auf Mortimers Seite, als dieser den Raum verließ, und gerade rechtzeitig, bevor Stan an meinem Ende auftauchte. Ich preschte in Richtung der Tür los. Stan folgte mir, war jedoch nach dem Genitaltritt noch etwas zittrig auf den Beinen und wirkte dadurch als Verfolger recht glanzlos.

Daniel kauerte neben Josie, wickelte sein Hemd um ihr Bein und achtete nicht wirklich darauf, was außerhalb des Würfels vor sich ging.

Ich verließ den Darts-Raum, nahm mir einen winzigen Moment Zeit, um mir den Grundriss des Teils des Bauwerks ins Gedächtnis zu rufen, den ich kannte, und eilte den Flur entlang vom Zellenbereich weg. Nach dem Überqueren einer Kreuzung zückte ich die Schlüsselkarte, öffnete die Tür und betrat den Operationssaal.

Charlotte war auf den Tisch geschnallt, diesmal vollständig angezogen. Ihre Augen weiteten sich, als ich die Tür hinter mir zuzog.

»Ich bin hier, um Ihnen zu helfen!«, sagte ich mit Nachdruck. »Ehrlich, ich bin kein abartiger Vergewaltiger ... obwohl ich keine Hose trage.«

»Was um alles in der Welt geht hier vor sich?«, fragte sie. »Wer sind Sie?«

»Das ist echt kompliziert«, antwortete ich und löste die Riemen. »Ihr Ehemann hat mich angeheuert, um dabei zu helfen, Sie zu retten, aber die Dinge sind irgendwie aus dem Lot geraten.«

Ich zuckte zusammen, als ich den Riemen öffnete, der ihr linkes Handgelenk fesselte. Fünf oder sechs lange Schnitte, die sich vom Gelenk bis zum Ellbogen erstreckten, überzogen ihren Unterarm. Sie bemerkte mein Erschrecken.

»Das ist nichts, keine Sorge«, sagte Charlotte. »Sie haben weit Schlimmeres eingesteckt.«

»Ja, es war für meinen Körper nicht der allerbeste Tag.«

»Ich habe gesehen, wie man Sie durch den Raum gekarrt hat, wo alle gefangen gehalten werden. Demnach gehen die wohl nicht mehr davon aus, dass Sie einer von ihnen sind, richtig?«

Ich schüttelte den Kopf. »Das wäre schön, ist aber vorbei.«

Ich wurde mit dem letzten Riemen fertig, und sie stand vom Tisch auf. Mir war klar, dass wir uns beeilen mussten, trotzdem konnten wir einen Augenblick dafür erübrigen, etwas mitzunehmen. In diesem Raum gab es *eine Menge* großartiger Waffen.

Charlotte griff sich eine dornenbewehrte Metallkeule und einen kurzen Speer. Ich entschied mich für die Machete. »Könnten Sie das nehmen?«, fragte ich und reichte Charlotte einen Schraubenzieher und ein kleines Messer. »Ich habe keine Taschen.«

»Sicher.«

»Danke. Nichts wie raus hier.«

In der Tür gab es kein Fenster, deshalb öffnete ich sie so geräuschlos wie möglich und spähte hinaus. Der Gang erwies sich als menschenleer.

Wir verließen den Operationssaal und bewegten uns rasch, aber leise den Korridor hinab. Unsere erste Aufgabe bestand darin, zum Zellenbereich zu gelangen und darauf zu vertrauen, dass es Mortimer nicht gelungen war, Roger zu fassen zu bekommen.

In der Hoffnung, wir würden uns nicht verirren, bog ich an der Kreuzung ab. Am Darts-Raum wollte ich nach Möglichkeit nicht vorbei, und ich vermutete, dass es einen anderen Weg zum Zellenbereich gab, der sich auf der linken Seite des Gebäudes befand. Wenn wir also immer auf diese Richtung zuhielten...

Ein Schuss fiel. Einer, der klang, als stamme er von weit links im Gebäude. Ich beschleunigte die Schritte; Charlotte tat es mir gleich.

In der Ferne sah ich, wie Mortimer eine andere Kreuzung überquerte. Er bemerkte uns nicht, schaute nicht einmal in unsere Richtung.

Wir rannten noch schneller.

Bald erreichten wir den Zellenbereich. Roger wirbelte jäh herum und richtete eine Pistole auf uns, entspannte sich jedoch, als er sah, um wen es sich handelte. »Gib mir die Karte! Schnell!«

Ich warf ihm die rote Karte zu. Er fing sie geschickt auf. Die anderen Gefangenen standen an die Gitterstäbe gepresst, konnten es kaum erwarten, befreit zu werden.

»Sind sie euch dicht auf den Fersen?«, fragte Roger.

»Im Augenblick nicht, aber sie werden bald hier sein.«

»Was glaubst du, hat den Alarm ausgelöst?«, wollte er wissen.

»Keine Ahnung. Versuch's diesmal mit einer anderen Zelle.«

»Was machen wir, wenn der Alarm wieder losgeht?«

»Wir nehmen die Beine in die Hand. Ich habe noch andere Schlüssel und bin ziemlich sicher, dass sie zu den Vans gehören, mit denen wir hergefahren sind. Damit können wir durch das Tor brechen und irgendwo Hilfe holen.«

»Dann sterben alle anderen«, meinte Roger. »Ich habe dir ja gesagt, wenn noch etwas schiefgeht, werden sie die Gefangenen einfach hinrichten.«

Ich wusste nicht, was ich darauf erwidern sollte. »Also, insgesamt sind sie zu viert. Josie ist schlimm verletzt. Was ist mit Mortimer?«

»Dem habe ich unter Umständen die Nase gebrochen«, erwiderte Roger. »Ich schlug ihm die Pistole aus der Hand, aber er rannte weg, bevor ich sie verwenden konnte.«

»Er könnte mit etwas Schlimmerem zurückkommen.«

»Glaubst du echt?«

»O ja.«

»Ich habe eine Pistole. Es gibt nur einen Weg herein. Wir können doch verhindern, dass sie reinkommen, oder?«

»Aber niemand weiß, dass wir hier sind. Charlotte hatten sie seit Monaten. Sie könnten das Gebäude einfach abriegeln und uns ein paar Wochen schmoren lassen.«

»Können wir *bitte* aufhören zu reden und etwas unternehmen?«, fragte Charlotte.

»Versuch's«, forderte ich Roger auf.

Er fuhr mit der Karte über das Lesegerät der Zelle schräg gegenüber jener, bei der ich zuvor den Alarm ausgelöst hatte.

Die Zelle öffnete sich nicht. Der Alarm ging los.

»Scheiße!«, schrie Roger.

»Wir müssen hier raus!«, rief ich. »Gib mir die Pistole!«

Roger reichte sie mir. Ich steuerte auf die Tür zu, dann gab ich die Waffe einem vierschrötigen, rothaarigen Mann in der Zelle, die dem Ausgang am nächsten lag. »Lassen Sie niemanden durch diese Tür. Wir kommen zurück und holen Sie und die anderen raus. Versprochen.«

Der Mann nickte grimmig und nahm die Pistole entgegen. Roger, Charlotte und ich eilten hinaus und flüchteten den Korridor hinab.

»Keine Sorge«, sagte ich im Laufen zu Roger. »Wir holen alle hier raus.«

»Verdammt, ja, und ob wir das machen«, gab Roger zurück. Einige Sekunden rannten wir schweigend weiter. »Du, Andrew ...«

»Ja?«

»Versprichst du mir, nicht beleidigt zu sein, wenn ich dir etwas mitteile?«

»Klar.«

»Du riechst *wirklich* übel. Ich meine, so grauslich, dass es jeder Beschreibung spottet. Fast wünschte ich, wieder in meiner Zelle zu sein.«

»Du hast mir gefehlt, Roger.«

»Du mir auch, Andrew.«

***

Wir erreichten das äußere rechte Ende des Gebäudes, wo wir auf eine breite weiße Tür stießen. An dieser funktionierte die Schlüsselkarte.

Dahinter befand sich eine kleine Garage, die überraschenderweise wie jede andere dreckige Garage wirkte, wenngleich selbst herkömmliche Gegenstände wie ein Schraubstock hier eine unheilverkündende Aura besaßen.

Der Van war darin geparkt.

»Ich glaube, wir sind gerettet«, entfuhr es mir. Ich konnte meine Erleichterung nicht bändigen, obwohl es viel zu früh war, um sich zu entspannen. Nach einigen Versuchen fand ich den richtigen Schlüssel an Fosters Schlüsselbund, und wir alle stiegen ein. Ich nahm auf dem Fahrersitz Platz, Roger und Charlotte hinten.

»Ist dort hinten irgendetwas Nützliches?«, fragte ich, legte die Machete auf den Beifahrersitz und startete den Motor.

»Ketten, Metallklammern, etwas, das aussieht wie ein Elektrostab...«

Ich griff unter die Sonnenblende. Zwei Garagentoröffner verbargen sich darunter. Ich drückte den Knopf des ersten, und das Tor hinter uns begann, sich mit lautem Summen zu öffnen. Allerdings langsam, quälend langsam.

»Mach schon ... mach schon ...«, flüsterte ich, denn man weiß ja nie, ob ein träges Garagentor solche Äußerungen nicht vielleicht hört und beschließt, sich etwas zu beeilen.

»Etwas Brauchbares finde ich hier hinten nicht«, verkündete Roger.

»Mach schon ... mach schon ...«, feuerte Charlotte das Garagentor an. Offenbar hatte sie dieselbe Theorie wie ich.

Ich rechnete damit, dass in der Lücke unter dem Tor jeden Moment Beine sichtbar würden. Oder, noch wahrscheinlicher, dass die weiße Tür auffliegen würde. Ich trat im Leerlauf das Gaspedal ein wenig durch. Mittlerweile hatte sich das Tor etwa zu drei Vierteln geöffnet.

Die weiße Tür flog auf.

Ich rammte den Fuß auf das Gaspedal. Die Reifen quietschten, und der Van schoss los. Ein grässliches Kreischen ertönte, als die Unterkante des Tors über das Dach schabte, dann jedoch befanden wir uns im Freien. Ich schaltete die Scheinwerfer ein und ließ den Fuß auf dem Gaspedal.

Dann drückte ich die Taste der zweiten Fernbedienung und betete, dass sie das Tor der Umzäunung öffnen würde. Sie tat es nicht. Ich riss sie von der Sonnenblende und stieg auf die Bremse. »Man muss einen Code eingeben!«

»Ramm das Tor einfach!«, brüllte Roger. Er drehte sich nach hinten und spähte durch das Heckfenster. »Die Tür von dem Haus geht auf!«

Der Rest der Umzäunung wirkte wesentlich weniger robust als das Haupttor, aber ich konnte nicht genug Schwung holen, um durch mehrere Meter Schnee zu pflügen. Ich legte den Sitzgurt an, lenkte den Van in Richtung des Haupttors, setzte einige Meter zurück und trat das Gaspedal wieder durch.

»Festhalten!«, warnte ich. Sowohl Roger als auch Charlotte umklammerten etwas, um sich für den Aufprall zu wappnen. Ich biss die Zähne zusammen.

Der Van krachte in das Tor. Sekuritglas von der Windschutzscheibe spritzte überallhin. Der Airbag sprang vor mir auf. Das Tor rührte sich nicht.

Ich legte den Retourgang ein und setzte erneut zurück. »Drei von denen kommen vorn raus!«, rief Roger. »Und noch einer, derjenige, dem ich die Nase gebrochen habe, stürmt gerade aus der Garage!«

»Das wäre dann die ganze Truppe«, sagte ich.

»Ich bin ja kein Waffenexperte«, räumte Roger ein, »aber was die da haben, sieht mir stark nach Maschinenpistolen aus.«

In diesem Augenblick ertönte eine laute Abfolge von Klirren und Scheppern, als Maschinenpistolensalven die Seite des Vans zerfetzten. Roger und Charlotte hechteten zu Boden; Glas prasselte auf die beiden ein.

Ich wandte die Aufmerksamkeit wieder dem Tor zu, duckte mich, so tief ich konnte, und trat das Gaspedal durch. Es gestaltete sich schwierig, den Wagen mit dem Airbag vor mir zu lenken, doch es gelang mir den Umständen entsprechend gut.

Während weiter Maschinenpistolengeschosse den Van durchlöcherten, rammte er das Tor ein zweites Mal. Ich hörte Charlotte grunzen, als sie gegen die Rückseite meines Sitzes prallte. Das Tor hielt stand.

Dann endete das Maschinengewehrfeuer. Kurz darauf spähte Roger durch die zerbrochene Heckscheibe.

»Ich bin ja echt ungern ein Spielverderber«, sagte er, als der Motor des Vans stotterte und der Wagen auf platten Reifen zu sinken begann, »aber sie scheinen Granaten auszuteilen.«

KAPITEL EINUNDZWANZIG

Ich legte erneut den Rückwärtsgang ein. Obwohl ich das Gaspedal bis zum Anschlag durchdrückte, hatte das Fahrzeug Mühe, eine Geschwindigkeit von zehn Stundenkilometern zu erreichen.

Ich fragte mich beiläufig, wie hoch die Chancen standen, alle vier Verfolger durch einen Angriff mit dem Wagen auszuschalten.

Etwas prallte gegen die Seite des Vans. Gleich darauf ertönte Daniels charmante Stimme, die brüllte: »Du Idiot!«

Eine gewaltige Explosion erschütterte das Auto.

Ich ließ den Fuß auf dem Gaspedal, und wie durch ein Wunder blieb der Wagen in Bewegung.

Dann hörte ich, wie etwas im Fond landete und über den Boden rollte.

»Kopf runter!«, befahl Charlotte.

Ich tat, wie mir geheißen. Sie schleuderte die Granate durch die Öffnung, wo sich früher die Windschutzscheibe befunden hatte. Sie traf das Tor, und einen panischen Moment lang dachte ich, sie würde zu uns zurückprallen, doch sie fiel geradewegs zu Boden und explodierte.

Kein Schaden am Tor.

Ich schwenkte den Van nach links und lenkte ihn zurück in Richtung der Garage. Mit dieser Geschwindigkeit konnte ich niemanden überfahren, und das Tor war ein hoffnungsloses Unterfangen.

In den Überresten des Innenspiegels sah ich, wie eine weitere Granate hinten in den Van flog.

Gefolgt von einer zweiten.

Eine dritte segelte herein, als Roger die erste packte. Charlotte hob die zweite auf und schleuderte sie erneut an meinem Kopf vorbei. Sie landete auf dem Boden, explodierte und sandte einen gewaltigen Schneewirbel gen Himmel.

Der Van beschleunigte; nicht viel, aber doch spürbar.

Roger warf seine Granate aus dem Fenster. Charlotte suchte indes hektisch nach der dritten. »Wo ist die andere?«

»Neben Ihrem Fuß!«

Charlotte ergriff sie und zielte erneut durch die Öffnung der Windschutzscheibe. Allerdings war sie derart aufgewühlt, dass der Wurf ungenau ausfiel. Die Granate traf die Oberkante des Rahmens, prallte vom Armaturenbrett ab und landete auf meinem Schoß.

Als Kind hatte ich oft *Heiße Kartoffel* gespielt, aber nie in einer Version mit so hohem Einsatz. Ich packte das Ding und schleuderte es aus dem Fenster. Es explodierte mitten in der Luft, bevor es die Front des Vans erreichte.

Dann setzte wieder das Maschinenpistolenfeuer ein.

Ich duckte mich, lenkte den Wagen blind und hoffte, ich würde nicht vom größtenteils geräumten Weg abkommen und stecken bleiben. Mich erstaunte, dass der Van überhaupt noch funktionierte, wenngleich in ziemlich mitleiderregendem Ausmaß.

Eine weitere Granate explodierte, diese jedoch hatte es nicht ins Innere des Fahrzeugs geschafft.

Die Maschinenpistolensalven dauerten an, ich vermochte also nicht zu sagen, ob wir sie hinter uns ließen oder ob sie hinter dem Wagen herliefen. Irgendwie hoffte ich auf Letzteres. Auf einer Eisplatte auszurutschen, während man mit einer Maschinenpistole feuerte, konnte zu einem verteufelt grausigen Unfall führen.

Nach einer endlos anmutenden Minute erreichte der Van

die Garage. Ich versuchte, ihn hineinzulenken, rammte jedoch stattdessen die Seite des Tors. Während Roger und Charlotte über die Sitze zu mir nach vorn kletterten, griff ich mir die Machete und robbte durch das vordere Fenster auf die verbeulte Motorhaube.

Weitere Maschinenpistolenkugeln durchsiebten das Fahrzeug, als wir durch die Garage eilten. Ich öffnete die Tür, und wir stürzten zurück auf den Gang davor. Als ich die Tür zuzog, erschauderte sie unter dem Einschlag einer Maschinenpistolensalve.

»Irgendwelche brillanten Vorschläge?«, fragte ich.

»Zwischen den Kugeln durchlaufen?«, schlug Roger vor.

»Wie können Sie in einem solchen Moment bloß klugscheißerische Witze reißen?«, verlangte Charlotte zu erfahren.

»Wir können jede Sekunde sterben«, erklärte Roger. »Ich möchte, dass meine letzten Worte etwas Geistreiches sind.«

Wir bogen in dem Augenblick in einen anderen Korridor, als erneut auf uns geschossen wurde.

Alsbald wurde augenscheinlich, dass es sich um eine weitere meiner schlechteren Entscheidungen gehandelt hatte, denn der Gang endete an einer Tür und bot keine weiteren Optionen.

»Kacke«, meinte Roger.

Ich entriegelte die Tür, riss sie auf, und wir eilten hindurch. Dahinter erwartete uns ein kleiner, dürftig erhellter Raum, in dem es nur einen Bärenfellläufer auf dem Boden gab, sonst nichts. Keine Fenster, keine weiteren Türen, keine Teleportationsgeräte. Nichts.

»Kacke, Kacke«, betonte Roger.

»Also gut, wir haben ein Problem...«, murmelte ich und schloss die Tür. Vielleicht konnten wir sie mit dem Läufer ersticken.

»Ich hoffe, Sie haben wieder eine geistreiche Bemerkung parat«, meinte Charlotte zu Roger.

Warum lag in einem ansonsten leeren Raum überhaupt ein Bärenfellläufer auf dem Boden? Ich zog ihn beiseite und rechnete halb damit, er würde versuchen, mir den Fuß abzubeißen. Eine Falltür kam darunter zum Vorschein.

Kugeln durchschlugen die Tür. Wir alle warfen uns auf den Boden. Ich löste die Kette an der Falltür und hob sie an. Es war zu dunkel, um mehr zu erkennen als eine Rutsche, die in die Tiefe verlief.

»Sieht gut für mich aus«, befand Roger.

Mir fiel ein, was Daniel über sein jüngstes Projekt gesagt hatte, die unterirdische Anlage, die noch nicht vollständig einsatzfähig war, aber *erstaunlich* werden würde.

»Weißt du, ich glaube nicht, dass wir dort hinunter wollen.«

Weitere Kugeln durchlöcherten die Tür.

»Also gut, doch, tun wir.«

Roger sprang durch die Falltür und verschwand außer Sicht. Charlotte folgte ihm. Als die Tür unter einem heftigen Tritt von der anderen Seite nachgab, stürzte ich hinter den beiden her.

Ich rutschte etwa zehn Sekunden, dann trat ich jemandem in den Rücken, als ich landete. Die Umgebung war stockfinster, außerdem heiß und feucht, fast wie daheim in Florida.

»Leben alle noch?«, fragte ich.

»Ich bin nicht tot«, antwortete Roger.

»Ich auch nicht«, ergänzte Charlotte.

Ich rappelte mich auf die Beine. Außer dem matten Rechteck der Falltür oben, durch die etwas Licht fiel, konnte ich nichts sehen, aber sollte einer unserer Verfolger herunterrutschen, würde er geradewegs in die Machete rasen.

Die Falltür wurde geschlossen, und der letzte Rest von Licht somit abgeschnitten.

»Also, besonders verbessert hat sich unsere Lage nicht«, fand ich.

»Warum ist es hier unten so heiß?«, fragte Charlotte. »Was ist das für ein Ort?«

»Ich weiß es nicht«, gestand ich, »aber ich habe das ungute Gefühl, dass es hier nicht lustig wird.«

»Was ist das für ein Geräusch?«, wollte Charlotte wissen.

»Also, solche Fragen brauche ich wirklich nicht«, teilte Roger ihr mit. »Wenn Sie etwas fragen wie ›Was ist das für ein Geräusch‹, dann macht mich das echt nervös, und ich bin so schon hinlänglich nervös. Mir wäre daher lieber, wenn Sie ...«

»Pst! Hört!«

Wir alle hielten die Klappe und lauschten. Ich vermochte nicht recht zu sagen, was es war, aber es drang eindeutig ein Geräusch aus der Dunkelheit vor uns. Zu leise, um es präzise einzuordnen. Fast wie ein Summen.

»Wir können nicht einfach hier rumstehen«, sagte Roger. »Wenn es einen Weg nach draußen gibt, müssen wir ihn so schnell wie möglich finden. Was glaubst du wohl, wie lange sich die anderen Gefangenen mit der einen Pistole verteidigen können?«

Wir verbrachten einige Minuten mit der Suche nach einer Lichtquelle. Hinter der Rutsche, über die wir gekommen waren, befand sich eine Wand, doch als wir sie mit den Händen abtasteten, stießen wir auf keinen Lichtschalter.

»Vergessen wir's«, meinte ich schließlich. »Wir werden uns im Dunkeln zurechtfinden müssen.«

Langsam und vorsichtig setzten wir uns in Bewegung. Ich hatte die Arme vor mir ausgestreckt und vermutete, dass dies auch für die anderen galt. Der Boden war glatt, bestand möglicherweise aus Zement. Das Geräusch wurde etwas lauter, als wir vorwärtsgingen, blieb aber unidentifizierbar.

Dann rutschte ich an einer nassen Stelle aus, fiel nach vorn und prallte auf Hüfthöhe gegen etwas. Es fühlte sich wie einer der Wagen im Operationssaal an. Eine Sekunde darauf ertönte ein gewaltiges Scheppern – Glas, das auf dem Boden zerbrach. Ich versuchte, mich davon wegzubewegen, und krachte gegen etwas Ähnliches. Wieder kippte das Ding unter einer Explosion zerberstenden Glases um.

Lange Stille trat ein.

»Klasse gemacht«, sagte Roger.

Ich spürte eine große Glasscherbe, die gegen meine nackte Fußsohle presste. Nun war es offiziell an der Zeit, sich sehr, sehr langsam zu bewegen, sofern ich keine allzu großen Streifen meiner Füße zurücklassen wollte. Vorsichtig schob ich erst den rechten Fuß vorwärts und schob das Glas davor weg, dann wiederholte ich den Vorgang mit dem linken.

Mittlerweile war das merkwürdige Geräusch deutlich lauter geworden, und diesmal erkannte ich es.

Ein Rasseln. Und ein Zischen.

Ich verspürte den innigen Wunsch, aus voller Kehle zu schreien und quer durch den Raum die Flucht zu ergreifen, aber die überall verstreuten Glasscherben ließen mich dies überdenken.

»Sind das verfluchte *Schlangen?*«, fragte Charlotte.

»Alle ruhig bleiben«, warnte ich.

Das Zischen dauerte an; hinzu kam allerdings aus mindestens vier Richtungen rings um mich ein Laut, der sich verdächtig nach etwas anhörte, das sich über den Boden schlängelte.

»Was haben diese Leute bloß für ein Problem?«, fragte Roger mit Panik in der Stimme. »Wer hält sich schon in Alaska Klapperschlangen im Keller? Woher haben sie die Viecher überhaupt? Wann werden sie gefüttert? Ich komme mit all dem echt nicht klar.«

»Seien Sie still!«, herrschte Charlotte ihn an. »Regen Sie die Tiere bloß nicht auf.«

Ich schob meinen Zeh vorwärts, vorbei an etwas Scharfem, hinein in etwas Weiches und Feuchtes. Das offene Maul einer toten Schlange. Außerstande, mich zu beherrschen, wich ich jäh zurück und stieg auf eine kleine, schuppige Masse, die sich mir von hinten genähert hatte, dann taumelte ich wieder vorwärts.

Ich biss mir auf die Knöchel, um nicht zu kreischen. Natürlich konnte ich dadurch umso deutlicher das Rasseln, das Zischen und das Schlängeln hören.

Dann kreischte Charlotte für mich.

»Was?«, rief Roger. »Was ist passiert?«

»Sie ist über meinen Fuß gekrochen! Die Schlange ist über meinen Fuß gekrochen!«

Ein lautes Klopfen ertönte, bei dem es sich offenbar um Charlotte handelte, die mit ihrem dornigen Knüppel auf den Boden rings um ihre Füße eindrosch.

»Beruhigt euch alle«, sagte ich und zog die Hand aus dem Mund. »Solange wir nicht gebissen werden, ist alles in Ordnung. Einfach weitergehen.«

Hinter mir schlängelte es eindeutig auf dem Boden, und allmählich begann ich zu glauben, dass sich deutlich mehr als vier aktive Schlangen im Raum befanden. Ich schob den Fuß vorwärts, hakte den Zeh unter das tote Vieh, dessen Schlund ich erkundet hatte, und kickte es aus dem Weg. Natürlich nicht in Charlottes Richtung.

Die Schlange hinter mir streifte meinen Fuß. Ich hatte sie nicht getötet, als ich auf sie getreten war, allerdings schien sie völlig aus dem Häuschen zu sein, denn sie wand sich wild hin und her. Hoffentlich würde sie sich auf den Glasscherben aufschlitzen und krepieren … oder zumindest nicht die Fänge in meiner Ferse versenken.

Ich bewegte mich weiter. Plötzlich schoss ein stechender Schmerz durch meinen Zeh. Ich brüllte.

»Was? Was?«, wollte Roger wissen.

»Ich wurde gebissen! Eine der Schlangen hat mich gebissen! In den … oh, nein, das war eine Glasscherbe.«

»Jetzt hört mir mal zu, und zwar alle beide«, befahl Roger. »Kein Geschrei mehr. Überhaupt keins!«

»Du hast leicht reden. Du bist ja nicht barfuß.«

»Ich mein's ernst!«

Wir gingen weiter. Das Glas auf dem Boden lichtete sich rasch, trotzdem konnte ich vor mir rein gar nichts sehen. Nach einigen weiteren Schritten hörte ich auf, mich wegen der Schlangen zu sorgen, obwohl ich vermutete, dass mir demnächst reichlich andere Dinge Kopfzerbrechen bereiten würden.

»Au!«, entfuhr es Roger.

»Was ist passiert?«

»Ich bin in die Wand gelaufen.«

»Gratuliere.«

»Halt's Maul.«

Auch ich stieß gegen die Wand. Nun mussten wir herausfinden, ob wir uns in einem völlig versiegelten Raum befanden und somit vollends erledigt waren oder ob es einen Weg nach draußen gab, womit wir nur nah dran wären, vollends erledigt zu sein.

»He, Leute, ratet mal, was ich gefunden habe!«, rief Roger. »Es werde Licht!«

Nichts geschah.

»Wenn du jetzt damit wilde Tiere in den Raum gelassen hast, bin ich stocksauer auf dich«, teilte ich Roger mit.

Dann jedoch ertönte ein leises Summen, und Neonröhren

an der Decke glommen mit trübem Schein auf. Kurz darauf erreichten sie ihre volle Leuchtkraft und erhellten den Raum.

Die Wände, die Decke und der Boden bestanden aus Beton. In jeder Ecke war eine Kamera montiert ... natürlich würden Daniel und seine Kumpane beobachten wollen, was unten vor sich ging. Zwei Wagen, die ich nicht umgestoßen hatte, beherbergten Glasaquarien mit weiteren Klapperschlangen darin. Ich bemerkte außerdem, dass die Schlangen nicht die einzigen Bewohner der Glaskästen gewesen waren – neben den Schlangen, die sich durch die Scherben wanden, tummelten sich etliche Taranteln auf dem Boden.

Eine krabbelte gerade über Charlottes Wade.

Mein Körper verkrampfte sich, dann entspannte ich mich mit einiger Willensanstrengung und ging so ungezwungen wie möglich zu ihr hinüber. »Sie müssen jetzt ganz, ganz stillhalten und ganz, ganz ruhig bleiben«, forderte ich sie auf. Ich richtete die Machete auf ihr Bein, setzte dazu an, die Spinne davon abzuschaben, und hoffte, meine arachnophobe Hand würde nicht so sehr zucken, dass ich ihr die Wade weghackte.

Charlotte blickte zu ihrem Bein hinab, ergriff die Spinne und warf sie zu den anderen. »Wissen Sie, die sind nicht giftig.«

»Ich weiß«, gab ich zurück. »Aber sie sind ... groß.«

»Nicht so groß wie die auf Ihrem Bein.«

Ich schwöre bei Gott, ich hätte mir um ein Haar das Bein abgehackt. Ich wirbelte einige Male um die eigene Achse und suchte panisch nach dem gefürchteten Spinnenwesen. Da war nichts. Ich seufzte vor Erleichterung.

»Echt witzig«, meinte ich.

»Sie ist zu ihrer Hüfte hochgekrochen«, erklärte Charlotte.

In meiner Panik hätte ich mir beinah die Boxershorts vom Leib gerissen. Doch auch dort fand ich keine Tarantel.

Grinsend zuckte Charlotte mit den Schultern. »Nur für den Fall, dass ich gleich sterbe.«

»Ich kann daran nichts Geistreiches finden. Aber ich bin froh, dass wir uns trotz allem den Sinn für Humor bewahrt haben, statt trübselig zu werden. Ich schlage vor, wir setzen uns jetzt wieder in Bewegung.«

Vor uns tat sich ein langer Tunnel auf, dessen Wände aus Ziegelstein statt aus Zement bestanden. Er maß etwa zweieinhalb Meter in der Höhe und zwei Meter in der Breite, doch das Licht aus dem Raum drang nicht tief genug vor, um mir zu verraten, wie weit er sich erstreckte.

Nebeneinander betraten wir den Tunnel. Wir sahen zwei weitere Kameras und in unregelmäßigen Abständen zahlreiche münzgroße Löcher in den Wänden, außerdem eine Sprinkleranlage an der Decke unmittelbar vor uns. Der Boden neigte sich von dem Raum weg leicht nach unten und war vollständig von einer dünnen Schicht trockener Blätter bedeckt.

»Was meint ihr?«, fragte ich und deutete auf den Sprinkler. »Todesfalle oder Sicherheitsvorkehrung?«

Als ich den nächsten Schritt tat, ertönte von hinten plötzlich Gebrüll. Ich wirbelte herum und sah, wie der Gang von einem Schiebetor aus Zement abgeriegelt wurde. Wir befanden uns wieder in völliger Finsternis.

KAPITEL ZWEIUNDZWANZIG

»Betrachten wir die positive Seite«, schlug Roger vor. »Wenigstens können uns die Schlangen nicht mehr erreichen.«

Wir gingen weiter. Das Laub knirschte unter unseren Füßen. Dann schoss ein Pfeil aus einem der Löcher in den Wänden, sichtbar aufgrund der unangenehmen Tatsache, dass die Spitze brannte. Das Geschoss segelte in abwärts geneigter Flugbahn durch den Tunnel – es war offenbar mit wenig Kraft abgefeuert worden. Kaum landete es auf dem Boden, fing das Laub darunter Feuer. Wir stiegen darüber hinweg und eilten weiter.

He, ich hatte den anderen Darts-Raum mit den Kanonenpfeilen überlebt, also würde ich wohl auch mit brennenden Pfeilen zurechtkommen.

Über uns wurde die Sprinkleranlage aktiviert. Es war ein mächtiger Strahl, der nach wenigen Sekunden wieder verebbte, uns jedoch selbst in der kurzen Zeit völlig durchnässte.

Bedauerlicherweise handelte es sich bei der Flüssigkeit, die uns durchtränkte, nicht um Wasser, sondern um Benzin.

Meine Nase brannte, und meine verschiedenen Wunden – insbesondere die verdammte Schulter – wurden von neuen, sengenden Schmerzen durchzuckt. Charlottes spitzer Aufschrei ließ erahnen, dass sich das Benzin auf ihrem aufgeschnittenen Arm wenig besser anfühlte.

Mit einem Schlag erschienen brennende Pfeil etwas problematischer.

Einer davon schoss vor uns aus der Wand hervor. Zum

Glück bedingte die Lage einen ziemlich offensichtlichen Maßnahmenplan: Rennen, als wäre der Teufel hinter uns her.

Roger und ich schien diese Erkenntnis gleichzeitig zu ereilen, und wir preschten los. Alle paar Schritte wurden weitere Pfeile auf uns abgefeuert, aber nicht besonders schnell, und indem wir mit Höchstgeschwindigkeit rannten – oder zumindest so geschwind, wie ich barfuß konnte –, gelang es uns, ihnen auszuweichen. Nach einem flotten Hundert-Meter-Sprint erreichten wir eine Tür am Ende des Tunnels.

Leider hatte sich Charlotte für eine langsame und stete Pfeilausweichtaktik entschieden, und wir hatten ein gutes Dutzend Feuer auf ihrem Weg hinterlassen.

Ein Pfeil kam ihr so nah, dass ich für den Bruchteil einer Sekunde die Vision hatte, wie sie in Flammen aufging.

»Laufen Sie!«, brüllte Roger.

Mittlerweile wurden die Pfeile häufiger abgeschossen. Und schneller.

Heiße Asche der brennenden Blätter wirbelte in die Luft empor. Wie konnte ich nur so dumm sein, sie hinter uns zurückzulassen? Wie konnte sie nur so dumm sein, uns nicht in derselben Geschwindigkeit zu folgen?

Dann fiel mir eine kleine Schalttafel in der Ecke auf. Ich konnte nicht wissen, ob sie die Pfeile steuerte, aber es war keine Zeit für langes Hin-und-her-Überlegen. Kurz entschlossen hieb ich mit der Spitze der Machete darauf, entfachte eine kleine Funkenexplosion und rechnete halb damit, einen Stromschlag abzubekommen.

Die Pfeile hörten auf zu fliegen. Mir blieb ein Stromschlag erspart, wenngleich mir die Benzindämpfe Übelkeit und etwas Schwindel verursachten.

Charlotte stand wie angewurzelt da, mit Benzin durchtränkt und in einem Gang voller Funken. Sie konnte all der glimmenden Asche unmöglich ausweichen, daher eilte sie in die Richtung zurück, aus der sie gekommen war. Sie sprang über den Bereich, in dem uns der Sprinkler erfasst hatte, und ich wartete bang, ob er losgehen, eine der Flammen berühren und Charlotte mit einem Inferno umhüllen würde.

Der Sprinkler ging los.

Er berührte eine der Flammen.

Und Charlotte verschwand in einem gewaltigen Inferno.

Roger und ich standen absolut fassungslos da.

Der Feuerball löste sich so rasch auf, wie er entflammt war. Wir erblickten Charlotte, die sich an den verschlossenen Eingang presste und einem hysterischen Anfall nahe schien, aber wie durch ein Wunder nicht brutzelte.

»Sie zwei Vollidioten!«, brüllte sie.

Es schien eine angemessene Äußerung, deshalb hielten wir ihr nichts entgegen. Charlotte sank auf die Knie und begann, die Blätterschicht wegzuschieben, sodass eine Lücke entstand, über die sie die Flammen nicht erreichen konnten. Sie würde warten müssen, bis sie erloschen.

»Was jetzt?«, rief ich.

»Ich rühre mich die nächsten Minuten nicht von der Stelle«, gab Charlotte zurück. »Sie beide können ruhig schon vorgehen.«

»Halten Sie das wirklich für eine gute Idee?«, fragte ich.

»Offensichtlich habe ich nicht die geringste Ahnung, *was* an diesem Ort eine gute Idee sein könnte. Aber wenn Sie beide sich mal den nächsten Raum ansehen möchten, habe ich bestimmt nichts dagegen. Ich warte einfach hier ab.«

Ich sah Roger an, der mit den Schultern zuckte. »Na schön«, rief ich Charlotte zu. »Folgen Sie uns, sobald es sicher ist.«

Meine unmittelbare Sorge war, dass eine weitere Schiebetür sie von uns abkapseln würde, doch das erschien unwahrscheinlich, zumal sich an diesem Ende des Tunnels eine gewöhnliche Tür statt eines offenen Durchgangs befand.

Ich öffnete sie. Weitere Finsternis erwartete uns dahinter. Herrlich.

»Viel Spaß«, wünschte uns Charlotte und winkte.

Mit gezückter Machete betrat ich den nächsten Raum. Abermals ging ein Sprinkler los und durchnässte uns, diesmal jedoch mit normalem Wasser. Was sich regelrecht erfrischend anfühlte.

»Wie rücksichtsvoll«, meinte Roger. »Vielleicht sind sie doch keine so üblen Kerle.«

»Na ja, ich schätze eher, es wäre nicht so spaßig, wenn ihre Opfer wegen der Benzindämpfe bewusstlos werden, bevor die richtig grausigen Sachen beginnen.«

Wenngleich ich gerne etwas Wasser zu Charlotte gebracht hätte, besaßen wir einerseits nichts, um es zu befördern, andererseits hatten wir zweifellos noch entzündliche Rückstände an uns, und das Risiko, durch den Tunnel zurückzulaufen, war zu groß. Also öffneten wir stattdessen die nächste Tür und gingen in den Raum dahinter.

Als wir eintraten, gingen Lichter an. Grelle, bunte Lichter. Kirmesmusik begann zu spielen. Der Raum war riesig, und das Erste, was uns ins Auge stach, war ein großes, knalliges Banner: *Willkommen in der Todeswelt!*

»Was muss der Kerl für Mühe in diesen Ort gesteckt haben, und dann fällt ihm nichts Besseres ein als ›Todeswelt‹?«, brummte Roger. »Irgendwie traurig, finde ich.«

Das Banner war an zwei Holzpfosten befestigt, an jedem davon wiederum ein künstlicher Leichnam, die Arme wie Vogelscheuchen ausgestreckt, die Kehlen aufgeschlitzt, die Augenhöhlen leer. An einer der beiden Leichen klebte eine gelbe Haftnotiz.

Ich löste sie und las sie Roger vor: »*Mit echten Leichen ersetzen.*«

»Ich finde es unfair, uns den Betatest dieses Ortes hier

durchlaufen zu lassen«, teilte mir Roger mit. »Wir sollten Beschwerde einreichen und verlangen, dass man uns gehen lässt.«

»He, wenn wir sie sehen, wär's einen Versuch wert.«

Wir gingen unter dem Banner hindurch in den Hauptbereich des Vergnügungsparks. Dieser bestand aus einem Sägemehlpfad mit Attraktionen zu beiden Seiten. In der Mitte des Wegs stand ein Kunststoffclown in Lebensgröße mit mächtigen Schuhen, einer violett-rosa Perücke und einer dicken roten Nase. Er hielt ein Holzschild, das besagte: *Drück meine Nase.*

»Ich will nicht auf seine Nase drücken«, verkündete Roger.

»Ich denke, wir sollten es besser tun«, entgegnete ich. »Das gehört zum Spiel. Anders kommen wir nicht raus.«

»Ich mach dir 'nen Vorschlag«, sagte Roger. »Du drückst auf die Nase, und ich sage dir anschließend, dass du es gut gemacht hast.«

Zum Diskutieren war keine Zeit, also drückte ich einfach auf die Nase.

»Gut gemacht«, lobte mich Roger und klopfte mir auf den Rücken.

Die Augen des Clowns leuchteten auf, und er stimmte ein lautes Kichern an. Zugleich begann sich sein Kopf hin und her zu drehen. »Hallo, Leute!«, sprach der Clown mit unglaublich nerviger, schriller Stimme. »Willkommen in der Todeswelt! Ich bin sicher, ihr werdet jede Menge Spaß haben, wenn ihr ein paar einfache Regeln befolgt. Regel Nummer eins: Nicht ferkeln. Wenn ihr einen Arm, ein Bein oder einen Kopf verliert – aufheben und mitnehmen. Hinterlasst die Todeswelt so wunderschön, wie ihr sie vorgefunden habt.«

»Ich hasse Clowns«, ließ Roger mich wissen.

»Regel Nummer zwei: Kein Essen und keine Getränke von außerhalb. Bestimmt wollt ihr euch nicht unsere Hirnburger, Speiseröhrenhotdogs oder Blutshakes entgehen lassen – jetzt sogar in A negativ! Regel Nummer drei: Passt auf, wo ihr hintretet, denn ihr könntet jeden Moment...« Der Kopf des Clowns begann, sich um dreihundertsechzig Grad zu drehen, und seine Stimme verwandelte sich in ein tiefes, dämonisches Brüllen: »... *sterben, sterben, sterben, steeerben!*«

Etwa zehn Sekunden lang lachte er hysterisch, dann hörte der Kopf zu rotieren auf, und die Stimme wurde wieder wie zuvor. »Falls ihr je hier rauskommen wollt, müsst ihr euch die vier Schlüssel verschaffen. Gewinnt sie! Findet sie! Erschnüffelt sie! Habt Spaß! Und blutet ordentlich!«

Das Licht in den Augen des Clowns erlosch, und er erstarrte. Um ein Haar hätte ich ihm mit der Machete den Kopf abgehackt, aber willkürliche Zerstörungswut erschien mir denn doch unangebracht. Wir setzten uns den Sägemehlpfad entlang in Bewegung.

Linker Hand feuerte ein mechanisches Skelett an einem Schießstand, der aus mechanischen Hündchen und Kätzchen bestand. Plötzlich drehte sich das Skelett um hundertachtzig Grad und entfesselte eine maschinengewehrartige Salve; Roger und ich duckten uns gerade noch rechtzeitig. Kurz darauf schwenkte das Skelett zurück und nahm wieder den Schießstand ins Visier.

Auf der gegenüberliegenden Seite hockte eine künstliche – vermutete ich jedenfalls – Leiche auf einer Planke über einem Tauchbecken. Ein Schild verkündete: *Schick den Kadaver ins Becken und gewinn einen Schlüssel!* Allerdings handelte es sich um kein richtiges Tauchbecken ... statt Wasser enthielt das Aquarium unter dem Leichnam Nägel.

Ich vermutete, dass auch dieser Kadaver durch einen echten ersetzt werden sollte. Dann kam mir ein grässlicher

Gedanke: Was, wenn die Schlüssel noch nicht in den Attraktionen hinterlegt worden waren?

Nun, es hatte keinen Sinn, sich den Kopf darüber zu zerbrechen, bis ich es mit Sicherheit wusste. Mit Nadeln bestückte Bretter, die ein Schummeln verhindern sollten, umgaben das Ziel in einem Umkreis von drei Metern. Ich ergriff aus dem Eimer neben dem Schild einen baseballgroßen, matschigen Augapfel. Zwei weitere befanden sich darin. »Willst du es versuchen, oder soll ich?«, fragte ich Roger.

»Du zuerst«, antwortete er.

Ich zielte und schleuderte den Augapfel, so kräftig ich konnte. Er klatschte gegen das Aquarium und verfehlte das Ziel um knapp einen Meter.

Roger nahm sich einen Augapfel und ließ sich lächerlich lange Zeit dafür, den perfekten Winkel zu berechnen, dann warf er. Sein Augapfel traf fast genau an derselben Stelle auf wie meiner.

»Hör auf, mich abzulenken«, mahnte mich Roger und ergriff das letzte Geschoss.

Er warf den Augapfel ... und traf das Ziel *beinah*, aber nicht ganz. Widerwärtige künstliche Augapfelmasse troff an der Holzattraktion hinab.

»Dürfen wir mogeln?«, fragte Roger.

»Ich wüsste nicht, was dagegen spricht.«

Er nahm den Eimer, schleuderte ihn und traf das Ziel. Die Leiche fiel auf die Nägel und explodierte regelrecht in unglaublich widerwärtige rote und gelbe Fetzen, die mich vermuten ließen, dass sie mit Wasserballons gefüllt gewesen war.

Ein Geräusch wie das einer sich öffnenden Registrierkasse ertönte, und ein kleiner goldener Schlüssel fiel in einen Schlitz, wo der Eimer gestanden hatte.

»War doch gar nicht so schwer«, befand Roger.

Wir gingen an einem langsamen Karussell mit schwarzem Baldachin vorüber. Auf den Feuer speienden Pferden saßen mechanische Kinder, die Körper verschrumpelt und mit Spinnweben überzogen, und ihr widerhallendes Gelächter dröhnte aus zwei Lautsprechern.

Als Nächstes folgte ein Hau-den-Lukas-Spiel. An der Spitze der Skala prangte ein abgetrennter Kopf. Vermutlich nicht echt. Schlug man kräftig genug auf die Platte unten, würde ein Dolch in den Mund des Kopfes emporschnellen. Die Skala war in *Todgeweihter – Totes Fleisch – Erledigter – Glückloser – Potenzieller Überlebender (aber wahrscheinlich nicht)* unterteilt.

»Zeit, wieder zu bescheißen«, sagte ich. Roger nickte. Auf drei sprangen wir beide, so hoch wir konnten, und landeten mit beiden Füßen auf der Metallplatte. Der Dolch sauste bis ganz nach oben und läutete eine Glocke. Ein weiterer goldener Schlüssel fiel in einen Schlitz neben der Platte.

»Die Hälfte haben wir bereits«, stellte ich fest.

»Wir sind böse«, meinte Roger.

Auf der gegenüberliegenden Seite wartete eine Attraktion namens *Errate ihr Gewicht.* Etwa neun oder zehn unvorstellbar fette Leichenimitate lagen zu einem gigantischen Haufen aufgetürmt. Daneben befand sich eine kleine Bude mit einer vierstelligen Anzeige mit roten Zahlen, die derzeit auf *0000* stand. Mit einem Steuerknüppel aus Metall konnte man seine Schätzung anscheinend erhöhen oder senken.

»Wo um alles in der Welt kauft er all diese Leichen?«, fragte Roger. »Weißt du, diese Dinger sind alles andere als billig. Um Halloween habe ich so ähnliche mal bepreist.«

Ich drückte den Steuerknüppel nach rechts, um die Zahl auf der Anzeige zu erhöhen. Zehn Leichen zu je was, zweihundert Kilo? Natürlich mussten sie nicht notwendigerweise so viel wiegen wie echte Leichen, aber irgendeinen Anhaltswert brauchte ich. Als auf der Anzeige *2000* stand, drückte ich den Knopf am Steuerknüppel.

Und erhielt einen so heftigen Stromschlag, dass ich zu Boden ging und nach Luft schnappte.

Nachdem Roger mir aufgeholfen hatte, sah ich, dass sich nun auf der Anzeige ein nach oben weisender Pfeil befand. »Du bist dran«, teilte ich Roger mit. »Schätz höher.«

Roger zog sein Hemd aus, wrang es aus und wickelte es um den Steuerknüppel. »Oh, brillante Idee, zumal jeder weiß, dass Elektrizität und Wasser eine entzückende Kombination ergeben.«

Er bedachte mich mit einem finsteren Blick und zog das Hemd wieder an. »Na gut, was soll's.« Er erhöhte den Wert auf *3000* und drückte den Knopf.

Nach einem Aufschrei landete auch er auf dem Boden. Auf der Anzeige wies ein Pfeil nach unten.

»Und jetzt? Machen wir einfach weiter, bis wir gar sind?«, verlangte Roger zu erfahren.

»Wir könnten auf Charlotte warten.«

»Wofür auf Charlotte warten?«, fragte sie und erschreckte uns damit beinah im wahrsten Sinn des Wortes zu Tode.

»He, sind Sie in der Stimmung für einen kleinen erfrischenden Stromschlag?«, fragte ich sie, als ich wieder atmen konnte.

»Ich bin immer in der Stimmung für einen kleinen erfrischenden Stromschlag«, gab sie zurück.

Wir erklärten ihr, wie es funktioniert, und sie stellte die Anzeige auf *2500* ein. Dann drückte sie den Knopf, und ein dritter goldener Schlüssel landete im Schlitz daneben.

»Ich bin mir ziemlich sicher, dass das nicht fair ist«, merkte Roger an, während er die Finger seiner schmerzenden Hand abwechselnd beugte und streckte.

Am Ende des Pfads erwartete uns eine große vergoldete

Tür mit vier übereinander angeordneten Schlössern. Allerdings hatten wir nur drei Schlüssel.

Wir gingen den Weg zurück, doch soweit wir es beurteilen konnten, hatten wir alle verfügbaren Spiele benutzt. Wahrscheinlich war der Vergnügungspark noch nicht fertig gestellt. Das Schießstandskelett versuchte erneut, uns zu erschießen, aber wir rechneten damit und duckten uns, bevor die Kugeln in unsere Richtung flogen.

»Äh...«, machte Roger. »Was jetzt?«

»Wenn wir diese übergewichtigen Leichen zum Rollen bringen, könnten wir die Tür damit vielleicht aufbrechen«, schlug ich vor.

»Hat jemand überprüft, ob die Tür überhaupt abgesperrt ist?«, fragte Charlotte.

»Natürlich ist die Tür abgesperrt.«

»Aha. Wissen Sie, ich besuche Abendkurse ... na ja, zumindest tat ich das vor einem Jahr, als ich noch ein Leben hatte ... und ich habe schon Gruppen von fünfundzwanzig Leuten gesehen, die vor einer unversperrten Klassentür standen, da alle annahmen, die erste Person stünde dort, weil sie versperrt sei.«

»Ein faszinierender Einblick in die menschliche Psyche«, fand Roger. »Ich stimme dafür, dass wir es ausprobieren.«

Wir kehrten zu der vergoldeten Tür zurück. Sie war versperrt.

Ich führte die drei Schlüssel in die ihnen entsprechenden Schlösser ein und versuchte es erneut. Die Tür öffnete sich immer noch nicht.

»Und was machen wir jetzt?«, fragte ich in den Raum. »Der vierte Schlüssel könnte irgendwo versteckt sein oder überhaupt noch fehlen. Vielleicht kommt der erst, wenn Daniel das Blutbadautodrom hinzufügt.«

»Vielleicht weiß es ja der Clown«, meinte Roger.

»Vielleicht solltest du ...« Ich verstummte abrupt, als mir etwas einfiel. »Vielleicht hast du recht! Erinnerst du dich daran, was der Clown gesagt hat?«, fragte ich und eilte den Pfad zurück.

»Er hat mehrere Male ›sterben‹ gesagt«, entsann sich Roger.

»Er hat außerdem gesagt, wir sollen die Schlüssel finden, sie erschnüffeln.« Wir bremsten, duckten uns unter den Salven des Skeletts hindurch und standen vor dem Clown. Seine rote Nase ließ sich mühelos abnehmen. Im Inneren befand sich der vierte goldene Schlüssel.

»Du bist das coolste menschliche Wesen auf dem Antlitz der Erde«, huldigte mir Roger.

Der Schlüssel passte ins vierte Schloss, und wir gingen in den nächsten Bereich weiter.

Dieser bestand nur aus einem schmalen Durchgang, so niedrig, dass es nötig sein würde, hindurchzukriechen. Über dem Eingang stand eine weitere falsche Leiche; wir würden durch ihre Beine müssen. Ich wollte den Rest meines Lebens nie wieder einen künstlichen Kadaver sehen.

Triefende rote Buchstaben verkündeten: *Willkommen im lustigen Labyrinth des Vergnügens und blutigen Grauens!*

»Ich gehe als Erster«, verkündete ich in einem Moment der Tapferkeit, der so rasch verging, wie er gekommen war. Ich ließ mich auf Hände und Knie hinab und kroch in den Tunnel. Roger folgte mir, Charlotte ihm.

Nach etwa drei Metern gelangte ich in einen äußerst kleinen Raum, in dem ich aufrecht stehen konnte. Die Wände waren eine Kombination aus stark getöntem Plexiglas und Spiegeln, und es gab drei mögliche Ausgänge.

Bunte Lichter blinkten an der Decke und sorgten für discoähnliche Atmosphäre.

Wenn die Anlage fertig gestellt wäre, würde Daniel wohl

den Soundtrack von *Saturday Night Fever* im Hintergrund dudeln lassen.

Wir entschieden uns für den linken Ausgang. Der Gang krümmte sich einige Male, dann gabelte er sich in zwei weitere mögliche Pfade.

Ich ritzte mit der Machete ein *X* auf einen der Spiegel. »Damit wir wissen, dass wir hier schon mal waren«, erläuterte ich.

Wir folgten wiederum dem linken Weg. Durch einige der Plexiglaswände konnte ich andere Teile des Labyrinths erkennen, doch bislang ließ sich unmöglich abschätzen, wie groß es war.

Es klopfte.

Daniel stand neben uns, nur durch die durchsichtige Wand von uns getrennt. Er deutete auf mich und fuhr sich mit dem Zeigefinger über den Hals, um uns wissen zu lassen, dass es Zeit für das Fallen des Vorhangs war.

KAPITEL DREIUNDZWANZIG

Hinter uns ertönte ein lautes Rumoren. Daniel zwinkerte mir zu, dann bewegte er sich außer Sicht.

Das war in Ordnung. Ich wusste, ich würde ihn wiedersehen müssen. Und hier erschien es mir auf jeden Fall besser als in einem offenen Bereich, wo er uns mit seiner Maschinenpistole niedermähen konnte, wenngleich mir aufgefallen war, dass er sie nicht bei sich trug.

An der nächsten Gabelung kratzte ich ein weiteres X in den Spiegel, und wir bogen nach rechts ab. Nach etwa sechs Metern und sechs Biegungen standen wir in einer Sackgasse. Wir hörten weiteres Rumoren.

»Versuch mal, ob du den Spiegel eintreten kannst«, schlug ich Roger vor.

Er trat mehrere Male dagegen, und wenngleich das Glas zersprang, wurde klar, dass es ihm nicht gelingen würde, durchzubrechen. Also kehrten wir zu der Gabelung zurück, von der wir gekommen waren.

Das X war verschwunden.

»Habe ich etwas übersehen?«, fragte ich mich laut. »Ich habe die Stelle doch gekennzeichnet, oder?«

»Haben Sie«, bestätigte Charlotte. »Ich weiß, was das für ein Geräusch ist. Das Labyrinth bewegt sich.«

Nun, das war definitiv uncool, aber ich musste mir wieder die positive Seite vor Augen führen. Daniel und die anderen würden genauso orientierungslos sein wie wir. Vielleicht.

Wir bahnten uns weiter einen Weg durch das Labyrinth. An einer Stelle konnte ich Stan sehen, der etwa drei Plexiglasscheiben entfernt begeistert eine Zigarette rauchte. Kurz darauf erblickte ich Josie – humpelnd.

Unser nächster Weg wand sich etwa fünfzehn Meter weit hin und her, ohne neue Verzweigungen zu bieten. Als wir um eine völlig verspiegelte Ecke bogen, standen wir einem Wasserspeier aus Stein in Menschengröße von Angesicht zu Angesicht gegenüber. Es handelte sich um eine koboldartige Kreatur mit unnötig großen Fängen und klauenbewehrten, hoch über den Kopf erhobenen Händen. Für den speziellen Touch Daniel Rankins sorgten Kopfhörer, die das Ding trug. Der Platz daneben reichte mit Müh und Not, um sich vorbeizuzwängen.

Plötzlich schnellten seitlich drei etwa dreißig Zentimeter lange Klingen hervor, eine aus dem Kopf des Wasserspeiers, eine aus der Brust, eine aus einem Bein, eine über der anderen, sodass sie den Weg versperrten.

Eine Sekunde später wurden die Klingen jäh wieder eingezogen, und ein Satz ähnlicher Klingen schoss hervor, gegenüber dem ersten um etwa zehn Zentimeter versetzt. Als dieser zurückgezogen wurde, fuhr ein dritter aus, auf den wieder der erste folgte, und so weiter, und so fort, eine wahrhaft vergnügliche Abfolge.

Jenseits des Wasserspeiers erblickte ich hinter einer Plexiglasscheibe Mortimer mit geronnenem Blut unter der Nase. Er bemerkte uns und brüllte: »Sie sind beim südöstlichen Wasserspeier!«

Wenn wir umkehrten, hätten sie uns in der Falle. Also trat ich so nah wie möglich an den Ursprung der ersten drei Klingen, ohne in ihre Bahn zu geraten. Die Klingen schossen hervor. In dem Augenblick, in dem sie eingezogen wurden, bewegte ich mich vorwärts.

Ich war flinker als die zweiten drei Klingen. Sie schnellten unmittelbar hinter mir hervor und streiften Fosters Jacke.

Und ich war schneller als die letzten drei Klingen, wenngleich ich beinah stürzte, als ich in den nächsten Teil des Labyrinths hechtete.

Ich drehte mich zu Roger und Charlotte um. »Macht es mir einfach nach und ...«

»Pass auf!«, schrie Roger.

Ich wirbelte mit erhobener Machete herum und hätte beinah einen Metallhaken ins Gesicht bekommen. Stan hielt in jeder Hand einen und schwang gerade den zweiten, der mir die Wange aufriss, bevor ich ihn abwehren konnte. Ich vollführte einen Streich mit der Machete, der jedoch linkisch an der Wand des Labyrinths endete, da kaum Manövrierraum vorhanden war.

Ich fragte mich, was aus den Maschinenpistolen geworden war. Wahrscheinlich lag es daran, dass Daniel den Van als problemlos ersetzbar betrachtete, ihm jedoch die Vorstellung widerstrebte, sein geliebtes Todeslabyrinth zu beschädigen.

Stans nächster Schwinger zielte abwärts. Ich versuchte noch, mich rückwärtszubewegen, aber der Haken fetzte durch die Jacke, schlitzte mir dabei die Brust auf und blieb in dem Material stecken. Stan zerrte an dem Fleischerhaken und zog mich zu sich.

Ich versuchte, ihm die Machete durch irgendeinen Körperteil zu stoßen, doch wieder reichte der Platz nicht. Also beugte ich mich stattdessen vor und wollte ihn beißen. Er hatte im selben Moment dieselbe Idee, und unsere Zähne prallten klackend gegeneinander.

Ein wenig verlegen starrten wir einander an.

Dann schlug er mir mit der Rückseite des Hakens gegen die Schläfe und stieß mich auf den Wasserspeier zu. Ich versuchte dagegenzuhalten, aber mit den nackten Füßen fand ich nicht genug Halt. Unmittelbar hinter mir hörte ich die Klingen ein- und ausfahren.

Ich rammte ihm wieder das Knie in den Schritt. Es erschien mir beinah unfair, die Situation auf diese Weise zu lösen, doch es war kein günstiger Zeitpunkt, um sich den Kopf darüber zu zerbrechen, ehrenvoll zu kämpfen. Während er gequält stöhnte, drehte ich uns herum und zwang ihn auf die Seite des Wasserspeiers.

Er schlug mir in den Magen. Ziemlich kräftig. Röchelnd krümmte ich mich vornüber. Dann schaute ich auf und sah, dass er die freie Hand mit dem Fleischerhaken hoch über den Kopf hob.

Roger fasste über den Wasserspeier, packte den Haken und versuchte, ihn Stan zu entwinden. Stan weigerte sich loszulassen … und dann setzte sich der Boden in Bewegung. Der gesamte Abschnitt mit dem Wasserspeier und uns verschob sich, brachte uns alle aus dem Gleichgewicht, und Stan stürzte.

Der dritte Klingensatz schoss hervor, und die mittlere Klinge bohrte sich durch seine Seite. Stan riss den Mund auf, doch es drang kein Laut daraus hervor. Seine brennende Zigarette fiel zu Boden. Als sich die Klingen zurückzogen, stolperte er einen Schritt rücklings und wurde von allen drei Klingen des zweiten Satzes erfasst. Als diese einfuhren, fiel sein Körper auf den ersten. An sich hätte er an dieser Stelle zu Boden gehen müssen, aber sein Fleischerhaken hatte sich am Arm des Wasserspeiers verfangen, was bewirkte, dass ihn der erste Klingensatz ein halbes Dutzend Mal durchstieß, bevor Roger den Haken löste.

Stan war ziemlich tot.

Ein weiterer Abschnitt des Labyrinths neben dem unseren setzte sich in Bewegung. Mich beschlich der Eindruck, das Labyrinth könnte so aufgebaut sein wie eines dieser Puzzles, bei denen man quadratische Teile einzeln verschieben muss, bis man sie richtig zu einem Bild angeordnet hat. Wann immer ich mich an solchen Dingern versuche, endet das bei mir mit einem surrealistischen, an Picasso erinnernden Albtraum.

Obwohl dies ein guter Zeitpunkt gewesen wäre, einfach ein paar Stunden rumzustehen und zu würgen, mussten wir weiter. Roger zwängte sich durch die Klingen und fing sich einen garstigen Schnitt am Ellbogen ein, litt jedoch weit weniger als Stan. Als Charlotte das Hindernis überwand, sahen wir Daniel unseren alten Pfad entlangrennen. Da sich das Labyrinth verschoben hatte, würde er einen etwas anderen Weg zum Wasserspeier einschlagen müssen, dennoch war Stan durch die durchsichtigen Wände von seiner Position aus eindeutig zu sehen.

Wir harrten nicht lange genug aus, um zu beobachten, wie er auf Stans beerdigungsfertigen Körper reagierte, sehr wohl hingegen hörten wir seinen wutentbrannten Aufschrei. Wir entschieden uns an einer Gabelung für den mittleren Weg und liefen weiter durch das Labyrinth.

»Du bist tot, Mayhem!«, brüllte Daniel. »Tot!«

Seine Worte jagten mir einen frostigen Schauder über den Rücken, was ich in Anbetracht dessen, was ich bisher durchgemacht hatte, als sonderbar empfand. Der schlichte Umstand, dass Daniel mir mitteilte, ich stecke in einer Misere, hätte mir die Stimmung nicht so verderben sollen. Es musste an der Art gelegen haben, wie er es tat.

Nach einigen Biegungen gelangten wir zu einer schmalen Holztür. Ich hatte keine besondere Lust auf die Suche nach weiteren Schlüsseln, doch diese Tür schien kein Schloss zu besitzen. Ich öffnete sie und sah sofort, wie Hunderte Rasierklingen auf mich zurasten. Ich konnte gerade noch ausweichen, bevor das mit Rasierklingen bestückte Bügelbrett mich erfassen konnte. Ein klassischer Slapstickgag: das unerwartete Bügelbrett, das aus dem Schrank klappt und dem armen Trottel eins vor den Latz knallt. Zum Glück war es mir gelungen, mir die sonst recht komische Pointe zu ersparen, die in diesem Fall mit grauenhaften Gesichtsverstümmelungen geendet hätte.

Wir kehrten um und zogen weiter. Das Labyrinth war unbestreitbar verwirrend, aber ich glaubte felsenfest, dass wir uns zumindest stetig in dieselbe allgemeine Richtung bewegten. Na ja, jedenfalls so lange, bis wir wieder bei Stans Leiche ankamen.

Natürlich hatte Roger eine klugscheißerische Bemerkung auf Lager, doch durch seine Anspannung vermasselte er Timing und Formulierung völlig, sie ist es daher nicht wert, wiedergegeben zu werden.

»Also, was haltet ihr davon, wenn wir uns aufteilen?«, stellte ich zur Debatte. »Wenn einer von uns den Ausgang findet, kann derjenige die anderen rufen und in die richtige Richtung lenken.«

»Und so unsere Position verraten«, ergänzte Charlotte.

»Stimmt. Aber wir haben keine Ahnung, wie groß dieses Ding ist oder wohin wir sollen. Wir könnten hier tagelang umherirren.«

»Wahrscheinlich ist das gar keine schlechte Idee«, tat Roger seine Meinung kund. »Solange ich meinen zuverlässigen Fleischerhaken habe, sollte ich klarkommen.«

»Also gut«, sagte ich. »Alle suchen sich einen Pfad aus.«

Ich verspürte den innigen Drang, Roger für den Fall, dass wir uns nicht wiedersehen würden, zum Abschied zu umarmen, kämpfte jedoch dagegen an. Stattdessen schlugen wir alle einen eigenen Weg ein, ich nach rechts, Roger geradeaus und Charlotte nach links.

Mein Pfad endete sehr bald in einer Sackgasse, also schummelte ich und folgte Rogers Weg, den er gerade zurückkam.

»Ist bei dir auch eine Sackgasse?«, fragte er.

Ich nickte. Gemeinsam schlugen wir Charlottes Weg ein, der sich nach kurzer Zeit gabelte. Ich ging nach rechts, Roger nach links.

Flüchtig betrachtete ich mich in einer der Spiegelwände. Igitt. Kein rühmlicher Anblick. Sollte Helen mich je so sehen, drohte mir Zwangsenthaltsamkeit für den Rest meines Lebens.

Zwei Biegungen und einen flüchtigen Anblick Mortimers später gelangte ich zu einer Tür. Erfahrungen aus der Vergangenheit sagten mir, dass ich sie wahrscheinlich nicht öffnen wollte, andererseits konnte es sich genauso gut um den Weg nach draußen handeln. Da der Platz nicht reichte, um mich beim Öffnen neben die Tür zu stellen, begnügte ich mich damit, den Knauf vorsichtig zu drehen und sie zentimeterweise aufzuziehen.

Nachdem ich mich vergewissert hatte, dass weder etwas Scharfes noch Schweres auf mich fallen würde, öffnete ich die Tür vollständig. Dahinter befand sich eine Mumie. Eine ziemlich coole Mumie, beinah eine exakte Nachbildung von Boris Karloff in seinen staubigen Bandagen. Sie schien jedoch – abgesehen davon, dort zu stehen und eine Mumie zu sein – keine Funktion zu haben.

Ich schloss die Tür, ging weiter und lief prompt in eine Wand. Irgendwann musste das bei all dem durchsichtigen Plexiglas und den Spiegeln ja passieren, ich konnte also dankbar dafür sein, dass es sich ereignet hatte, als ich alleine war.

Nach etwa einer halben Minute, in der ich planlos umherwanderte, begann sich der Boden unter meinen Füßen zu bewegen. Als er sich verschob, enthüllte er einen anderen Abschnitt des Labyrinths ... wo Daniel stand.

Ich hob die Machete an, er seine Pistole. Die Spitze meiner Waffe berührte praktisch den Lauf der seinen.

»Also wirklich«, sagte er, »du bist verdammt beeindruckend, das muss ich dir lassen. Wie hat dir die Benzindusche gefallen?«

»Ach, das sollte es sein? Hat eigentlich nur ein wenig getröpfelt«, gab ich zurück, um ihn zu verärgern.

Daniel runzelte die Stirn. »Das macht nichts. Sie ist noch nicht voll einsatzfähig.«

»Was ist mit deinen hübschen Maschinenpistolen?«, fragte ich in dem Versuch, ihn abzulenken, während ich auf eine günstige Gelegenheit wartete, um in Deckung zu springen.

»Das Letzte, was ich gebrauchen kann, ist, dass du oder deine Freunde eine Maschinenpistole in die Hände bekommen, findest du nicht auch?«

»Ich dachte, du wolltest das Labyrinth nicht in Stücke schießen.«

»Das auch.«

»Und was ist mit der Mumie? Sollte sie mich eigentlich angreifen oder so?«

»Die ist nur ein Platzhalter. Dorthin kommen die Klapperschlangen.«

»Cool. Ich hoffe, es war nicht allzu schwierig, sie nach Alaska zu schmuggeln, weil ich versehentlich ein paar getötet habe.«

»Warum tötest du unschuldige Schlangen in einem Aquarium?«

»Ich habe das Ding umgekippt. Tut mir leid.«

»Schon gut, solange du es nicht absichtlich gemacht hast. Und? Hast du gerade während unserer Unterhaltung einen brillanten Fluchtplan ersonnen? Über mir ist doch kein Kronleuchter, oder?«

»Nein«, gestand ich. »Tatsächlich bin ich ziemlich am Arsch.«

»Tut mir leid, das zu hören. Trotzdem werde ich dich jetzt erschießen.«

Instinktiv hob ich die Machete wie einen – äußerst schmalen – Schild vor mich, als Daniel den Abzug drückte.

Also, hätte mir vergangene Woche jemand Folgendes gesagt: *Weißt du was, Andrew? Du wirst in einem großen Labyrinth stehen, und der Oberschurke wird eine Pistole auf dich richten. Du wirst eine Weile schwafeln, dann wird er abdrücken. Aber du wirst instinktiv diese Machete vor dich halten, und die Kugel wird nicht nur genau dort auf die Klinge treffen, wo dein Herz gewesen wäre, sie wird zudem davon abprallen und sich in den Schussarm des Oberschurken bohren. Ach ja, und du wirst echt beschissen aussehen ...*

Das Einzige, was ich davon geglaubt hätte, wäre der Teil mit dem beschissenen Aussehen gewesen.

Doch genau so geschah es. Daniel feuerte. Die Kugel traf die Klinge der Machete und schlug die flache Seite mit schmerzlicher Wucht gegen mich, dann prallte sie davon ab und grub sich in Daniels Oberarm. Seine Hand öffnete sich, und die Pistole entglitt seinem Griff.

Ich war, um es milde auszudrücken, verdammt überrascht. Fast zu überrascht, um die Machete in Daniels Richtung zu schwingen. Leider zitterten meine Hände vom Halten der Machete, als die Kugel sie getroffen hatte, so heftig, dass es kein besonders guter Streich war.

Trotzdem genügte er, um Daniel davon zu überzeugen, dass er schleunigst verschwinden musste. Er drehte sich um und rannte einen der Pfade des Labyrinths entlang. Ich hob seine Pistole auf.

Der Weg gabelte sich erneut, doch ich hörte Daniels Schritte von rechts. Ich eilte hinter ihm her, lief gegen einen Spiegel, setzte die Verfolgung jedoch sogleich fort.

KAPITEL VIERUNDZWANZIG

Ich hatte nicht nur die Geräusche von Daniels Schritten, denen ich folgen konnte, sondern auch einen unablässigen Schwall ungemein kreativer Unflätigkeiten, es gestaltete sich daher nicht schwierig, ihm auf den Fersen zu bleiben.

Ein Stück vor mir wurde eine Tür geöffnet und zugeknallt.

Prompt landete ich in einer Sackgasse, ging ein paar Schritte zurück, schlug eine andere Abzweigung ein und fand die Tür. Wenngleich der Plan vorsah, sich mit den anderen am Ausgang zu treffen, wollte ich meine Chance nicht vertun, solange sich Daniel in der Defensive befand. Um Roger und Charlotte in die richtige Richtung zu lenken, stieß ich daher einen jener schrillen, durch Mark und Bein gehenden Pfiffe aus, die ich so unheimlich gern während der stillen Lesezeit in der Grundschule zum Einsatz brachte, dann öffnete ich die Tür.

Der nächste Raum war der bisher größte und glich einem unterirdischen Lagerhaus. Die Grundfläche betrug wohl an die zweihundert Quadratmeter und war gefüllt mit unzähligen Stapeln aus allerlei Gerätschaften, fies aussehenden Folterwerkzeugen und Requisiten. An einer Stelle türmten sich künstliche Leichen gut und gern viereinhalb Meter hoch.

Ich sah, wie sich Daniel hinter einen elektrischen Stuhl duckte und feuerte, doch die Kugel traf die Armlehne des Stuhls. Für den Fall, dass sich Daniel irgendwie bewaffnet hatte, hielt ich einen Sicherheitsabstand ein und lief zur Seite, um in einen günstigeren Feuerwinkel zu gelangen, aber er war verschwunden.

Ein fast einen Meter langer Skorpion segelte durch die Luft auf mich zu. Ohne nachzudenken, pustete ich die Kunststoffkreatur weg, was offensichtlich Daniels Absicht gewesen war. Ich hatte bestenfalls noch drei Kugeln, musste also vorsichtig sein.

Ein etwas größerer Tintenfisch wurde hinter einem Schaukasten mit auf Lanzen gepfählten Ballerinas hervor auf mich geschleudert. Er landete mit einem Platschen vor meinen Füßen auf dem Boden. »Kumpel, du wirfst mit Weichtieren aus Gummi um dich«, gab ich zu bedenken. »Es ist an der Zeit aufzugeben.«

»Niemals!«, brüllte Daniel und warf einen Football. Ich konnte ihn nicht besonders genau erkennen, war jedoch ziemlich sicher, dass zerquetschte Kakerlaken daran klebten.

Der Football landete auf dem Boden, und schwarzer Rauch strömte aus beiden Enden. Ich eilte davon weg und ging hinter einer mittelalterlichen Streckbank in Deckung, auf der eine große Nachbildung von Gumby lag.

Die Tür öffnete sich, und Mortimer trat ein. Als er die Augen gegen den Rauch abschirmte, zielte ich und schoss.

Und verfehlte ihn.

Mortimer drehte sich überrascht der Streckbank zu, und ich drückte erneut den Abzug, bekam jedoch nur ein Klicken zu hören.

»Er hat keine Munition mehr!«, rief Daniel hinter den Rauchschwaden hervor. »Schnapp ihn dir!«

Mortimer, der ein Fleischermesser hielt, rannte auf mich zu. Ich warf die Pistole weg, stand auf und packte das Erstbeste, was ich als Schild benutzen konnte. Es handelte sich dabei um einen sehr großen Teddybären mit aufgeschlitztem Bauch, aus dem Innereien hervorquollen, die eindeutig kein Füllmaterial waren.

»Hallo, ich bin Bernard, der Bär«, verkündete eine fröhliche Stimme. »Willst du mein bester Freund auf der ganzen Welt sein?« Acht Zentimeter lange Krallen fuhren aus den Pfoten des Bären aus. »Oder muss ich dir erst Beine machen?«

Ich schwang den Bären gerade rechtzeitig herum, als Mortimer eintraf. Sein Messer traf Bernard in die Brust. Ich stieß mit der Machete zu, allerdings daneben, dafür verdrehte ich Bernard so, dass seine Krallen Mortimer den Arm aufschlitzten. Mortimer holte erneut mit dem Fleischermesser aus und stach Bernard ins Gesicht.

»Sei gefälligst mein Freund, oder ich jage deine Familie...«, sang Bernard mit einer Stimme, die sich verdächtig nach Daniel anhörte.

Auch mein nächster Hieb mit der Machete ging ins Leere, und Mortimer landete einen hammermäßigen Kinnhaken, der Bernard und mich rückwärtstaumeln und in dem Leichenstapel landen ließ.

»He, Leute, schon mal den Wunsch gehabt, ein Bad mit Mr. Föhn zu nehmen?«, fragte Bernard.

Ich warf den Bären beiseite, als Mortimer mich angriff. Er bremste zwar außerhalb der Reichweite der Machete, schleuderte aber das Fleischermesser. Ich riss den Kopf aus der Bahn, und es bohrte sich in die Nase eines unglücklichen künstlichen Kadavers.

Das Messer hatte mich genug abgelenkt, dass ich Mortimer nicht aufhalten konnte, bevor er mir die Faust in die Brust rammte. Ich plumpste in den Leichenstapel zurück und zuckte zusammen, als eine der Plastikhände mir an den Hintern fasste.

Dann stieß ich den Kopf vorwärts und gegen Mortimers Stirn. In Filmen schmerzt das nur den Kopf des Angegriffenen, während der des Angreifers unversehrt bleibt, im wahren Leben hingegen fühlt sich der Kopf des Angreifers dabei an, als müsse er aufplatzen wie Humpty Dumpty.

Allerdings litt Mortimer zweifelsohne ebenfalls Schmerzen, und er wich mit den Händen an der Stirn zurück. Ich schwang die Machete nach ihm und landete einen großartigen Treffer, der ihm beide Oberschenkel aufschlitzte. Brüllend ging er zu Boden.

Dann erkannte ich, dass sich hinter mir ein äußerst großes Problem auftürmte. Hastig hechtete ich aus dem Weg, als der Leichenstapel zu kippen begann. Auch Mortimer versuchte, aus der Bahn zu kriechen, doch seine verletzten Beine bewegten sich einfach nicht schnell genug. Der viereinhalb Meter hohe Stapel der Kunststoffkadaver krachte auf ihn herab. Das Letzte, was ich sah, bevor ich mich abwandte, war eine ausgestreckte Leichenhand, die in seinen zum Schreien geöffneten Mund fuhr.

Ich hatte das starke Gefühl, dass Mortimer nicht mehr aufstehen würde.

Bernard, der Bär, kicherte. »Denkt dran, Kinder, ein tollwütiges Eichhörnchen und die Sockenschublade eurer Schwester ergeben eine perfekte Kombination!«

»Komm schon raus, Daniel!«, rief ich. »Jetzt sind nur noch du und Josie übrig, falls sie nicht ebenfalls schon tot ist.«

Daniel kam heraus ... bedauerlicherweise mit einem Flammenwerfer. Ich sah zu, dass ich verdammt schnell das Weite suchte, als er einen Strahl entfesselte, der Bernard in die ewigen Bärengründe beförderte. Die Machete hatte mir bisher gute Dienste erwiesen, doch gegen einen Flammenwerfer würde sie nichts ausrichten können, also flüchtete ich.

Unterwegs kam ich an einigen interessanten Requisiten vorbei, darunter eine Guillotine in Originalgröße, ein Zahnarztstuhl, eine Eiserne Jungfrau in Form von Homer Simpson und ein mit Augen, Nasen und Ohren gefüllter Kaugummiautomat. Ich duckte mich hinter eine von Löchern durchsiebte Babywiege, aus der ein Tentakel ragte.

Als Daniel in meine Richtung steuerte, sah ich, dass er den Flammenwerfer gegen einen Kantenstecher ausgetauscht hatte ... einen Kantenstecher, der eher für Jacks Garten nach dem Sprießen der Bohnenranke geeignet schien, nichtsdestotrotz ein Kantenstecher. Ich stieß die Babywiege in seine Richtung, überrumpelte ihn damit und flüchte durch einige Stapel langweiligen alten Gerümpels.

Dann hörte ich, wie sich die Tür erneut öffnete. War es Roger, Charlotte oder Josie?

»Ist er hier drin?«, fragte eine Stimme. *Josie.*

»Er ist hier hinten«, gab Daniel zurück. »Du übernimmst die linke Seite, ich die rechte.«

Mittlerweile hatte ich das Ende des Raumes erreicht, wo sich eine kleine Grube befand, vielleicht zweieinhalb Meter tief. Schlamm bedeckte den Boden darin. Zwei Meter über der Grube hing von einem Kran das fieseste Vernichtungsinstrument, das ich bisher in meinem Leben gesehen hatte ... und ich hatte reichlich derlei Dinge gesehen. Im Wesentlichen handelte es sich um eine Abrissbirne, bestückt mit Bohrern, Dornen, Rundklingen, Zangen, Messern, Korkenziehern und zu vielen anderen Gegenständen, um sie alle aufzuzählen. So viel – zu viel des Guten – hatte ich noch nie erlebt.

»Gefällt's dir?«, erkundigte sich Daniel. »Kannst gerne eine Demonstration haben, wie es funktioniert.«

Ich eilte über den Rand der Grube. Ein Schuss knallte, und der Kopf einer Porzellanpuppe zersprang, bevor ich mit Sicherheit zu sagen vermochte, ob sie Vampirzähne gehabt hatte. Ich konnte Josie nicht sehen, sie mich dafür zweifellos sehr wohl.

Daniel betätigte einen Hebel am Kran. Mit einem lauten Surren erwachten all die Bohrer, Klingen und Zangen an der Abrissbirne zum Leben. Ich merkte mir im Geiste vor, nach Möglichkeit nicht in die Grube zu fallen.

Ich kletterte hinter ein Katapult mit einem großen Stein im Schleuderkorb, doch es würde mir eindeutig zu wenig Deckung bieten. Ein weiterer Schuss ließ das Holz unmittelbar vor meinem Gesicht splittern; ich hastete davon weg hinter einen Gerümpelhaufen.

Josie geriet humpelnd in Sicht. Hinter ihr befanden sich ein Standspiegel in Körpergröße mit einem drolligen, mit Lippenstift gezeichneten Bild des Satans darauf und ein Karton, der aussah, als wäre er mit handlichen Waffen gefüllt. Zumindest ragten etliche scharfkantige Gegenstände oben heraus.

»Ich habe gerade deine Freunde umgebracht«, teilte Josie mir mit. »Weißt du, eigentlich hättest du nur ein lausiges Opfer im Operationssaal zerstückeln müssen, und wir hätten dich weiterhin für den Kopfjäger gehalten. Wie fühlt es sich an, so dämlich zu sein?«

Darauf wusste ich nichts zu erwidern. Ich war unschlüssig, ob ich ihr glauben sollte, was ihre Aussage über Roger und Charlotte anging.

Ich sah, dass Daniel vorne um das Katapult herumging, den Kantenstecher einsatzbereit gezückt. Ich hob einige Holztrümmer auf und schleuderte sie in der Hoffnung über den Gerümpelhaufen, Josie durch blindes Glück zu treffen oder sie zumindest dazu zu bringen, eine Kugel zu verschwenden, wie ich es bei dem Skorpion getan hatte. Beide Ergebnisse blieben mir verwehrt.

Sehr bald würde ich in der Falle sitzen, deshalb huschte ich hinter dem Gerümpelhaufen hervor und wieder hinter das Katapult. Daniels Kantenstecher schnellte sofort auf mein Gesicht zu, doch ich wehrte ihn mit der Machete ab. Mit der anderen Hand begann ich, das Rad der Winde zu drehen. Wenn es mir irgendwie gelänge, auf den Stein im Wurfkorb zu gelangen, konnte ich mich vielleicht in Sicherheit katapultieren. Sicher, ich würde wahrscheinlich mit dem Kopf voraus in einem Fass voll rot glühender Kohlen landen, aber meine Möglichkeiten waren begrenzt.

Ein weiterer Schuss ließ Holz splittern. Es war aussichtslos, auf das Katapult zu klettern. Als einzige Hoffnung blieb mir, dass der Stein genau dort landen würde, wo Josie stand. Dass Daniels Kugel von der Machete abgeprallt war, empfand ich als ziemliches Wunder, vielleicht würde es mir also gelingen, ein zweites zu bewerkstelligen.

Ich zog am Abschussseil. Zumindest hoffte ich, dass es sich darum handelte und nicht um ein Seil, durch das ein Stein auf denjenigen fallen gelassen wurde, der darunter stand.

Der Arm des Katapults schnellte vorwärts und schoss den Stein knapp fünf Meter durch den Raum. Er flog deutlich über Josies Kopf hinweg … und traf die Oberkante des Satansspiegels, sodass die Unterkante nach vorne schwang und den Karton mit Waffen in die Luft schleuderte. Eine Menge silbriger Gegenstände rasten auf Josie zu, die sich umdrehte und ein halbes Dutzend davon abbekam, unter anderem ein rundes Sägeblatt, dass ein wenig an das Enthauptungskrummschwert des Kopfjägers erinnerte.

Daniel riss entsetzt die Augen auf, als seine Frau an drei verschiedenen Stellen zu Boden fiel.

Er stieß einen Schrei des Kummers und der Wut aus. Ganz ehrlich, ich konnte nicht anders, als einen Hauch von Mitgefühl für den Kerl zu empfinden, was mich jedoch in keiner Weise davon abhielt, hinter dem Katapult hervorzustürzen und ihn anzugreifen, während er auf Josies Überreste starrte.

Ich schwang die Machete hin und her, so schnell und kräftig ich konnte. Daniel versuchte, die Hiebe mit dem Kantenstecher zu parieren, aber sie kamen zu ungestüm, und er warf immer wieder flüchtige Blicke auf Josie. Mit einem besonders leidenschaftlichen Streich schlug ich ihm den Kantenstecher aus der Hand. Er wich weiter zurück.

Diese Geschichte würde enden, und zwar sofort.

Er schaute über die Schulter und sah, dass er der Grube gefährlich nahe gekommen war. Bevor er die Richtung ändern konnte, stürzte ich auf ihn los und hoffte, ihn über die Kante zu stoßen.

Daniel hielt das Gleichgewicht, packte eine Hand voll meiner Haare und riss daran. Gleichzeitig schlug er mir mit der anderen Faust in den Hals. Ich versuchte, nach Luft zu schnappen, konnte jedoch nicht atmen, und ich spürte, wie Daniel uns herumdrehte, sodass ich mich näher an der Grube befand.

Ich fühlte, wie meine nackten Füße zu rutschen begannen. Immer noch konnte ich nicht atmen. Daniel setzte zu einem weiteren Schlag gegen meinen Kehlkopf an, doch ich wehrte ihn ab, umklammerte sein Handgelenk, drückte fest zu und wollte ihm die Fingernägel in die Haut bohren.

Meine Fersen glitten über den Rand der Grube.

Ich kämpfte weiterhin vergeblich um Luft. Mein linker Fuß baumelte frei in der Luft.

Dann entfesselte ich das letzte Quäntchen Kraft, das ich besaß, und stieß Daniels Handgelenk so hoch empor, wie ich konnte. Mitten hinein in einen der sich drehenden Korkenzieher an der Abrissbirne.

Bevor er seinen Aufschrei beenden konnte, schwang ich mich aus dem Weg und rammte ihm den Ellbogen in den Rücken.

Daniel stürzte vorwärts, fiel in die Grube und landete mit dem Gesicht voraus im Schlamm.

Er rappelte sich auf, watete durch den Matsch und brüllte vor Wut. Mir gelang es, einen halben Atemzug zu tun, als ich auf den Kran zuwankte.

Daniel sprang hoch, bekam den Grubenrand zu fassen und begann, sich hochzuziehen.

Ich drückte den zweiten Hebel des Krans nieder.

Die Abrissbirne senkte sich.

»Du Dreckskerl!«, kreischte Daniel und versuchte hektisch, rechtzeitig herauszuklettern. Aber die Abrissbirne senkte sich zu schnell, und binnen Sekunden musste Daniel loslassen, um ihr auszuweichen.

»Du bist tot!«, brüllte er. »Du wirst hier nie rausfinden! Nie!«

Dann verhüllte die Abrissbirne seinen Anblick.

Ich entfernte mich rasch, da ich mir die grässlichen Geräusche ersparen wollte, mit denen Daniel Rankin sein Ende fand.

EPILOG

Es bedurfte etwa einer Viertelstunde äußerst lästigen Hin- und-her-Rufens, um Roger und Charlotte zum Ausgang des Labyrinths zu leiten. Josie hatte geschwindelt, als sie sagte, sie hätte die beiden getötet, aber ich glaube, sie hat ihre Lektion gelernt.

Wir brauchten nicht lange, um den Weg aus dem Lagerraum zu finden, wenngleich dafür das Kriechen durch einen schaurigen, finsteren Tunnel nötig war, in dem es vor unbekannten Insekten und der einen oder anderen Maus wimmelte. Am Ende gelangten wir durch eine Falltür in die Garage.

»Gib mir die Schlüsselkarte«, forderte Roger mich auf. »Ich sehe nach den Gefangenen.«

»Ich versuche, ein Telefon zu finden«, bot sich Charlotte an.

»Ich setze mich einfach ein paar Tage hierher«, sagte ich, reichte Roger die Karte, griff mir einen Liegestuhl aus einer Ecke und klappte ihn auf. »Bringt mir gelegentlich etwas zu essen und ein wenig Wasser vorbei, ja?«

»Keine Sorge, ich werde auch irgendwo Verbandsmaterial und Medikamente auftreiben«, erwiderte Roger. »Setz dich bitte hin und benimm dich anständig, bis ich zurückkomme.«

»Zählt komatöses Flachliegen als anständiges Benehmen?«

Roger und Charlotte gingen. Ich legte mich auf den Stuhl, schloss die Augen und gelobte mir, mein Haus nie, nie wieder zu verlassen, sollte ich von diesem Ort wegkommen. Das klang gut. Ich würde einige von Daniels Möbeln klauen, sie verkaufen, mir einen topmodernen Computer zulegen, etwas Unterricht nehmen und für den Rest meines Lebens Telearbeit betreiben. Sobald Kyle alt genug wäre, um Auto zu fahren, könnten wir ihn zum Einkaufen losschicken. Bis dahin würden wir mit Pizzalieferungen überleben. Bei *Pudgy Pierre* gab es zwanzig verschiedene Sorten, wir hatten also genügend Abwechslung. O ja, das Leben würde herrlich sein.

Ein Holzbrett traf mich am Hinterkopf und schleuderte mich aus dem Stuhl.

»Hast du gedacht, ich würde in meiner eigenen Falle draufgehen?«, fragte ein schlammverschmierter, blutiger Daniel und trat den Stuhl aus dem Weg. »Ich habe hier überall geheime Fluchtwege eingebaut!«

Ich hielt mich an der Werkbank fest und zog mich langsam daran hoch. Daniel kicherte freudlos, dann keilte er das Brett unter den Türknauf, sodass niemand hereinkonnte. Er fuchtelte mit den Händen wie ein Zauberer und ließ nicht allzu geschickt ein Jagdmesser mit zwanzig Zentimeter langer Klinge aus seinem Ärmel »erscheinen«. »Meinst du, du kannst deinen Magen von innen sehen, nachdem ich dir deine Augen zu fressen gegeben habe?«

Die einzige Waffe in Reichweite war ein kleiner Schraubenzieher auf dem Tisch. Ich griff danach, brauchte aber, da ich alles doppelt sah, zwei Versuche, um ihn zu berühren. Daniel packte eine Dose mit Feuerzeugbenzin, bespritzte mich damit und traf meine Brust. »Zu schade, dass ich kein Streichholz habe«, meinte er und veränderte den Winkel des Strahls.

Das Feuerzeugbenzin schoss mir in die Augen. Das Brennen war unvorstellbar. Ich wusste, dass ich nichts Schlimmeres tun konnte, als mir die Augen zu reiben, doch ich konnte nicht anders. Als ich mich letztlich zwang, die Hände von ihnen zu lösen, war ich blind.

Ich klammerte mich an der Werkbank fest, um mich zu

stützen. »Was ist? Hast du etwas ins Auge bekommen?«, fragte Daniel. Ich nahm wahr, dass er auf mich zukam, und konnte verschwommen einen Schemen ausmachen, aber ich war nicht in der Lage, mich vernünftig zu verteidigen.

Verzweifelt schleuderte ich den Schraubenzieher in seine Richtung. Daniel lachte verächtlich. »Oh, gib's auf. Das hier ist für Josie.«

Ich konnte nicht sehen, aber hören, wie etwas auf mein Gesicht zuzischte. Instinktiv riss ich die Hand hoch, um mich zu schützen.

Das Brennen meiner Augen war vergessen, als das Messer bis zum Anschlag meine Handfläche durchdrang.

Ich muss gestehen, ich habe ziemlich geschrien. Verschwommen konnte ich die durch meinen Handrücken ragende Messerspitze ausmachen, die meinem Auge so nah gekommen war, dass sie die Wimpern berührte.

Ich war so gut wie blind, hatte schier unerträgliche Schmerzen und einen Psychopathen unmittelbar vor mir.

Aber nun hatte ich außerdem eine Waffe.

Jäh drehte ich die Hand herum, zwang meine Finger, sich um den Griff des Messers zu legen, und rammte es vorwärts.

Irgendetwas traf ich eindeutig.

Ohne auf die unsäglichen Qualen zu achten, zog ich das Messer heraus und stieß erneut zu.

Daniel gab einen leisen japsenden Laut von sich.

Beim dritten Stoß rutschte er von der Klinge und ging zu Boden.

***

Ich stand mit dem Kopf im Waschbecken, und warmes Wasser strömte über mich, während Charlotte meine Augen offen hielt. Es war ein harter Kampf, zur Tür des Hauses zu gelangen, aber ich schaffte es und rief um Hilfe, bevor ich das Bewusstsein verlor.

»Wie fühlt es sich an?«

Ich zog den Kopf unter dem Wasserstrahl hervor und blinzelte einige Male. »Besser.«

»Können Sie sehen?«

»Nicht perfekt, aber ja. Danke.«

»Nein, ich danke *Ihnen*.«

Der Rest der Gefangenen war befreit. Nach mehreren Versuchen war Roger dahintergekommen, dass sich nur jeweils eine Zellentür öffnen ließ, er musste also immer die vorherige wieder schließen, bevor er die nächsten Gefangenen befreien konnte.

Die früheren Entführungsopfer plünderten gerade die Küche. Ich hatte vor, mich ihnen sehr bald anzuschließen. Nach einer heißen Dusche.

Es dauerte eine Weile, aber letztlich fand jemand ein Mobiltelefon. Ein Helikopter war bereits unterwegs, um die Lage des Anwesens zu peilen.

»Du bist dran«, sagte Roger, betrat das Badezimmer und hielt mir das Mobiltelefon entgegen.

Ich dankte ihm und rief Helen an.

***

»Also, wer hat dich in dieser Situation gerettet?«, fragte Roger und trank einen Schluck Wurzelbier, während wir auf der Couch saßen und uns eine miese Sitcom auf dem Breitbildfernseher reinzogen.

»Ich habe dich gerettet«, erinnerte ich ihn.

»Das glaube ich kaum. Du wärst hinter diesem großen Würfel unzweifelhaft gestorben, wenn ich nicht aufgetaucht wäre.«

»Und du wärst zum Teilnehmer an einem ihrer Spiele geworden, wenn ich nicht darauf hingearbeitet hätte, dich zu befreien. Ich weiß nicht mal, was für Disziplinen ich verpasst habe.«

»Okay, schon verstanden, aber denken wir mal etwas weiter zurück und überlegen, in wie viel Gefahr ich geschwebt hätte, wenn du mich gar nicht erst in diese Geschichte mit reingezogen hättest? Hmmm ... mal sehen ... in gar keiner?«

»Da irrst du dich. Damit wiederum habe ich dich mehrere Tage lang vor Angriffen durch Rußflocke bewahrt«, hielt ich seiner Argumentation entgegen.

»Du nimmst diese dämliche Katze doch, oder? Das hast du versprochen.«

»Ich werde sehen, was ich tun kann.«

»Wollen Sie beide bloß rumsitzen und diskutieren, bis man uns findet?«, fragte Charlotte. Sie versuchte, sich verärgert anzuhören, aber das Wissen, dass sie sehr bald mit ihrem Ehemann wiedervereint sein würde, hatte sie vor lauter Vorfreude regelrecht berauscht.

»Sicher«, gab Roger zurück. »Was könnten wir denn sonst tun?«

»*Du* könntest die Klappe halten und mich in Ruhe fernsehen lassen«, sagte ich. »Meine Hand schmerzt, meine Schulter schmerzt, meine Augen schmerzen, und mir wäre lieber, wenn du dich einfach verziehst.«

»Ich liebe dich«, teilte mir Roger mit.

»Ich dich auch. Und jetzt hau ab.«

Roger klopfte mir auf die unversehrte Schulter und verließ das Zimmer. Ich lehnte mich zurück, schloss die Augen und döste, bis ich den Rettungshubschrauber über dem Haus hörte.

ROGERS ABSCHLIESSENDE WORTE

He, ich habe den Kassettenrekorder gefunden! Es scheint nicht mehr viel Band übrig zu sein, ich möchte also nur sagen, dass wir es geschafft haben. Nicht alle von uns, wie ich leider berichten muss, aber die meisten.

Mann, ich weiß echt nicht, was ich sagen soll, um dieses Abenteuer zusammenzufassen. Es gab mehrere Momente, da hätte ich nicht gedacht, mit dem Leben davonzukommen. Dem Tod so nah zu sein, eröffnet eine völlig neue Perspektive auf die Dinge.

Eigentlich weiß ich gar nicht genau, was ich sagen will. Man möge mir verzeihen, wenn ich mal kurz tiefschürfend und bedeutungsvoll werde. Sie alle da draußen, bitte, geloben Sie sich hoch und heilig, dass Sie, ganz gleich, was geschieht, ganz gleich, welchen Verlauf Ihr Leben nimmt, nie vergessen werden, was das Wichtigste überhaupt ist, nämlich ...

(Bandende)

Das grausame Spiel eines Mannes, der nur Hass in seinem Herzen trägt

Hilary Norman
DAS HERZ DER
DUNKELHEIT
Psychothriller
Aus dem amerikanischen
Englisch von
Veronika Dünninger
448 Seiten
ISBN 978-3-404-16679-4

Die kleine rote Box sieht hübsch aus, aber wer sie öffnet, erlebt den puren Horror. Denn sie enthält ein menschliches Herz. Als das grausige Päckchen in seinem Garten gefunden wird, weiß Detective Sam Becket, dass es nur eines bedeuten kann: Cal der Hasser ist zurück. Der Serienkiller hat schon einmal Sams Familie bedroht. Und er wird es wieder tun. Ein Wettlauf gegen die Zeit beginnt ...

Bastei Lübbe Taschenbuch

Werden Sie Teil der Bastei Lübbe Familie

- Lernen Sie Autoren, Verlagsmitarbeiter und andere Leser/innen kennen
- Lesen, hören und rezensieren Sie Bücher und Hörbücher noch vor Erscheinen
- Nehmen Sie an exklusiven Verlosungen teil und gewinnen Sie Buchpakete, signierte Exemplare oder ein Meet & Greet mit unseren Autoren

Willkommen in unserer Welt:

 www.luebbe.de

 www.facebook.com/BasteiLuebbe

 www.twitter.com/bastei_luebbe

 www.youtube.com/BasteiLuebbe